温暖的故事

# 有梦想 你就是奇迹

YOUMENGXIANGNIJIUSHIQIJI

吴宏庆/著

敦煌文艺出版社

**图书在版编目（CIP）数据**

有梦想，你就是奇迹 / 吴宏庆著. -- 兰州 ：敦煌文艺出版社，2013.6
(温暖的故事)
ISBN 978-7-5468-0531-3

Ⅰ. ①有… Ⅱ. ①吴… Ⅲ. ①故事—作品集—中国—当代 Ⅳ. ①I247.8

中国版本图书馆CIP数据核字（2013）第129993号

**有梦想，你就是奇迹**
(温暖的故事)
吴宏庆 著
责任编辑：王森林
封面设计：三合设计公社

敦煌文艺出版社出版、发行
本社地址：(730030)兰州市城关区读者大道 568 号
本社邮箱：dhwy@duzhe.cn
本社博客（新浪）：http://blog.sina.com.cn/dunhuangwy
本社微博（新浪）：http://weibo.com/1614982974
0931-8773084(编辑部)　　0931-8773235(发行部)

北京泽宇印刷有限公司
开本 710 毫米×1000 毫米　1/16　印张 12　字数 190 千
2013 年 9 月第 1 版　2013 年 9 月第 1 次印刷
印数：1～5 000

ISBN 978-7-5468-0531-3
定价：23.80 元

# 序言 Preface

## 吴宏庆：我不是纯粹的文人

文学包含了诗歌、小说、散文、故事等各种文体，每一种文体都有众多的拥趸者，他们称呼处于金字塔顶端的作家为“高手”。而我市的吴宏庆，则是故事界公认的“顶尖高手”。

吴宏庆是故事界少有的高产高质作家，自 2003 年起开始故事创作以来，在国内公开发行的故事期刊上发表作品三百多万字，大量作品被各类选刊和文集选用，并且至今仍保持每年二三十万字的发表量。他又被称为“获奖专业户”，各类征文大赛但有参加，少有不斩获的，至今获全国、各省市、各期刊大小奖项四五十个。

同时，吴宏庆还是一家国内知名的故事期刊编辑，培养及发现了众多优秀的故事新人。与其张扬时尚、变幻莫测的行文风格不同，现实中的吴宏庆是个极为低调的人。

**访谈：**

**舒航：首先恭喜你的个人专集《为了母亲的微笑》、《血溅天师潭》出版，接下来还会有出书的计划吗？**

吴宏庆：已经整理出了十本集子发给书商，除了现在出来的这两本，剩下的或许会在这两年内出来。这些书都是从我在各刊物上发表过的故事里挑选汇集出来的，对我来说，就像一个一直在往前跑的人，偶尔会回头看看自己跑了有多远，但绝不会因此而停下来。

**舒航：故事这个文体的处境似乎并不如小说、戏剧这样受人瞩目，是什么原因造成的呢？**

吴宏庆：故事是情节的艺术，是构成很多文体的根本因素。你能想象小说、影视、小品、戏曲等等如果没有故事情节会是什么样的？老一辈故事家说，故事写好了，转写其他的就不难了。事实也是如此，我的很多短故事都被当成小说选载了，我写过栏目剧，还写过小品，虽然是玩票性质的，但感觉几者之间确实是有一定相通之处的。

可是故事的处境确实很尴尬，虽然中国民协已经成立了“故事委员会”，并开设了两年一界的“山花故事奖”，可这并没有从根本上改变这个现状。但冷静分析，故事的这种处境却又是意料之中的，一个是长期以来，故事杂志不作为，没有用自己的影响去带动这个行业改变和创新，而读者的思维却是与时俱进的，一个停，一个进，时间一长距离就很远了。二是有些故事作者也错误地认为故事就是胡编乱造，试想，连自己都看不起故事，那还能奢想别人看得起你吗？

**舒航：这些作品中，你最满意的是哪一些？**

吴宏庆：故事这一行有它的特殊性，它没有代表作，我个人觉得，我的民间奇案系列还有徽州故事系列还行。

**舒航：听说很多作家会希望别人给自己提出一些建议，而有部分作家会听不进别人的意见，你属于哪一种？**

吴宏庆：我把自己的文字当作商品，当然希望得到别人中肯的建议，以让这件商品更加完美。后者可能将自己的文字视为更高尚的东西，我做不到，但能理解。

**舒航：后来你开始给别人建议了，2009 年你南上广州，在一家全国知名的故事杂志做编辑，是厌倦了一直独自创作的生活吗？**

吴宏庆：故事的门槛相对比较低，入门快，每一年都会有不少新人冒出头来，但是，每一年也会有不少优秀的作者销声匿迹，我相信很大一部分人都是因为遇到瓶颈了，突破不了，只能放弃。2009 年，我的创作也进入了瓶颈，但是我知道该怎么去解决这个问题，那就是要开阔自己的视野，让眼里看到的、心里想到的更深更远。正好《百花悬念故事》找到我，于是一拍即合。

**舒航：现在很多人认为，故事界中，只有你们这些已经成名的故事家作品长青，而新晋作者很难有出来的机会，你怎么看？**

吴宏庆：你说的这种情况确实存在。我觉得，从编辑的角度来说，成名的故事家就像一个熟练的工匠，会将自己的作品打造得符合读者的审美观，而新作者的作品可能有创意，但火候不够。我的一些作者对此也有报怨，但我告诉他们，杂志不是小圈圈里的油印报，今天上了他的稿子，明天就该轮到你了。一开始写不好没关系，可以训练，但心态要是不放好，就干脆别碰这一行了。其实放大来说，心态不好，干什么也不会有成就。

**舒航：近年来，互联网成为了纸媒的一大劲敌，有很多作家都在各大中文网上发表作品，然后从互联网走到现实中，一朝成名，这样的现象你如何评论？**

吴宏庆：我也有朋友在写网络小说，为了点击量，每天都会更新上万字，甚至几本书同时开写，这对习惯了写纸媒的人来说是不可思议的。很多人批评说网络文学就是注水牛肉，作者为了字数对作品无限扩容。但我觉得，商业化写作，就是需要将利益最大化，只要你的读者认同。一篇文章，发表在纯文学杂志上，可能有上万读者。发表在《故事会》上，可能有两三百万读者，发表在网络上，很可能就是两三千万的读者。想想看，两三千万的读者认同一个作品，难道还不能说明问题吗？但网络文学的内情其实相当残酷，顶尖者收入确实非常高，但大多人都只能处于网站的无限压榨之下，白白消耗自己的才能与精力。建议入行慎重。

**舒航：你似乎不大在意外面世界的东西，无论是现实还是在故事圈里，一直很低调？**

吴宏庆：其实以前刚有点成绩时，特别想得到别人的认同，但接触和见识到的东西多了，就觉得有些东西没必要去在意，况且你在意了也不会因此而改变。至于低调，我是觉得，虽然在我所擅长的这一行里我有绝对的自信，但是，随便找个刚入行的新人，他所擅长的我也肯定不如他。所以还是常怀谦卑心，低调做人，张扬为文吧。

**舒航：你好像并不是一个浪漫的人，但却是一个模范丈夫，优秀老爸。你女儿知道你是一个著名作家吗？她是否以此为荣？**

吴宏庆：其实也谈不上，我们都是对物质生活得过且过的人，因为需求少，所以知足常乐。女儿只知道我是写故事的，但才小学三年级，并不知道什么叫著名，想叠飞机没有纸时，会顺手拿我的获奖证书去叠。有时我喝多了也跟她吹牛，但她似乎一点也不在意，在她看来，老爸就是任她掐捏也很少会发火的大朋友，比她的妈妈好。

**舒航：除了故事，你是否还有其他想法，比如尝试去写纯文学？**

吴宏庆：很多朋友都对我说，在故事界我已经到了金字塔顶端，没办法再去进一步了，想要发展，只能跳出去走另一条路，那就是纯文学。我认同前面一点，我不是纯粹的文人，我要达到职业写作的一个更高点确实只能跳出去走另一条路，但是，并不一定是纯文学。我一直觉得，一个人，无论是写作还是工作，首先要把自己定位好，莫言很厉害，但只有一个。我做了十年通俗文学，读者就是一切的观念不可更改，即便走另一条路，那也该是离市场最近的畅销小说。

舒　航

2013 年 3 月 30 日

# 目录 Contents

## 第一辑　天使的孩子



## 第二辑　温暖常在

## 第三辑　老有所依

# 第一辑

EPISODE 1

# 天使的孩子

# 星星的孩子

## 一、回家

何东来急冲冲地放下背包，走进儿子何小江的房间里。此时小江正将存钱罐里的硬币“哗”一声倒在地上。何东来上前将其中一枚踩在了脚下，然后蹲下来，希望小江能抬头看看自己。只是小江似乎并没有注意他的到来，而是聚精会神地数着硬币。很明显，这些硬币小江已经数过很多次了，数到最后，他发现少了一枚，于是将目光定在了何东来的脚下。

何东来嘿嘿一笑，将硬币先抢在手，逗他说：“小江，叫爸爸我就给你。”小江的脸突然涨得通红，毫无征兆地尖叫一声，随后他抓起存钱罐便狠命地砸在了自己的额头上，顿时，鲜血顺着他的脸流了下来。

何东来瞠目结舌，这时他才注意到小江的额头已经是伤痕累累了。他还没反应过来时，在外面的妻子周丽已经冲了进来，并顺手抄起放在桌上的医药箱，等来到小江面前时，她已经打开医药箱，拿出了里面的碘酒与纱布，动作娴熟地给小江包扎上了。而整个过程中，小江一直面无表情地在闷头把玩着那个存钱罐，仿佛受伤的不是他自己一般。

包扎好伤口后，周丽向何东来努了努嘴，示意他出去。等到何东来出去后，周丽关上小江的房门，说：“他两岁多的时候，有一次我带他去公园玩，因为接了个电话，把他给丢了。等我找到他时，他正躲在一个垃圾箱后面发抖。有人说他遇到了一只恶狗，给吓坏了。那以后，他就成这样了，不敢出门，不会说话，整天只是玩着这些硬币，医生说这是孤独症。”

何东来恨恨地说：“你是干什么吃的，带个孩子都带不了！”周丽一听，勃然大怒，吼道：“你还有脸问我？你知不知道我一个人带着他日子有多难过？那时我去做啤酒小姐，客户的电话我能不接吗？十年了，至少我将他养到了十岁，你呢？你什么时候担起过爸爸的责任？”

一番话说得何东来顿时低下了头，是呀，十年了，他在干吗呢？十年前的那一天，在妻子大腹便便即将临产时，他却因为酒后斗殴，致使对方重伤而被判了十年刑。何东来抱住了脑袋，缩在了地上。

这时，周丽的手机响了，她到了阳台上去接了后，随后拿起小挎包，对何东来说：“我还有事，冰箱里东西，你自己做吧。”

周丽走后，何东来打开冰箱，拿出里面的菜开始做了起来。十年的监狱生活并不是一无是处，至少他拿到了一个二级厨师证。饭菜做好后，何东来打开小江的房门，见他又在数硬币了，于是说：“小江，吃饭了。”小江没有理他，何东来上前从他手里抢走了硬币，却听到小江撕心裂肺一般地尖叫起来，跟着疯狂地挥舞着手脚。何东来束手无策……

晚上，周丽没有回来，何东来给她打电话，她说去朋友家住了。在监狱里的时候，支撑着何东来改造的信念就是出狱后可以陪着老婆孩子一起生活，现在，老婆不回家，而儿子，则像一只刺猬一般，叫他不知道如何下手去表达自己的情感。

接下来的几天里，周丽只回来了一两次，每次都是匆匆地来，又匆匆地走，甚至从来没在家过夜。一开始，何东来很难理解她为什么会这样，但日子久了，他就明白了，周丽惧怕的是家里那种死气沉沉的感觉。分别十年，夫妻感情已经平淡如水了，而维持他们感情的纽带的小江则永远都在数着那些硬币，整个家中，沉重的压抑感无处不在。

## 二、惊变

何东来在出狱前，曾接到狱友李清的邀请，叫他加入自己的公司。李清开了家收账公司，旗下都是两劳人员，这些人往债主面前一坐，很少有人敢不还账的。何东来本不想用自己引以为耻的经历来换取工作，可是他去找工作，别人一听他的经历便是摇头拒绝，他不得不去李清的公司报到了。

这天，何东来去收一家公司老板的债。因为小江最近情绪不稳定，他不放心把儿子单独关在家里，便带上了他。到了那家公司门口时，何东来让小江在门口等着，他自己进去要债了。但对方不仅不还钱，还叫了两个保安过来。那两个保安把何东来从楼上一路打下了楼，这才作罢。何东来无意中一回头，看到了小江正站在不远处看着他。何东来转过身子，擦去了鼻血，然后笑呵呵地上前，对小江说："路不平，爸爸摔了一跤，你别害怕。"但小江只是冷漠地看了他一眼，又低下头来把玩从不离手的存钱罐了。

晚上回家，正好周丽也在。何东来跟她商量，想将小江送到治疗所去。周丽一听，冷笑道："钱呢？"何东来长叹一声，瘫在了沙发上。周丽又说："我倒有个办法，就是不知道你同不同意。"何东来急说："什么办法？为了小江，我连命都可以不要。"周丽从包里拿出一张纸，说："只要你签了名，我马上拿十万块钱给你。"

何东来看了一眼那纸，顶头上写着四个大字"离婚协议"。何东来顿时瞪大了眼睛，问："你这是什么意思？"周丽转过脸去，说："我知道我很卑鄙，不该拿孩子来做交换条件，可是，我没办法。"

在周丽的诉说中，何东来知道了，原来周丽在几年前就有别的男人了，只是因为不放心小江，所以才没跟他离婚。现在，何东来回来了，把儿子交给爸爸她当然放心，但周丽又担心何东来不同意离婚，所以只能用儿子来做为交换条件。

"他不是有钱人，可是，跟他在一起我觉得很塌实，不像你，一走就是十年。现在你是回来了，可是谁知道哪天你会不会又进去。人有多少个十年呢？"周丽说着说着，掉下了眼泪，半晌，她又说，"你好好想想吧，我先走了。"

何东来脑子昏昏沉沉的，直到周丽"咚"一声关上大门，他才猛然间惊醒过来，他跳了起来，打开门，对着楼道大声喊道："你别作梦了，我不会离婚的！"

夜里，何东来正躺在沙发上抽烟，电话响了，是李清打来的。李清要他马上去东江路口。最近李清的公司受到另一家收账公司的排挤，恼羞成怒的他决定与对方进行一次火并。

何东来放下电话，抄起桌上的水果刀，正待揣进怀里，小江的房门开了，小江站在门口，定定地看着他。何东来赶紧将刀放在身后，却又觉得是此地无银三百两，于是笑道："小江，我正准备给你切水果吃呢。"

小江仍然是定定地看着他。何东来没办法，只得拿起一个苹果，削起皮来。他是厨师，刀工很好，片刻后，长长的一条苹果皮像脱衣服一样脱离开来。小江瞪大了眼睛，似乎感到很神奇。何东来见吸引了他的注意，喜道："怎么，你喜欢吗？我再给你削一条。"

待到桌上的水果皮全削完了后，小江已经困顿得不行了。何东来试着去抱他，这回小江居然没有抗拒，何东来将他抱回到房里，挨着他睡了下来。等到小江睡着了后，何东来一看时间，已经过去了半个小时，于是赶紧揣着刀出门打了个的士。半个小时后，到了东江路口，却远远地看到那边停了很多警车，何东来没敢停下来，兜了一个圈又回去了。

第二天，何东来回到公司，发现公司里来了很多警察。一打听，才知道昨夜那场火并，死了三个人，包括李清在内。何东来暗自庆幸，幸好是小江，否则，死去的会不会是自己呢？

## 三、绝望

出了公司的门，何东来茫然地在大街上转着。猛一抬头，他看到了眼前有一块大招牌"自闭症治疗所"。何东来顺着路标所指，来到了治疗所。一位姓何的大姐接待了他。一番询问后，何大姐说："听你的描述，你家的孩子应该是后天受到惊吓，当时又没有及时开导他而引起的自闭症。现在孩子还小，尚有可能治愈，如果长大了，就很难治了。我们这里有专业的医生，建议你还是把他带过来做个详细的检查。"何东来点头说："你说得很有道理，可是……我、我拿不出多少钱。"何大姐有些为难，说："我们这里是由自闭症家长组织开的治疗所，经费也很紧张，如果没有钱，虽然我们有心想帮孩子，但……"何东来看了看四周，布置确实很是简陋，心情一下子沉重了。

出了门，何东来坐在治疗所的大门口抽了几根烟后，拿出手机，给周丽打了个电话。

第二天，何东来带着小江跟周丽从民政局一起出来时，包里多了十万块钱。那边，一辆别克开来，钻出一个男人将周丽迎进了车子。何东来认识这个男人，他叫许志，曾是混混，现在洗手做生意了。但此时何东来却半点愤怒也没有了，他只有一个念头，赶快将小江带去治疗所。

这时，身后传来一个声音："哟，这不是东来吗？咋，出来了？不够意思呀，出来了也不来看看哥们。"何东来回过头，看到了一个歪着脖子的人正阴阴地看着他。何东来一惊，忙上前陪笑说："皮三儿，这么巧呀。我才出来没几天，没顾上去看你，对不住了。"

十年前，何东来为了庆贺自己要当爸爸了，请了几个朋友在饭店里喝酒。当时城里有名的无赖皮三儿也在边上喝着酒。喝着喝着，皮三儿不知道为啥掀了桌子，一桌子汤汤水水全倒了何东来这桌人身上。大家敢怒不敢言，而何东来因为喝多了酒，便上前质问皮三儿。横行惯了的皮三儿见有人敢当面顶他，冲上来就打。最后，何东来一酒瓶子砸在皮三儿的脖子上，皮三儿当场便趴在地上起不来了。后来警察找到何东来，说皮三儿被他打得脖子歪了，属于重伤。这就是何东来十年牢狱生涯的由来。

皮三儿显然早就盯上了他，说话这工夫，已经有七八个壮汉围了上来。皮三儿指着自己的脖子说："你坐了十年牢，这是政府处理的，我还没处理你呢。"何东来看着那些大汉，问道："你想干什么？"皮三儿呵呵笑道："你放心，我不打你，我是讲道理的人。这样吧，你只要给我十万块钱，我们就算两清了。"何东来下意识地抓紧了手里的包，说："我哪有这么多钱。"皮三儿眼尖，看到了他手里的包，手一招，那七八个人立即上前牢牢地架住何东来，皮三儿将包抢过来，打开一看，乐了，说："行，这钱归我了，你我再没任何瓜葛。"

何东来急道："这是给我儿子看病的钱，你还给我！"他猛地一挣，竟挣开了束缚，一把抓到了钱。但那些打手很快就又上前抓住了他。虽然何东来死死地捏着钱，可是，任他把上面的几张钱都抓破了，还是眼睁睁地看着皮三儿抢走了钱。

何东来有气无力地回到家中，小江像往日那般在数硬币，不过，听到动静，他难得地抬起头来看了一眼。何东来勉强对他笑了笑，随后开始做饭。做着做着，想到了自己的遭遇，想到了周丽，还有那十万块钱，不禁触动心怀，竟流下了眼泪来。他不知道自己活着还有什么意思，早知道这样，还不如在监狱里了，至少，那里还可以有梦想。想到这里，何东来心里突然狂跳起来，几乎在这一瞬间，他已经想到了该怎么做了。

## 四、报复

半个月后的一天，何东来去了“丽城快餐”去应聘送餐工。老板在得知他为了多挣些钱，并不在乎加夜班的事，很痛快地留下了他。

丽城快餐的生意很不错，一直到深夜时都在外卖。这天晚上，何东来接到老板的通知，叫他送两份外卖去清秀别墅区22号。何东来听后，脸上露出了一丝冷笑。

何东来之所以来应聘，是因为他曾跟踪了皮三儿半个月。皮三儿就住在清秀别墅区22号。别墅区的保安很严，而且，皮三儿出入都有打手跟随着，晚上还有两个打手住在他别墅的一层，要想直接找上门肯定不现实。不过，何东来在跟踪的过程中，意外发现每天晚上都有一个丽城快餐的送餐工给22号送两份快餐去，这显然是那两个打手要的。只要把两个打手解决掉，剩下早已被酒色掏空身子的皮三儿肯定不是他的对手，到时，除掉他并拿走自己的十万块钱就易如反掌了。是的，既然皮三儿不让自己活，那自己就先让他别活，然后拿走那十万块钱，把小江全托给治疗所，这样即便自己也要死，也无所谓了。

在送餐的路上，何东来将安眠药拌在了快餐里。来到清秀别墅22号门口时，何东来深呼吸了几次，控制着自己的情绪，随后，他抬头敲门。正在这时，他的手机突然响了，一看号码，是家里的，接来一听，那边却没有说话，只能听到一声声的呼吸。何东来马上想到电话是小江打来的。小江不会说话，但他对数字有着超强的记忆，记电话号码当然不在话下。何东来不知道小江为什么会突然给他打电话，忙急促地问道：“小江，你怎么了？出了什么事？”那边当然不会有任何回应。何东来心乱如麻，放下电话，立即掉转车头骑向家中。

才一开门，小江便扑在了何东来的怀里。小江穿着睡衣裤，光着脚丫，显然，他是从睡梦中惊醒的，肯定是做噩梦了。何东来将他抱回房间，安慰他继续睡下。看着小江似乎睡着了，何东来想起身，但小江却又马上睁开了眼睛，他的眼睛像受伤的小鹿一样，惊恐而无助。何东来心一软，柔声说道：“儿子，别怕，有我在呢？”渐渐的，何东来倦意上来，不知不觉地睡着了。

等到何东来醒来时，天已经亮了。这时他才发现小江满脸通红，呼吸急促，一拭额头，惊人地烫。何东来赶紧将他抱到了附近的医院，医生告知，小江因为高烧而导致了肺炎，必须住院。何东来掏出身上所有的钱，但只够两瓶盐水的钱。无奈之下，他只得给周丽打了电话。没多久，周丽来医院了。她泪流满面地吻了吻儿子，然后放下一沓钱便走了。

吊过盐水后，小江明显有了些精神，他对欣喜异常的何东来视而不见，却把眼睛四处转着，好像在找他的存钱罐。很快，他的目光落在了周丽放的那沓钱上，口中忽然艰难地吐出两个字“妈妈”。这是何东来第一次听到儿子说话，他又惊又喜地说：“妈妈刚来过，见你不在她就走了。她会再来看你的。”小江张了张嘴，似乎想要说什么，可是却什么也说不出来。

何东来正困惑时，护士过来催账了。何东来拿起钱要去交，小江突然一把将钱抢过来，紧紧地抱在怀里。护士在眼前，何东来很尴尬，忙上前去抢，没想到小江却把钱抱得死死的，最后何东来费了很大的劲才抢回来。心里却很奇怪，因为小江一直只对硬币感兴趣，怎么会突然要纸币了？何东来下意识地看了看钱，眼睛猛地直了，这沓钱上面的两张已经被拉皱了，上面还有一个很眼熟的指甲印。他猛地想到，那天皮三儿抢钱时，自己为了保护钱，大拇指指甲都把钱抠破了。又想到，小江有着常人难以想象的记忆力，他说“妈妈”，难道是指他记得这钱是妈妈的？想到这，他赶紧问小江：“小江，这钱你是不是见过？是那天妈妈拿给我的？”小江张了张嘴，艰难地说：“是。”

何东来顿时如受雷击，周丽竟然如此绝情，连给儿子看病的钱她也要给抢回去？不对，周丽是真的爱着小江，绝不可能做出这样的事来，那显然，就是许志背着她做的。

## 五、生活

为了证实自己的判断，第二天晚上，何东来自己买了两份快餐，加了安眠药送到了清秀别墅22号。20分钟后，他再次按门铃，里面已经没了动静，于是他顺着下水道爬上了二楼。皮三儿被惊醒后，看到杀气腾腾的他，完全失去了反抗的念头。一五一十地交代，这件事正是许志的安排。许志是周丽的高中同学，那时就在暗恋她了，不过后来何东来抢先了一步。后来，许志又唆使皮三儿找岔打何东来，结果皮三儿反而被打伤了。何东来入狱这十年，许志一直在缠着周丽，只是周丽放不下小江一直没答应。等到何东来出狱，许志又承诺给周丽十万块钱帮小江治病，但等到周丽跟何东来离婚后，他又让皮三儿把钱给抢了回去。

皮三儿面无人色，他又是下跪又是磕头，求何东来饶他一命。何东来冷笑一声，从他身边跨了过去。出门后，他给周丽打了个电话，接通之后，他什么也没说，只是把刚才录下的皮三儿的话放了一遍。

第二天，周丽回来了，虽然化了浓妆，但仍然掩饰不了她脸上的几处青肿。周丽把一沓钱放在了桌上，说："这是那十万块钱，我给要回来了。对不起，我不知道他是这样的人，我跟他已经分了。这些钱你拿着，带小江去治病吧。"何东来急切地问道："你脸上怎么了？他打你了？"周丽眼圈一红，什么也没说。何东来站了起来，走进厨房，片刻后出来，正要出门，周丽扑过来，从他腰里拔出一把菜刀来，丢在地上，哭道："我不值得你这样！你别犯傻了！"何东来说："不管怎么说，我不能让别人欺负你！而且我也想过了，小江还是交给你好。你不知道，他那天开口叫妈妈了。"一番话说得周丽失声痛哭起来，却将何东来紧紧地拉着，生怕他去做傻事。

这时，小江的房门打开了，小江抱着存钱罐站在门口，定定地看着他们。半晌，口中艰难地说："妈妈——爸爸。"周丽一声悲嚎，扑上去紧紧地抱住了小江。何东来也禁不住泪流满面，上前抱住了这两个对自己最为重要的人。

第二天，何东来把那十万块钱还给了许志，他对一脸诧异的许志说："我的儿子虽然有病，但他是纯洁的，我不希望你的钱污辱了他的纯洁。另外，我送你一句话，恶有恶报，早晚，你会有报应的。"从头到尾何东来都很冷静，因为，他们一家三个人已经再也没有失去任何一个人的勇气了，生活是艰难的，只要一家人团结一心，有什么难题闯不过去的呢。

不久，何东来找到了份厨师工作，周丽也开始上班了。两人的计划是存上一笔钱，然后把儿子送去治疗。小江虽然仍然整天闷头数着硬币，可是，他们都知道，儿子是爱他们的，就像他们也爱着他一样。有爱就有奇迹，所以，小江一定会好起来的！

# 寻找我的科登

## 一、女偷渡客

凌晨三点多钟，一艘装满了集装箱的货轮从幽暗的海中驶来。不多时，货轮靠上码头，几个黑影从船上走了下来。几乎是同一时间，原来黑漆漆一片的码头上突然亮起了无数高能聚光灯，瞬间将四周照得通亮。在那几个人还没反应过来时，一队黑衣特警已经扑倒了他们。随后，从暗处走出一个面色冷峻的女人。那几个人一看到她，顿时哀叹一声："真是见鬼，竟遇到这个恶妇！"

安琳卡是州移民局反偷渡组负责人，素来以行事凶狠果敢而令各个偷渡集团对她恨之入骨。在做这行的十来年里，她亲手抓获的"蛇头"无以数计，以至蛇头们一提起她，都会又恨又怯地称她为"恶妇"。

安琳卡在被捕蛇头的带领下，打开货轮上的一个集装箱。门才打开，一股恶臭夹杂着腥酸味顿时扑面而来，尽管在场的人都见惯了这种情景，却还是忍不住地捂住了鼻子。在灯光的照射下，集装箱里二三十个面目模糊的人影在瑟瑟发抖。安琳卡暗自摇了摇头，她太了解这些偷渡者一路上的遭遇了，而最关键的是，他们受的这些苦没有任何价值，按照法律，他们会在审讯之后被遣送回国。

正像线人事先提供的情报所说的一般，这些偷渡客都来自于非洲的某个国家。那个国家连年内战，富者富可敌国，任意杀戮，穷者饥渴难耐，更有随时都会降临的死亡。这些因素导致了一波又一波无法制止的偷渡狂潮。

偷渡客被带到办事处后，安琳卡和同事开始审讯起他们来，事情进展得很快，不多时便已经审过了七个人。第八个偷渡客被带了进来。安琳卡头也不抬，问道："姓名?"偷渡客轻声说了句什么，口音很重，安琳卡没听懂，她抬起头来。这是一位女偷渡客，三十多岁，黝黑的皮肤，瘦瘦弱弱的，很腼腆。安琳卡吃惊地说："琼斯，怎么又是你?"

琼斯这是第三次落在安琳卡手里了。琼斯的口音很重，以至熟悉那个国家官方语言的安琳卡也难以听懂，只能根据她的发音推测出她叫"琼斯"。因为无法交流，没人知道琼斯的具体情况，连蛇头也说不清楚。安琳卡在这行做了这么多年，很少会两次遇到同一个偷渡者，因为偷渡者大多是穷人，为支付一次偷渡费就很可能已经倾家荡产了，断难有能力支付第二次偷渡费。而琼斯三次偷渡，这足以说明她的家境已经算是很不错了，既然这样，她又何必非得偷渡过来呢?安琳卡带着这个疑问，试探地询问道："就我所知，偷渡者一般都是为了来我国赚钱，可是你似乎并不缺钱，为什么要一直偷渡呢?难道你没想过，就算你偷渡成功了，说不定比你在家里还差?"

安琳卡根本没想要得到答案，因为她知道琼斯听不完全自己的话，就像自己也听不完全她的话一样。没想到琼斯却摇了摇头，说："不，我不是为了钱。"安琳卡一喜，琼斯的口语比半年前第二次见到她时进步了很多，她追问道："那你为了什么?"琼斯说："我来找科登。"安琳卡念叨了两遍这个词，问道："是个人?"琼斯点头。安琳卡露出不可思议的表情，说："你的意思是，你连着三次偷渡，就是为了来找个叫科登的人?他是什么人?为什么你不打电话或者写信给他?"琼斯点头，又摇头说："我只是知道他在这个国家，但不知道他在哪。不过我相信我过来后，总有一天会找到他的。"

这是安琳卡遇到的最奇怪的偷渡客了，付出这么大的代价，只为寻找一个人，这人是她的情人吗?但既然科登连地址电话也没告诉琼斯，那就算她找到了又有什么用呢?尽管安琳卡很同情琼斯，但职责所在，在记录在册后，安琳卡还是通知了她国家的大使馆。

忙完这个案子后，安琳卡来到圣女孤儿院。真实的安琳卡并不像外人看起来那么坚强，她是孤儿院的义工，在闲暇时，她总会到孤儿院里义务教孩子们，只有这些天真无邪的孩子才能让她紧绷的精神放松下来。

## 二、行动失败

安娜修女见到安琳卡，焦急地对她说："小马修又生病了。"小马修是个七岁的黑人男孩，半年前，他的父母在一次车祸中双双遇难。小马修的身体非常糟糕，长期的营养不良导致他发育畸形，他头大如斗，四肢却细小如树枝。若不是他父母去世了，安娜修女和安琳卡肯定会去告他们虐待儿童。安琳卡很喜欢小马修，而小马修跟她也最亲，所以一见面安娜修女就对她说了这事。

安琳卡一听，急问："他现在怎么样?"安娜修女忧心忡忡地说："医生已经给他看过病了。不过，他的身体实在太虚弱了，我担心他……上帝呀，保佑一下这可怜的孩子吧。"

说话间，两人来到小马修的房间。小马修服了药后已经睡着了，他单薄的身体在被子下面仿佛纸片一样，而硕大的额头上却长满了皱纹。安琳卡坐在他的身边看了很久，随后，拉着安娜修女走出去，说："安娜修女，我想领养小马修。"安娜修女吃了一惊，说："你想清楚了吗？虽然我不该说这些话，但我还是要提醒你，领养他需要付出很大的代价。"安琳卡说："在上帝面前，人人都是平等的。"安娜修女见她态度坚决，也不再劝她了，而是说："别人都说你是恶妇，但上帝知道，你是最仁慈的。"

办了领养手续之后，安琳卡将小马修接回了自己的家中。小马修明白自己被她领养了，从此，这里就是他的家了，他非常高兴，改口叫安琳卡"妈妈"，这让一直忙于工作而无暇结婚生子的安琳卡倍感满足。在她精心的调养下，小马修的身体也渐渐好转了。

这天，安琳卡接到线人的报料，说明天凌晨 2 点时，将有一艘从非洲过来的偷渡船要在基港码头靠岸。安琳卡立即请安娜修女过来照顾小马修，自己则带队提前在基港码头埋伏下来。

夜渐渐深了，码头上一片安静，而埋伏在暗处的安琳卡心里却越来越焦躁，按照以往的经验，在码头接应偷渡船的人早该现身了，可到现在码头上还没见任何动静。四周惊人地安静。安琳卡隐隐地觉得有哪里不对，可是，线人是值得信任的，而且，自己这一方又有这么多人，谅蛇头再有胆量也不敢袭击他们。

时间一分一秒地过去了，安琳卡看了看时间，已经是凌晨 2 点 20 了，看来，线人提供了一个不大准确的情报。又过了段时间，安琳卡准备收队了，却看到黑暗之中走来一个人，这人鬼鬼祟祟的。难道，这就是接应者？安琳卡手一挥，几名警察立即冲上去，将那人死死地按在了地上。

但让安琳卡失望的是，这并不是接应偷渡的人，而是一个趁着夜色来偷盗的流浪汉。安琳卡感觉到事情不妙了，她不顾与线人的约定，主动打了电话过去。但电话响过很久也没人接听，她意识到，线人一定出了问题。

再蹲守下去已经毫无必要了，于是安琳卡宣布收队。在回家的路上，安琳卡一边开着车，一边想着刚才发生的情况。正这时，一辆大货车突然从后面冲了上来，在并肩而行之时，突然急打方向，挤向安琳卡的车。路旁，是一排大树，一旦撞上去后果不堪设想。

紧急关头，安琳卡本能地急刹车，车子发出一阵刺耳的声音，在原地打了几个转后，车尾还是不可避免地擦上了大货车。安琳卡只觉得身子一震，几乎要飞出窗外，幸好保险带拉住了她，即便这样，这瞬间也使她胸口一闷，一口气喘不上来，神智迷失了几秒钟。

等到安琳卡回过神来时，正好看见前面的大货车正在倒车，而后视镜里，又有一辆大货车正从后面冲她开来。安琳卡下意识地去解保险带，但一阵阵眩晕却令她再次失去了意识。

## 三、善良人们

安琳卡再次睁开眼睛时，发现自己已经躺在医院里了。非常庆幸，在两辆大货车将要将她挤成肉酱时，一辆巡逻到此的警车开枪示警吓跑了那些人。从路上的监控录像里，可以看到那些家伙里有个叫“黑鲨”的蛇头。黑鲨的偷渡集团不止一次栽在安琳卡的手里，显然，这是一起报复行为。

安琳卡并不是第一次这遭遇到这样的情况，她知道，对付这种人渣，退缩永远是行不通的，只有进攻，将他们抓住，丢进牢里关一辈子才是最好的办法。于是，在安琳卡尚未出院时，她便在着手调查黑鲨了。几轮交锋下来，黑鲨的偷渡集团成员几乎被抓尽了。

一个月后，安琳卡出院了，安娜修女带着小马修来接她。看着一脸伤疤的安琳卡，小马修扑在了她的怀里痛哭起来。安琳卡拍了拍他的脑袋，笑着说：“我没事，别哭。男孩要坚强。”小马修很听话，含着眼泪使劲地点了点头。

回到家后，安娜修女让小马修自己去房间玩，随后，她开口说道："安琳卡，我们误会了小马修的父母，他们很伟大。"安琳卡不解地问道："为什么?他们把小马修害成这样。"安娜修女说："这是个误会。小马修的原籍是非洲的一个国家，那里连年战乱，每天都有无数孩子饿死。三年前，有对记者夫妻去那里采访，见到小马修时，他已经饿得奄奄一息了，夫妻二人很同情他，想为他治好病，可是，以那里的医疗条件根本不可能治得好，于是，在征得他家人的同意下，收养了他，并将他带回国内治疗。只可惜，半年前的一场车祸……"

原来是这样，安琳卡也深为误会了这对善良的夫妻而感到后悔，她说："这世上虽然有很多不幸，但所幸的是，始终有一些善良的人在尽力阻止不幸的发生。"安娜修女点头说："确实是这样，你救助了别人，你就是那人心目中的上帝。"

这天晚上，安琳卡蜷在沙发上看着电视。本地新闻里，主持人正毫不掩饰自己的厌恶，控诉着近年来在本市出现的大批非法移民。这些非法移民大多困缩于贫民区，因为不能见光，无法找到正常的工作，大多人都不可避免地涉及抢劫，偷盗，凶杀等等，造成了本城刑事案件不断攀高，是社会上的一个大毒瘤。接着，主持人播放了一段显然是偷拍的录像，画面中，阴暗破落的集市上，一个个面露菜色的人都在用不怀好意的目光着看偷拍的记者，一些妓女更是毫无廉耻地卖弄着风骚……猛地，安琳卡张大了嘴巴，她看到了琼斯。琼斯像个廉价的妓女一般，化着很浓的妆，穿着暴露的裙子，倚在墙角冲着偷拍的记者吹口哨。

天，琼斯还是偷渡成功了！且不说昂贵的费用，就说偷渡时所受的苦，常人经历一次便永远也不会再有这个念头了，而她，竟然连着偷渡了四次。她真是个非常执著的人。安琳卡想到，琼斯的偷渡成功，意味着偷渡集团很可能另有途径了。只是，城区遍布着四个大码头，临近的小型码头更是难以数计，没有情报的话，想查清楚他们走的是哪个码头几乎是不可能的事。

## 四、贫民窟行

第二天，安琳卡化装成男人去了贫民区。尽管她刻意穿了普通的衣服，但在这里，仍然能让人一眼看出她不属于这里。一路上，都有别有用心的目光毫无忌讳地看着她。安琳卡装作毫不在意的样子，在里面走着。远远地，她看到了琼斯。

琼斯注意到一个男人向自己走来，便吹着口哨迎了上去。安琳卡跟她进了屋，随后将帽子掀开。琼斯认出她来，吃惊地张大了嘴巴。安琳卡示意她安静，说："我需要知道你是怎么来的。"琼斯低头不语。安琳卡又说："我们打交道不是一次两次了，你应该知道，或许我解决不了贫民区的问题，但要把你遣返回国实在太简单了。"琼斯听了，连连摇头哀求道："不要，求你了，我必须要找到科登！"这是安琳卡第二次听到科登这个名字了，她好奇地问道："他是你什么人？情人？丈夫？"琼斯摇头，说："他是我儿子。"

几个月里，琼斯的口语又进步了很多。琼斯说自己的男人死在战火中，当时科登才三岁，她用了所有的办法也只能保证不让他饿死。可是，在科登四岁时，她得了一场病，自顾不暇，根本没有能力去管科登。母子二人正等死之际，一对外国夫妻像上帝一样降临在她的面前，不仅给她治好了病，而且，还要将她的儿子带回国抚养。当时琼斯只想着要让儿子活下来，没多想便答应了。可是，等到儿子离开后，她却后悔了，没有孩子，她活着毫无意义。可是，因为语言不通，她只知道那对夫妻是哪国人，却不知道他们具体住在哪里，所以，她决定偷渡过来寻找科登。为了赚到那昂贵的偷渡费用，她用尽了各种办法，包括出卖身体、偷盗、行骗……总算筹得一笔钱交给蛇头。没想到第一次就被安琳卡抓住了。被遣返回国后，琼斯并没有停止自己的计划，她脑子里只有一点——把儿子找回到身边来。于是，有了第二次、第三次，直到第四次，才偷渡成功。可是，到了这里后，她却发现自己根本无从下手调查，同时巨额债务逼得她不得不沦落风尘。

安琳卡听了琼斯的诉说后，心里一动，琼斯的儿子怎么跟小马修的遭遇如此相似？难道，小马修就是科登？不会吧，天下有这么巧的事？安琳卡对琼斯说了小马修的事，只是，琼斯似乎并不相信她的话，说："谢谢你的关心，不过，我想世上是不会有这么巧的事的。我知道你的目的，是想知道我们是从哪个码头上岸的。对不起，你可以把我遣返回国，可是，我不会告诉你的，因为你永远不知道我们那里有多苦，多么有必要到你们这里来，我不能因为我一个人而害得别人永远活在那个地狱里。"

安琳卡又气又恼，可是看到琼斯的表情，就知道自己劝说不了她，只得摇头说：“你可以不说出来，但我建议你最好还是去看看小马修，万一他是你的科登呢?”琼斯犹豫了片刻，勉强点了点头，说：“或许我找个时间去看看吧。”

几天后，琼斯给安琳卡打来电话，请她带上小马修到儿童乐园里见面。安琳卡在心里已经认定小马修就是科登了，很高兴，立即给小马修换上了全新的衣服，这让他看起来精神多了。安琳卡开车带着小马修去了儿童乐园，远远地，就看到琼斯正站在门口处。

安琳卡带着小马修走了过去。只是，意想中母子重逢的场面并没有发生，琼斯上上下下地看了小马修几眼，失望地摇了摇头，说：“再次感谢你的热心，但这不是我的科登。”安琳卡不敢相信，说：“你再仔细看看，你最后一次见他，他应该还很小，现在他已经长大了。”琼斯笑了起来，说：“我怎么会认不出我的科登，你太低估了一个母亲的本能。”

## 五、伟大母亲

安琳卡很失望，却不想自己的心情影响小马修，于是在琼斯走后，她带小马修进儿童乐园里玩了起来。小马修根本不知道刚才发生了什么，很快找到几个伙伴高兴地玩了起来。

也就是一错眼间，安琳卡突然发现小马修不见了。她焦急地在儿童乐园里四处寻找着，可是怎么也找不到。正当她要打电话报警时，手机响了。接来一听，里面是个阴狠的声音：“恶妇，那个小男孩在我的手里，不要报警，否则他死定了。”安琳卡闻言立即四处察看，那人显然在暗中观察着她，说：“你不用多费心思了，你是找不到我的。即便找到，也会看到那孩子的尸体。”

安琳卡吼道：“你是谁？想要干什么?”那边冷冷地说：“你抓了我那么多人，坏了我那么多生意，最后让我无路可走，竟然还不知道我是谁吗？提醒你一句，上次，算你命大。”安琳卡脱口而出：“你是黑鲨！黑鲨，孩子是无辜的，你别乱来!”那边大笑，说：“这世上有谁是无辜的呢？因为你，你身边的人都有罪。你听着，今晚 11 点到海边来，记住，只准你一个人，多一个，他都会没命的!”说着，黑鲨挂掉了电话。

当天夜里，安琳卡开车去了海边。海边空荡荡的没有一个人，安琳卡在沙滩上转了几圈后，一个黑影从一块礁石后面走了出来。走近之后，安琳卡认出他正是黑鲨。黑鲨冷笑道："恶妇，我很佩服你的胆量，可是我也要嘲笑一下你的愚蠢。"说着，他掏出枪来。

"等等。"安琳卡叫道，"既然我来了，就不怕你开枪，可是开枪之前，希望你能保证孩子的安全。"

黑鲨大笑道："所以说你是愚蠢的，我会放过他吗？你放心，到时我会把你们两个人的尸体丢进大海，就像你的线人那样，永远也没有人找得到。"说着，他再次举起枪来。正在这时，远处突然冲来一辆汽车，直奔黑鲨而去。黑鲨吓了一跳，赶紧闪开。那辆汽车冲到沙滩上，轮子卷起了两道沙墙，安琳卡趁机卧倒。汽车的轮子陷入沙子中，憋熄了火。黑鲨反应过来后，怒不可遏，冲着驾驶室连开数枪。随后，又向安琳卡举起了枪。这时，枪声大作，接到安琳卡求助电话的警察及时赶到了，黑鲨被子弹撞击得像个牵线木偶一般倒下。

安琳卡冲上前，打开车门，一身血污的琼斯歪倒在她的怀里。琼斯脸上露着一丝异样的笑容，挣扎着对安琳卡说了一句话："夏汀克码头。"随后，她停止了呼吸。

警察在礁石后面找到了小马修。安琳卡搀着他返回自己的车子，路过琼斯的尸体时，她心里突然一动。

几天后，安琳卡和她的队伍在夏汀克码头成功抓获了一个偷渡集团。同时，琼斯与小马修的 DNA 比对结果也出来了，他们确是母子。

尽管安琳卡早就想到了，却还是惊诧不已。琼斯为了找儿子，不惜四次偷渡，可在找到时却又放弃了，因为她亲眼看到儿子跟着安琳卡要比跟着她幸福千万倍。那天在儿童乐园里，很可能她根本没有走开，而是在远处眷恋地看着她的科登，也因此，才看到黑鲨抓了她的孩子，并一路跟随到了海边……为了儿子的未来，琼斯放弃了自己的梦想，为了儿子的生命，她又放弃了自己的生命。安琳卡长出一口气，小心地将鉴定书放进抽屉里，总有一天她要让马修知道，他有一个多么伟大的母亲。同时，她也在提醒自己，在以后的执法中，多一点人情味。

# 勇敢的心

## 一、引祸上身

十六岁的露易丝与妈妈莱茜住在德克萨斯的一个小镇上。露易丝记得她们是六年前搬来这的，当时她还问过妈妈，为什么要搬到这么偏僻的地方来？要知道她们之前是住在纽约的，尽管生活条件并不好，但那毕竟是大城市，有着很多小镇上没有的便利。但妈妈只是叹了叹气，什么也没说。

六年多的时间过去了，露易丝早就习惯了这里的生活。如果不是汉克出现的话，她会更喜欢这地方。

汉克是不久前从外地转学来的，他长得很高大，据说在原先的学校里因为跟黑帮分子有瓜葛，还曾伤害过人，所以被勒令退学了。不过他父亲是州议员，很快就将他转到了露易丝这所学校来。那天，露易丝和好友玛沙走在校园里的时候，看到一个从没见过的同学很孤单地站在篮球场边看着里面玩乐的人，当然，那时露易丝并不知道他就是汉克，如果知道，她绝不会上去打招呼的。

玛沙指着汉克说："新来的，是不是很帅？"

露易丝承认汉克是很帅，但吸引她走过去打招呼的并不是因为他的帅，而是她也曾转过学，知道那种面对陌生环境和陌生人的茫然感，所以她走了过去，伸出手来，说："嗨，你还好吧？"汉克有些意外，上下打量了她一番，然后握住她的手，说："谢谢。你真漂亮。"

露易丝之后就几乎忘记了这事，她并不是个活泼的女孩，但从不吝啬将自己不多的快活带给别人。可她没想到，这次接受她快乐的人是汉克。汉克在几天后就在学校里出了名——就像每个学校一样，这所学校也有个老大，还有一帮手下，他想揍汉克一顿。而汉克毫不犹豫地把他打伤了，然后，他就成了新的学校霸王。

成了老大后的汉克找到了露易丝，说自己喜欢她，希望她做自己的女朋友。汉克说这话时，脸上还挂着没愈合的伤疤，这让他原本英俊的外表狰狞无比。露易丝吓坏了，她并非没有想过爱情，但她绝不会接受汉克。只是汉克显然不在乎她的想法，露易丝越拒绝，他就似乎越兴奋。

露易丝很害怕，每天都和玛沙在一起，希望能打消汉克的念头。只是，这并不起效。这天早上，露易丝来上学，远远地看到汉克站在教学楼前，她低着头走了过去。

汉克几步冲过来拦住她："嗨，等等，露易丝。"露易丝狠狠地说："汉克，别再缠着我了。我不可能会喜欢你的。"汉克的脸色顿时变得很难看，说："我告诉你，只要我想要的，就一定会得到。包括你！"露易丝被汉克吓傻了，直到玛沙叫她才回过神来。她慌张地说："怎么办，玛沙，我该怎么办？"

玛沙建议露易丝去报告校长。然而校长听了之后，无奈地摊了摊双手，说："露易丝，我不能因为你一句话而去教训汉克，你没有证据证明他想侵犯你。"玛沙愤怒地说："还要什么证据，那么多同学都知道汉克在威胁露易丝，难道非要等出了事你才管吗？"但不管她们怎么说，校长都坚持这事他管不了，因为几乎每个年轻人生气时都会说几句狠话，天知道会不会真正去实施。

露易丝开始害怕上学了，她每天进学校都要磨蹭很久。女儿的反常落在莱茜的眼里，这天早上吃早餐的时候，莱茜问道："亲爱的，最近你怎么了？是不是因为我工作太忙没时间陪你，所以感到妈妈不再像以前那样爱你了？"露易丝勉强挤出一个笑容来："不，妈妈，看你说到哪去了。"

莱茜笑了笑，脱下外套丢进洗衣机里，她是镇里的伐木工人，有着一身结实而饱满的肌肉。莱茜伸手去拥抱露易丝，但露易丝不露痕迹地转了个身子，使她抱了个空。莱茜愣了愣，说："宝贝，你要记住，不管发生了什么事，我都会保护你的。"

## 二、护犊心切

露易丝的爸爸在她很小的时候就去世了。以前露易丝不知道妈妈为什么会从纽约搬到小镇来，现在知道了，因为纽约的花费太大。即便是来到这个小镇上，妈妈也只有做那些强悍男人才去做的伐木工才能养活这个家。所以露易丝觉得妈妈很伟大，但她却一直有意识地拒绝和妈妈亲热。

“妈妈，我……”露易丝觉得自己肯定伤害了妈妈。

莱茜笑着拍了拍露易丝的脸说：“宝贝，你要开心一点，只要你开心，妈妈就会开心，你明白吗？”露易丝觉得妈妈的手就像粗砂纸一样，摩擦得自己皮肤都痛了，她说：“我知道了，妈妈。”莱茜笑了，说：“好了，你慢慢吃吧，我要上班去了。”她穿上工作服，扛起斜放在门口的那把巨大的斧子出门了。伐木场里的电锯根本不够用，于是莱茜选择了斧子当工具。

露易丝胡乱地吃了一点东西，然后去上学了。她正走在路上时，突然听到身后传来一阵汽车的轰鸣声，跟着刺耳的刹车声在她身边响起。她吓了一跳，看到车上跳下来一个人，正是汉克。汉克吹着口哨说道：“嗨，要不要我载你一程？”

露易丝瞪了他一眼，没有理会，继续向前走。汉克冲了上来，一把抓住她的手臂说道：“嗨嗨嗨，你不是喜欢我的吗，要不那天干吗跟我打招呼，你既然勾引了我，为什么又要这样对我？”露易丝气得满脸通红，她挣扎着叫道：“我跟你打招呼是因为我看你可怜，我真后悔……你放开我……”

“不，你在撒谎，我的小甜心。”汉克拉扯着露易丝，“你告诉我，为什么不喜欢我……”话没说完，他的脑袋挨了重重一记，立即松开拉着露易丝的手捂住了头，回过头来一看，一个中年女人像一只猛兽一般向他扑来，他看清楚了，打到他头的东西正是这个女人手中那把巨大的斧子，幸好是用斧柄打他的。女人咆哮着：“滚开，你这混蛋，滚得远远的！”

汉克吓得连连躲闪，他跳上了车子。女人一斧子劈过来，将车子砸了一个洞，吼道：“混蛋，给我滚得远远的，要再让我看到你欺负她，我就把你劈成两半！”

汉克被吓跑了，但露易丝也被吓到了，她从来没见过妈妈这么疯狂，见她愣在那里，莱茜放下手中的斧子，想去抱她，但又停住了：“宝贝，吓着了吧。我见你这些天都神情恍然的，知道一定发生了什么事，所以今天跟着你来了。放心，有妈妈在，我永远不会让坏蛋欺负你的。”

但露易丝并没有感到轻松，她知道汉克决不会轻易放弃的。学校里流传了很多关于汉克的传言，说他跟黑帮有联系，而这个黑帮在离小镇不远处的城市里也有分会，还有人说他曾经杀过人……总之，在大家眼里，他就是魔鬼，一个魔鬼，怎么会害怕一个女人呢。

一连几天，风平浪静的，露易丝心想自己可能紧张过度了，汉克或许没有传说中那么可怕。没人见到妈妈那疯狂的样子不害怕的，汉克可能真的害怕那巨大的斧子会落在自己的头上。

这天傍晚放学，露易丝和玛沙一起走在回家的路上。路上，汉克突然开车将她们拦住，汉克冷笑着说："露易丝，你以为我忘记你了吗？你太低估我了。"玛沙拦在露易丝的面前，说："汉克，你太无耻了，露易丝不喜欢你，更不可能当你的女朋友，你快走开！"

话音刚落，玛沙的脸上就挨了汉克一巴掌，汉克一把揪住她的头发，吼道："我在跟露易丝说话，你算什么东西，滚开！"汉克打了玛沙几拳后将她推倒在地，再一把抓住露易丝，恶狠狠地说："我想要得到的东西就一定要得到。你别以为你有个疯子妈妈我就不敢怎么你，告诉你，这一回，我要让你们都后悔。"

"你做梦，我妈妈会揍你的。她一定会的！"

## 三、疯狂报复

汉克哈哈大笑，他手一招，从车上跳了三个人来，将挣扎着的露易丝推上了车。一旁的玛沙立即跑到伐木场去告诉了莱茜。莱茜听说后，二话不说，扛着斧子就上了车。汉克似乎在等她，见到她后，这才发动了车子。

两辆车一前一后地在小镇公路上狂飙起来，汉克是地下飙车手，他满以为自己会将莱茜甩得远远的，到时，他再故意停下来等她，就像猫捉老鼠一样。但汉克很快就发现自己错了，这个疯女人就像那天一样疯狂，她不要命地开着车，两车的距离越来越近了。追了半个多小时后，在一条州际公路上，莱茜猛地提速，以几乎不可能的速度超过了汉克的车，然后一个急刹车，同时猛一打方向盘，"嘎吱"一声巨响，车子在路上留下了两道长长的轮胎印。

汉克差点就要撞上了莱茜的车子，好在他技术不错，紧急刹车，车里的人一个个地滚到前排来了。汉克很没面子地下了车，看到莱茜提着那把令人恐惧的大斧子一步步地逼了过来。他立即将露易丝从车里抓出来，然后掏了一把刀子对准了她的脖子，叫道："你这个疯女人，再走一步看看！"莱茜停住了脚，说："你放开她，我就让你走。"

汉克的黑帮朋友哈哈大笑，奇怪地问汉克："汉克，这女人的脑子是不是有问题？"汉克不像他们，他可领教过这疯女人的厉害，不过，现在自己这一方有四个男人，还有一个人质，对方只是一个女人而已，想到这，他也哈哈笑了起来，说："你说得没错，她的脑子是有些问题。"他对莱茜说："疯女人，快把斧子放下来，否则，我就在露易丝的脸上划一道口子。"露易丝惊恐地叫了起来："妈妈，救我，我害怕！"

莱茜闻言缓缓地将斧子放了下来，对露易丝笑道："宝贝，别害怕，有我呢，我不会让他们伤害你的。"

见莱茜的斧子放了下来，汉克这才长松一口气，说："疯女人，谁跟我结了仇都没好日子过。有一次一个小子打了我，结果我打断了他的双手，还有一次有人踢了我，我将他的脚都废了。那么你呢，我想想，我该怎么惩罚你。"

莱茜很平静地说："你先把露易丝放了，随便你怎么惩罚我都行。""不，妈妈，不要，你会受伤的。"露易丝急促地呼喊着。莱茜看着女儿，再次露出了微笑："宝贝，不用担心我，他们伤害不了我的。"

这时，汉克的朋友说道："汉克，我看我们还是快点儿吧。"汉克点了点头，然后对莱茜说："你是露易丝的妈妈，我不想把你打得断手断脚的，所以我突然想到了一个好主意，你把衣服脱了……"

"什么？"莱茜愤怒地说，"混蛋，你说什么？"

"嗨，你别担心，虽然我很喜欢女人，但你太老了，不合我的胃口。我只是想让你光着身子站在这里。你知道，这条路上车子很少，如果你运气好，或许几分钟后就有车过来了，如果运气不好呢，或许一两天没车来。"汉克似乎很得意自己这个主意，他和他的黑帮朋友哈哈大笑起来。

莱茜的脸因为愤怒而涨得通红，她看了看脚下的斧子，似乎在想是不是该用它了。汉克很快就发现了她的企图，将刀子逼紧了一些。露易丝感到脖子上的皮肤被刺破了，她痛得尖叫起来："妈妈，别管我，把斧子拿起来！"汉克顿时紧张起来，自己的要求是不是过分了些？如果这个疯女人不管女儿，而是直接拿着斧子扑过来，一定会有人倒大霉的。正在他担心时，莱茜一踢将斧头踢得远远的，双手高举，哀求道：“别伤害她，请千万不要伤害她，我脱！”说着，莱茜将工作服脱了，她里面是件黑背心，跟着，她将背心也脱了。

汉克和他的黑帮朋友突然失声叫了起来：“天啊！”

莱茜的身上，内衣没有遮住的地方，满是文身，前面是一只五彩斑斓的龙，文身很精美，龙身盘在腹部上，龙头从内衣的乳沟间穿出来，狰狞恐怖；背上则是一只斑纹豹，弓着身子，张着血盆大口，露出四颗令人惊心的獠牙……

## 四、勇敢的心

露易丝见到妈妈露出了文身，痛苦地闭上了眼睛，很小的时候，第一次见到这些文身，她就被吓哭了。以后，还时常在梦中被惊醒，也因此，当妈妈要与她亲热时，她总会不自觉地想起妈妈身上的文身而拒绝。她不明白，妈妈为什么在身上文这些狰狞的东西。

“这、这他妈的是什么？”汉克结结巴巴地说道。

汉克的一个朋友附在汉克的耳朵边说道：“汉克，这女人可能很有来路。”汉克一愣，说：“什么？一个伐木的女人有什么来路？”朋友很吃惊地说：“你说什么，她是伐木工人？天，你好好想想，一个正常的女人会做伐木工人吗？见鬼，你给我们惹麻烦了，我敢打赌，她一定有背景的。”

什么背景，黑帮老大？汉克在黑帮的地位小，没见过老大，但他知道老大的身上也文着乱七八糟的文身。他的身上也有，不过是个女人的头像，而且很小。文身几乎是黑帮成员的标志，因为每个人刚出道时都会害怕，所以在身上文些狰狞的图案来告诉别人，自己很狠，别惹我。而这个疯女人身上竟然文着这么大、这么恐怖的图案，她到底是什么人？

莱茜冷冷地说：“好了，我该穿上衣服了，你们没意见吧？”汉克还没回答，他的朋友抢先说道：“没、没问题，请便。”莱茜从容地穿上衣服，又指了指露易丝，说：“现在，该把她放了吧？”“没、没问题。”这回是汉克说的，他松开了手，露易丝立即跑到了妈妈的身边。莱茜微笑着拍了拍她的脑袋，说：“我说过，不会让他们伤害你的。你先到汽车里去。”等露易丝上了车，莱茜这才捡起斧子。

汉克等人此时已经毫无反抗之心，他们眼睁睁地看着莱茜扑过来，用斧柄狠狠地揍了他们一顿。莱茜将他们一个个地打倒在地后，又将汉克的手踩在脚下。汉克已经吓瘫了，他完全相信，莱茜肯定杀过人，而且，杀过很多人，因为她在做这些动作的时候，脸上甚至露着一丝残忍的微笑，只有见惯了死亡的人才会如此从容。跟着，汉克看到莱茜高高地举起斧子，一道亮光划过，他和他的黑帮朋友同时“啊”地叫了起来。

“铛”一声，斧头劈在离汉克的手只有几厘米的地上，溅起几个火星出来。莱茜摇了摇头，说：“这回，我的准头有点偏了，相信下回决不会了。”然后她将斧子扛在肩上，回到了车里，对眼里又是崇拜又是惊恐的露易丝微微一笑，说：“露易丝，你来开车。”

车子开了一段路，露易丝突然看到妈妈从座椅上滑了下去。她赶紧停下车来，扶起妈妈，哭叫道：“妈妈，你是不是受了伤？”莱茜摇了摇头，伸手去摸露易丝的脸，但她手抖得厉害，摸了几次也没摸到。露易丝将自己的脸放在她的手心里：“妈妈，你没事吧？”

“我没事，就是害怕了。”莱茜有点难堪地说。露易丝吃惊极了，但却分明能感到妈妈全身都在颤抖，这是身体极度惊恐之后的反应。可是，妈妈刚才那么神勇，怎么会害怕呢？

“宝贝，我跟你一样，胆子很小。后来嫁给了你爸爸，你爸爸是个警察，非常勇敢，有他在，我什么都不用操心。可是后来他去世了，而之前被他抓过的那些坏蛋常来欺负我们，所以我用尽了一切办法来使自己勇敢起来。我去文了身，想借此给自己壮胆，说来奇怪，自从文了身后，我就变得特别勇敢了。后来，我因为打伤了两个黑帮的人，被警察注意了，为了不给你爸爸蒙羞，我就带着你来到了这里。我们孤儿寡母的，如果太软弱了肯定会被人欺负，所以我没去做轻松的工作，而是当了伐木工人，我要让别人知道，我们这个家虽然没男人，但谁也别想欺负我们。”露易丝的眼泪顿时流了出来，多年来的心理障碍片刻间消失得无影无踪了，她紧紧地抱住了妈妈那颤抖的身子，喃喃地说道：“亲爱的妈妈，你这么勇敢不是因为文身，而是因为我啊！”

# 詹姆斯与珍妮的婚礼

## 一、爱上布娃娃的男孩

太阳照在床头的那个碎花布娃娃时，十岁的詹姆斯起床了。看看时间，正好早上八点整，他一直是个很守时的孩子。下了床之后，他拿起布娃娃从房间里面走出来，听到爸爸雷明顿正在与妈妈爱丽丝争执。就像詹姆斯的守时一样，爸爸妈妈的争执也显得很准时，每天早晚两次，詹姆斯对这已经习惯了。他从他们身边走过，径直去了卫生间。听到身后的爸爸在喝斥妈妈："看看，这还像是男人吗？一大早起床就抱着布娃娃，这哪里像我的儿子！"

詹姆斯看了看自己手中的布娃娃，他知道爸爸不喜欢他，他同样也不喜欢爸爸。雷明顿在两个月前还是在国外服役的军官，在詹姆斯的记忆里他从来没有爸爸的印象，雷明顿就像是突然从天上掉来的爸爸一般。雷明顿身材强壮，性格雷厉风行，他一直在责怪爱丽丝太过溺爱詹姆斯了，将他男人的本性都消磨掉了，长大后准成为"娘娘腔"。在雷明顿的军人生涯中，有多少所谓的"娘娘腔"最终都被他训练成标准的男人。但雷明顿似乎对詹姆斯毫无办法。因为爱丽丝总是说即便是这样，也是你当年常年不在家的原因。

詹姆斯从卫生间里出来，坐在了餐桌上。他很斯文地系上餐巾，轻轻地将馅饼切成很均匀的小块，然后用叉子叉着慢慢地放入嘴里，无声地咀嚼着。

雷明顿一眨不眨地看着他，他的表情由愤怒渐渐地转为狰狞，似乎再也无法忍受詹姆斯这些娘娘腔的举动，随时准备拍案而起。但最终，他还是长吐了几口气，面色渐渐转为平静，他拍了拍詹姆斯的脑袋，说："儿子，快点吃，今天我要带你去森林里打猎。"

小镇的边上有一处森林，每到秋天，里面色彩斑斓，红的、黄的、绿的，交织成一幅极美的画卷；而小动物们，比如鹿、野兔、狐狸，还有田鼠和小虫子们欢快地在森林中来往着。詹姆斯经常跟妈妈还有伙伴珍妮去那里玩，他很喜欢那种安静的感觉。听到爸爸要带他去打猎时，詹姆斯的脸色都变了，他直摇头："不，我不去。我不喜欢打猎，小动物们都生活得好好的，为什么要打死它们?"他求救似的看着妈妈，希望妈妈能帮他说话。

爱丽丝看着詹姆斯乞求的目光，正想说什么，但雷明顿阻止了她的话："男人就应该有男人的活动，而不是整天抱着布娃娃玩耍。我必须将你训练成真正的男子汉。"又转头对爱丽丝说："亲爱的，你必须明白，这对他以后的成长有多重要。为了他的将来，我必须这么做。"

雷明顿说得很坚决，爱丽丝或许也觉得他说得有道理，她轻轻地拍了拍詹姆斯，说："亲爱的，也许你爸爸说得对，你都十岁了，而你爸爸在八岁时，已经猎到了他人生的第一个猎物了。"

詹姆斯很无奈地接受了爸爸的提议，但却以缓慢的吃饭速度表达了自己的抗拒。只是，雷明顿无法忍受他的拖沓，伸手将饭碗从他的身边拿开，喝道："吃饭时间过了，我们出发吧!"

雷明顿抱着猎枪，还有詹姆斯出发了。路上，詹姆斯一边踢着脚下的石头，一边四处张望着。"好啦，注意集中精神!"雷明顿吼道，如果这是他的士兵，他会毫不犹豫地一脚踹过去。詹姆斯加快了脚步，但不多时又慢了下来。雷明顿回过头来，看到儿子正把手放在背包里，他上前抢过背包，打开一看，发现里面竟然装着那个布娃娃。雷明顿再也无法控制自己，他铁青着脸，不顾詹姆斯的反抗，用力将布娃娃甩到远处。詹姆斯同时尖叫起来，飞快地跑过去想捡起来。雷明顿举起了枪，他彻底愤怒了："再跑一步，我就开枪了!"

但詹姆斯没有停下脚步，继续往前跑着。

"轰"一声，雷明顿开枪了，在詹姆斯弯腰要捡时，击中了布娃娃。布娃娃猛地跳了起来，在空中滚了几滚，落地后，已经四分五裂了，里面的填充物像绒毛一般飞散着。

詹姆斯顿了顿，突然发出一声惨叫："不!"他扑在地上，慌乱地四处寻找着布娃娃的残体，他想把它们凑在一起，但凑一块掉一块。最终，詹姆斯失声痛哭起来。

雷明顿想用训练胆怯士兵的办法来训练儿子，但看到现在这样子，知道已经没必要去狩猎了，他失败了。

## 二、詹姆斯的心事

爱丽丝听说雷明顿居然朝着儿子开枪了，她气愤地骂道："你一定是疯了，詹姆斯不是你的士兵，他是我们的儿子!"爱丽丝骂了很多，但出人意料的是雷明顿并没有回骂，他坐在那里，呆呆地看着远处，显得无比的沮丧。

布娃娃最终由爱丽丝将它缝合起来了，虽然遍体针迹，但总算是复归完整了。爱丽丝拿着布娃娃去给詹姆斯，来到他的门口时，听到里面传来詹姆斯伤心的哭泣声。她叹了叹气，将布娃娃放在了他的门口。爱丽丝也不明白，只是一个布娃娃而已，儿子为什么会这么在乎它。有时候，她甚至觉得雷明顿说得很有道理，这样懦弱性格的人长大后，他能做什么?

在爱丽丝开始为詹姆斯思考未来的时候，她又发现，雷明顿变了。以前雷明顿尽管动辄喝斥詹姆斯，但那毕竟是心里有他，但现在，雷明顿似乎对詹姆斯彻底绝望了，由此而对这个家庭冷漠了起来。雷明顿退役后在一家超市当保安经理，超市在市区，离小镇有二十多里地，以前他每晚下了班之后都会开车回家来住，但现在一个星期最多只回一次。回来之后，什么也不说，就是给她留些生活费，即便是这样，生活费也比以前少了很多。爱丽丝问他，但他总是说现在经济不景气，而且超市每天晚上都需要加班，所以回来少了，钱也少了。但爱丽丝却很轻易地在他脸上看到了"撒谎"两个字。

一个从不撒谎的男人开始撒谎了，这意味着什么?

这天一早，爱丽丝为探究竟，她进了市区。来到超市后，有个保安认识她，上前问道："嗨，是来找雷明顿的吗?"

"是啊，他在吗?"

"昨晚他夜班，今天上午不上班。"

爱丽丝又问道："那他去了哪?"

保安的神色有些异常，他支吾着说："这个……我就不知道了。"

爱丽丝没再说话，她转身出了超市，用公用电话给雷明顿打了个电话。铃声响过几次后，雷明顿接了："喂，哪位?"爱丽丝没说话，因为她听到电话里还有个女人很大的声音："谁啊?"雷明顿不烦恼地说："谁知道啊，接了也不说话。对了，待会我们去……"后面的话爱丽丝没听到，因为雷明顿已经关机了。

爱丽丝呆呆地站在电话亭里，不知道过了多久，才被外面想打电话的人惊醒。她仓皇地跑到外面，感觉天地一阵旋转，双腿几乎支撑不起身子，软软地瘫坐了下来。雷明顿入伍十一年，其中聚少离多，她等了他十一年，好容易等到他退役，她以为他回来了，从此一家三口就可以幸福生活，但现在看来事实并非如此。

爱丽丝不知道是怎么回的小镇，来到镇口时，她看到詹姆斯怀抱着已经缝补好的布娃娃向着远处眺望着，心里顿觉又爱又恨。她想，或许是雷明顿因为不喜欢他而变成讨厌起整个家来的。爱丽丝停下车，来到儿子面前，问道："你在干什么?"

"哦，我在看珍妮来了没有。"詹姆斯眼里露出忧郁的神情。

爱丽丝很诧异，珍妮是镇里一个跟詹姆斯差不多大的小姑娘，但珍妮并不漂亮，甚至可以说有点丑陋，因为她从小就得了一种很奇怪的病。这种病会慢慢地令她浑身的肌肉萎缩，直至缩成一团而死亡。詹姆斯内向，珍妮丑陋，镇上的小孩子都不愿意跟他们玩，而爱丽丝也曾让詹姆斯别跟珍妮玩，不是不喜欢她，而是因为珍妮的身体太脆弱了，任何的一个伤害都可能夺去她的生命。就像一个月前，珍妮只是因为在家里不小心摔倒了，却再也爬不起来了，现在还住在医院里，听说活下来的希望很渺茫。从詹姆斯的表情来看，毫无疑问，他们两个却是好朋友，或许是因为共同被别人排斥，反而促进了他们之间的友谊。

爱丽丝安慰道："珍妮会好起来的，她是个好孩子，上帝都偏爱好孩子。"

詹姆斯得到了妈妈的安慰，话也多了起来："妈妈，我告诉你一个秘密，珍妮说她想嫁给我。"

爱丽丝一愣，惊讶无比，但还是说："那么你呢？愿不愿意娶她为妻呢?"

詹姆斯看着布娃娃，有点扭捏，说："其实我也是很喜欢她的，我也愿意娶她。但我们现在还小，结婚要大人同意，你同不同意呢?"

爱丽丝听着这稚气无比的话，一扫因为雷明顿带来的郁闷，她笑了起来，说："当然，我当然同意。嗯，一个人能做到有诺必守，这也是男人的标准呢。”

## 三、我要娶她为妻

这时候爱丽丝才知道，原来那个布娃娃是珍妮最喜爱的，她把它送给了詹姆斯。而詹姆斯则送给了她一盒巧克力。就像大人交换定情礼物一样，孩子们也这样做了。但爱丽丝并没有责怪他，一个孩子为了朋友的礼物，而宁愿选择与他暴躁的父亲作对，这是一种什么样的感情啊！也许，只有孩子才有，大人不可能有。比如雷明顿。

那天，雷明顿回来了，像前几次一样，他扔了些钱在桌上，什么话也没说，转身便要走。

“等等。”爱丽丝叫住了他，将一份东西放在了他的面前。

雷明顿困惑地拿起来一看，是份离婚协议书，他瞪大了眼睛吼道：“你疯了吗？”

“你心里明白的。”爱丽丝淡淡地说，这些日子里她已经想通了，她不是只能依附在男人身上才能生存的女人，既然雷明顿已经厌倦了这个家，不如就此分开吧。

“你……”雷明顿刷刷几下将协议书撕得粉碎，拍着桌子吼道，“不管你怎么想，我是不会离婚的！”说着，他转身便出门上了车，汽车轰鸣一声，转瞬远去。

爱丽丝心里虽然在滴血，但她却并不认为自己做错了。尽管她深爱着雷明顿，为了他不惜等了十一年，但这绝不意味着自己能容忍他的出轨。

日子一天天地过去，有那么一天，爱丽丝在镇子遇到了珍妮的妈妈丽娜。丽娜红肿着眼睛，一脸的悲切，见到爱丽丝轻轻地打了声招呼，便要走开。爱丽丝见她神情有异，忙拉住她，问她出了什么事。丽娜再也控制不住了，她失声痛哭起来，说：“珍妮快不行了！”

爱丽丝赶紧问她到底怎么了。丽娜说医生已经下了病危通知，但整日被疾病折磨着的珍妮却毫不知情，因为丽娜总骗她说她的痛是暂时的，越痛，就说明病越快好了。珍妮在清醒时经常睁着一双肿胀的眼睛问她：“妈妈，刚才我又痛了，我是不是快好了？”丽娜趴在爱丽丝的肩膀上哭道：“上帝，我该怎么回答她的问题？”爱丽丝没有任何语言安慰这位可怜的母亲，只能跟着她一起流泪。

回到家后，爱丽丝怅然若失，她抬头看到正在一旁埋头玩着布娃娃的詹姆斯，定了定神，走过去，对他说：“有件事必须要告诉你，今天我遇到了珍妮的妈妈，她告诉我，珍妮就要死了。”

詹姆斯玩布娃娃的手顿时停住了，半晌才说：“我早已经猜到了。”

“你猜到了？”爱丽丝很是吃惊。

“以前她每次去医院最多一个星期就回来了，但这次都两个月了，所以我早猜她可能快死了。”詹姆斯抬起头来，“妈妈，我想现在是该我履行承诺的时候了，我要娶她为妻。”

“什么？”爱丽丝失声叫了起来，“你在开玩笑吗？这怎么能行？”

“不，我很认真的。”詹姆斯固执地说，“你说过你同意的，而且，你也说过遵守承诺是男人必须有的品德。”詹姆斯线条柔和的脸上露出很坚决的表情，“妈妈，请你带我去跟珍妮的妈妈求婚。”

爱丽丝迟疑了，她承认自己是说过同意他和珍妮结婚的，但那只是当成玩笑话来说的，没想到詹姆斯竟然当了真。但转念一想，却又释然了，她和雷明顿都看错了儿子，詹姆斯并不是懦弱，而是内敛。如果她都不答应的话，那么懦弱的其实是她自己。想到这，她点了点头，说：“很好，我愿意带你去求婚。”

当穿着崭新西服，戴着领带，提着礼物的詹姆斯出现在丽娜的面前时，丽娜很是吃了一惊，不知道他为什么会穿得这么正式。在听了爱丽丝代儿子的求婚后，她更是不敢置信地叫了起来：“爱丽丝，这太荒唐了，且不说他们都才十岁，就说珍妮的病……这绝不可能！爱丽丝，孩子们可以荒唐，你怎么也跟着一起？”

“丽娜，你听我说。”爱丽丝将詹姆斯和珍妮的交往原原本本地说一遍，当然，也包括了他们私下许愿结婚的事。丽娜的脸上开始缓和了，她说：“谢谢你，还有詹姆斯，你们让珍妮度过了一段快乐的日子。但是结婚，这太荒唐了！”

“丽娜阿姨。”詹姆斯说道，“珍妮现在就快要死了，她会很痛苦的。为什么我们不能给她带来一点快乐，能够让她走得轻松一点。”

丽娜愣了愣，想起了珍妮在病床上被折磨得死去活来的样子，流下了眼泪，她问道："詹姆斯，你能告诉我，你之所以执意和珍妮结婚，是同情她还是喜欢她？"

詹姆斯犹豫了片刻，迟疑地说："我不知道。"

丽娜和爱丽丝对视了一眼，轻声笑了起来。詹姆斯刚才的话已经让她们忘记了他的年纪，但事实上他只是十岁的孩子而已，根本分不清什么是同情还是爱。

## 四、幸福的婚礼

丽娜最终被詹姆斯感动了，同意了他的求婚，但她还需要去征求珍妮的意见。丽娜是头天走的，当天晚上她就回来了。她欣喜地告诉爱丽丝和詹姆斯，珍妮听说詹姆斯向她求婚了，说不出的高兴，甚至笑出了声来，当然，她也很快地答应了。

因为珍妮的生命随时都会终止，爱丽丝和詹姆斯决定，事不宜迟，两天后就开始举办婚礼。他们买了一大沓请柬，由詹姆斯亲笔工工整整地写上自己和珍妮的名字以及举办婚礼的时间和地址，就在珍妮住院的那家医院里。

虽然和雷明顿的婚姻已经名存实亡，但他毕竟是詹姆斯的父亲，爱丽丝还是给他打了个电话通知他，詹姆斯要结婚了。雷明顿一时没反应过来，说："什么？你说什么？你要结婚了？天……"

"不是我，是詹姆斯！"

雷明顿听了快要疯了，他嚷嚷道："什么？他？他才十岁，怎么可能结婚？"

爱丽丝自豪地说："你对他了解得太少了，我告诉你，他不仅是个真正的男孩，而且，是个比你更男人的男人。"接着，爱丽丝将事情的经过说了一遍。

雷明顿听了后，沉默了半天，说："好的，我会准时到的。"

这场奇怪的婚礼在镇里引起了轰动，但谁都没有笑话詹姆斯，连平时从来不跟他玩的孩子们都变得尊敬起他来，在詹姆斯挨家挨户地去送请柬的时候，每个遇到他的人都在衷心地祝福着他与珍妮。男孩们要求当伴郎，而女孩们则摘来鲜艳的花草装扮花车，一时间，全镇的人都动员起来了。

这天一早，镇上的人们开着车子，护送着詹姆斯的车浩浩荡荡地来到医院。才到门口，就看到医生和护士们都手持鲜花，站在两旁，向着詹姆斯道喜。原来这场婚礼已经被医院里的人知道了，他们自发地组织起来，祝福这一对小小的新人。

詹姆斯在众人的簇拥下，面带笑容地推开病房的门。病房内，鲜花招展，彩带飘摇，坐在病床上的珍妮身披洁白婚纱，苍白的脸上涂着胭脂，干枯的小嘴上抹了口红，她羞涩地低着头，不敢看詹姆斯。詹姆斯走上前，将一束在森林中采摘的鲜花举到她的面前，学着电影里那样："珍妮，嫁给我吧？"

此言一出，室内发出了善意的微笑。詹姆斯毕竟还太小，不懂结婚的程序，今天是举行婚礼，而不是求婚。好在珍妮已经伸手接过花，脆生生说道："好。"说着，她像大人一样，闭上眼睛，噘起了嘴唇。詹姆斯犹豫了几秒钟，然后低下头来，在珍妮枯瘦的脸颊上轻轻地吻了一下。

顿时，鲜花和彩带当空飞舞，人人都使劲地鼓着掌。

礼仪结束后，有人建议大家给这两个年轻人一点单独相处的时间。爱丽丝走了出去，看到丽娜正坐在那里又笑又哭着。她想走过去安慰一下她，但想想，这个时候丽娜或许更需要安静下来，好牢牢地记住女儿这一生中最灿烂的笑脸。爱丽丝长吐一口气，正要悄悄地走开，却看到雷明顿，他身边还有一个漂亮的女人。

爱丽丝面色一变，转身就走，但那个女人追了上来："请等等。有件事需要跟你解释清楚。"

爱丽丝回过头来，气愤地说："怎么？还有必要解释吗？"

"非常有必要。"女人诚恳地说。她知道爱丽丝误会了雷明顿，她跟雷明顿并非她想象的那样。她的丈夫，曾经是雷明顿手下的士兵，在一次行动中牺牲了，那是雷明顿带的队，而除了她的丈夫之外，其他人毫发无损，于是她从此就将他恨上了。雷明顿退役回来后，她就找上了他，要求他对自己的生活负责。尽管她的态度很粗鲁野蛮，但雷明顿却丝毫没有在意，不仅每个月都会给她一笔钱，而且还动用关系，为她找了份好工作。她一直认为这是他在赎罪，直到有一次遇到了几个丈夫生前的战友，他们告诉她，她丈夫的死跟雷明顿没有任何关系，完全是因为自己鲁莽而造成的。直到这时，她才知道自己误会了他，在得知他们夫妻为此甚至在闹离婚时，更觉得有必要当面跟爱丽丝说清楚。

爱丽丝听了目瞪口呆，问雷明顿："为什么你不早说清楚?"

雷明顿笑了笑，说："不管怎么样，他曾是我的士兵。"

天黑的时候，詹姆斯疲倦地从病房里出来了，他平静地告诉爱丽丝和雷明顿，珍妮死了，但她脸上还带着笑容，那是他见过的最美的笑了。雷明顿伸出大手，重重地拍在他的肩膀，说："对不起，我为我以前的偏见而向你道歉，你无须用表面的东西来证明自己是男人，因为你已经用实际行动来证明了。"爱丽丝在后面抿着嘴笑着，这一对父子，父亲看似粗鲁暴躁，但实际上心却很细，儿子看似胆怯懦弱，但实际上却性格坚强。很多时候，世上的很多东西的本质仅从外表上是根本看不出来的，不是吗?

# 天使的孩子

## 一、附加条件

大学毕业后，罗成海应聘到一家报社跑广告。上班的第一天，经理就语重心长地对他说：在单子没签之前，你永远是客户的奴才。做了几个月后，罗成海对这句话越发有体会，为了合约，他每天都在客户那里赔尽笑脸，而客户一个电话过来，不管在做什么，他立马就得赶过去。

报社有个老客户叫周长发，是鑫发电子公司的老总，因为原先跟他的业务员跳槽了，换由罗成海接手。周长发是个典型的商人，精明市侩，在罗成海上门谈业务时，他总是不置可否，可是，却又喜欢支使罗成海为自己办事，比如去机场接个人、带下小孩之类的杂事。现在业务员为了揽到业务，竞争很激烈，你不做，自然有人去做。

这天，罗成海又接到周长发妻子许梅的电话，许梅有些抱歉地说："小罗，我们家老周生病了，我又忙得很，你能不能帮我带点药过来?"罗成海摇头，嘴上却说："当然可以了。请问是什么药?"

许梅就报了几种药名，罗成海一一记下，然后就去了路边的一家药品超市。坐堂医生看到他的药单，说这是治眼伤的药，多是处方药，没有处方他不能卖。又说现在有些人得了病也不去医院看，只上网查查，自己配药吃，要这样都行，那医生还拿来干吗。

最后，罗成海买了其他几种非处方药。罗成海来到鑫发公司，找到许梅，将药递过去后，对她说了坐堂医生的那番话。许梅笑了起来，说："那医生说得挺对的，前两天老周的眼睛被个东西砸了，我让他去医院，可他不愿意花那钱，我就上网查到了这些药。"

鑫发公司是周长发夫妻白手起家做起来的，发了财之后，两人生活仍然很节俭，这在圈里是出了名的。罗成海笑了笑，起身告辞了。才出大门，手机响了。罗成海接来一听，是个陌生女孩的声音：“罗记者，是你吗?”

罗记者？罗成海愣了半天才反应过来，脑子里闪现出一个女孩的模样来。

三个月前的一个中午，罗成海去报社编辑部找朋友刘东玩。但去了之后才知道刘东和同事们出去吃饭了，罗成海就坐在他的办公桌前等他。不大会儿，办公桌上的电话突然响了起来。罗成海怕有急事，就伸手接了。电话里是个女孩的声音：“你好，我叫郭晓晚，今年十六岁……”女孩似乎是考虑了很久才打的这个电话，不容罗成海开口，便一口气说了下去。

原来这个叫郭晓晚的女孩得了肝癌，父母为了给她治病，已经倾家荡产了。她自知来日无多，便想在死后捐献所有的器官，能救人就拿来救人，不能救人的就作医学研究使用。“我打电话来，就是想你来写一写我的父母。”说着，郭晓晚便报了自己家的地址。

罗成海刚要解释自己不是记者，郭晓晚那边突然传来“轰”一声巨响，像是她倒地的声音，跟着，电话便是忙音了。罗成海正不知如何是好时，刘东和他的同事们喝得满面红光地进来了。一见到他，罗成海赶紧上前把郭晓晚的事说了一遍，又说：“她好像是昏过去了，你赶紧过去看一下吧。”

刘东不以为然地说：“你说的这个人我知道，我也去采访过。小姑娘是挺可怜的，可是她捐献器官却有一个附加条件，那就是要我们采访她的父母并且见报。这怎么可能呢？尽管她的父母很伟大，但这种伟大是天下父母身上共有的，也就是没有新闻独特性，写成报道谁看啊！”

见刘东不管，罗成海担心昏倒在电话那边的郭晓晚，就急忙按照她刚才说的地址打出租车赶了过去。到了后，他按响了门铃，出乎意料地，门应声而开，里面出来一个清丽的女孩。女孩困惑地看着他，问道：“请问你是……”罗成海一听，正是电话里郭晓晚的声音，忙道：“我姓罗，刚接到你的电话，你打一半就没声了，电话也没挂断，我以为……”女孩咯咯地笑了起来，将他让进屋里，说：“对不起，刚才我突然发病晕了过去，不过没事，过一会儿就自己醒了。你是来采访我父母的吗?”罗成海含糊地点了点头，问道：“你这病得几年了?”郭晓晚回答得脆生生的：“三年了。”

罗成海进屋之后，发现这个家几乎可以用家徒四壁来形容。他看到桌子上摆着一些十字绣，不禁多看了几眼。罗成海并不懂十字绣，但还是能看出来郭晓晚的手艺并不怎么样。郭晓晚有点羞涩地说："我才刚学的。不过只要我继续绣下去，总有一天可以拿来卖钱的。"

随后，郭晓晚主动提起了她的父母。她的父亲在几年前还是一个小老板，可是为了给她治病，现在已经去工地上打工了。母亲则在一家饭店当洗碗工，同时兼营着一个夜市摊。

罗成海听完郭晓晚对父母的介绍后，感觉就如刘东所说的，她的父母并没有做出能够吸引读者眼球的事，他们所做的一切，别的父母也会做。他忍不住地问道："你为什么执意要我们写你的父母呢？"郭晓晚嫣然一笑，说："保密。"

## 二、新闻报道

罗成海当然没有写出什么报道来，因为他根本不是记者。而且，尽管郭晓晚很可怜，但他同样也很可怜，必须拼命跑业务才能交得起房租和伙食，所以罗成海早就忘了这事。

郭晓晚在电话那边说道："罗记者，你走之后，我天天都在看报，可是一直没看到写我父母的。是不是资料太少了不好写？你能再来一次吗，我让他们亲自接受你的采访？"罗成海支吾道："这个，我们以后再谈好不好？"郭晓晚的声音小了很多："我怕我没有多少个以后了……只要你的报道一见报，我就立即签捐器官书。"

"嗯，这个……我现在有点忙，再联络吧。"罗成海尴尬地关掉手机。却突然想到，郭晓晚捐助器官虽然有附加条件，但这并不影响她的形象啊，只是一个报道而已，报纸每天都有那么多版面，登的大多是些花里胡哨的东西，为什么不能满足一个孩子最后的愿望呢？

当天晚上，罗成海就坐在电脑前敲字了。他虽然不是记者，但毕竟是正牌文科生，三个多小时后，一篇五千多字的文章杀青了。

第二天早上，罗成海将这篇文章交给了报社主编。主编毫不掩饰自己诧异的表情，迟疑地接过来看了。罗成海像小学生交作文一样束手而立，忐忑不安。五分钟后，主编看完了，说："伟大的平凡父母？标题和文笔都不错，所有的父母对子女的爱都是平凡而伟大的。可是，既然这样，我们为什么要登它?”罗成海一愣，突然灵机一动，说：“周末不正好是学雷锋日吗？咱们刊了它，就当学雷锋了。”主编呵呵笑道：“也好，周末的报纸临时撤了一个稿子，顶上去吧。对了，你再拍一组照片来。”

罗成海激动无比，立即去找刘东借了相机，赶到郭晓晚家。才一见面，罗成海便大声地说道：“晓晚，报道通过了，主编让我来给你们拍相片，后天就要上报。”郭晓晚高兴极了，连声说：“好好，我这就打电话给爸爸妈妈。”

半个小时后，郭晓晚的父母回来了。他们长相普通，衣着简朴，脸上都挂着疲倦和迟钝。郭晓晚指着罗成海对他们说：“爸爸妈妈，这是罗记者，人可好了。他给咱们写了个报道，今天是来拍照的。我们换件新衣服拍个全家福吧。”

“别，就这样挺好。”罗成海虽然不是做新闻的，可也知道这样的报道要想引起读者的关注，就必须煽情。而煽情的套路无非是穷、可怜。如果这一家人都穿上新衣服，煽情的效果必然会减弱几分。可是郭晓晚却断然拒绝：“不，我们一定要换新衣服照相。”

郭晓晚的父母看来对女儿非常疼爱，他们毫不迟疑地就去屋里换衣服了。几分钟后，三人各自出来了，令罗成海稍微放心的是，尽管他们说是换新衣服，但实际上只是换了干净的衣服而已，远远谈不上新。他想，这个家庭很可能已经很久没买过新衣服了。

女孩子爱美的天性并没有因为身患绝症而改变，郭晓晚不停地摆着姿势，跟父母照着各种各样的照片，有撒娇的，有嗔怪的，有搞怪的……而她的父母虽然木讷，却也尽力地配合着她。

回到家后，罗成海将今天拍的相片放进电脑，仔细挑选着。他原是想挑一张愁苦的，这样就更容易打动读者，虽然郭晓晚并没有说自己执意要让父母见报的原因，但他想她无非是想得到好心人的捐助而已。所以，必须要挑一张容易触动读者的相片。只是，他翻遍了所有的相片，都没找到一张郭晓晚悲伤表情的，每一张里，她都笑得那么开心，那么有感染力。

几天后，罗成海去了鑫发公司，想再谈谈签约的事。接待他的仍然是许梅，许梅一脸悲切地说：“小罗啊，实在对不起了。老周他、他伤得很严重，因为没有及时去医院，两只眼睛已经……我们现在正在尽力控制资金的预算。

至于在你们那儿的广告，只能暂时说声对不起了。”

罗成海感到很失望，但在这种情况下，人家控制预算很正常。他起身道：“我明白的。许女士，请你不要太悲观了，因为这个世界经常有奇迹发生。”一句话说得许梅心头一热，她点头说：“小罗，你放心，什么时候公司有了广告预算，我一定会找你的。”

中午时，罗成海在快餐店买了一份快餐，坐在那里吃了起来。桌上有份别人留下来的报纸，罗成海扫了一眼，正是他们的报纸，而且是周末版，他赶紧拿过来翻找着自己的文章。按照报社的习惯，这类文章大多在第十八版，可是他打开十八版后，发现是个整版的丰胸广告，又急忙依次打开所有版面，仍然没有见到文章。罗成海马上掏出手机给主编打电话询问原因。主编轻描淡写地说临时来了个广告，把那篇文章挤掉了。

罗成海又气又急，提高了音量：“为什么？你怎么能这么做？”主编冷冷地说：“没什么为什么，你跑好自己广告就行了，这个事不该你操心。”罗成海意识到自己的口气令主编生气了，忙轻声问道：“那么，那篇报道还能见报吗？”主编仍然在生气，说：“再说吧。”

放下手机，罗成海呆在了那里。此时，郭晓晚一定也发现了这件事，该怎么向她解释？说自己是个不务正业的广告业务员，冒牌记者？那她会多伤心啊！可是稿子不见报，她岂不是更伤心？罗成海咬了咬牙，拨响了郭晓晚家的电话，准备撒谎骗她说临时有重头稿子过来，把那篇报道挤下去了。不过，过几天就会刊发了。能骗几天，郭晓晚就会保持几天快乐。

电话是郭晓晚的父亲接的，他告诉罗成海，昨天，郭晓晚昏迷过去了，医生说活下来的可能性不大。郭父语气平淡，言语中不仅没有悲切，反而有种解脱般的轻松。罗成海觉得，这绝不是郭父厌倦了女儿，而是他不希望女儿再在世间受苦了。

放下电话，罗成海心里空落落的，他觉得自己欠了一笔永远也无法偿还的债务。他匆匆出门，来到一家鲜花店里，买了一束鲜花，赶到了医院。

## 三、纯洁眼睛

罗成海刚要走进住院部，手机突然响了，接来一听，是主编的，主编让他马上回报社，一刻也不要耽误。罗成海以为出了什么大事，提着鲜花就直奔报社。他来到主编办公室，主编心情看来不错，一见到他，就呵呵笑道："小罗啊，你那篇文章明天就见刊，三分之二个版面，三张图，怎么样？"罗成海愣住了，他结结巴巴地说："这是真、真的吗？"

"我还会跟你开玩笑吗？"主编哈哈笑道，"对了，好事成双，鑫发公司让你过去一下，特意叮嘱你把广告合约带上。你赶紧去一趟吧，要不让别人给抢了。"

罗成海又茫然不解地直奔鑫发公司。到了后，许梅一扫往日的愁苦，伸手过来，说："小罗，你真是个有心人，谢谢你的花。"罗成海一愣，这才发现自己手里还握着那束花，忙就势递了过去。许梅接过后，感慨地说："这些天每个人过来，谈的不是钱就是生意，只有你拿了鲜花过来看望他，这足以证明你是个好心的年轻人。来，把合约给我吧，我来签。"罗成海愣愣地拿出合约，许梅拿起笔来，刷刷几下签好，递给他问道："怎么样，还满意吗？"

罗成海低头一看，大吃一惊，原来许梅竟然签了一百万的意向广告投入，而去年，鑫发公司的广告总支出才三百万啊。她怎么会一下子在报社投这么多？还有，她不是说要控制广告预算吗？

仿佛是一眨眼间，罗成海便解决了所有的麻烦，只是，他仍然想不通，自己为什么突然有了这么好的运气。

第二天一早，罗成海拿着刊有那篇报道的报纸直奔医院。在医院的重症室里，他见到了郭晓晚。郭晓晚已经无法下地了，见到他来，脸上绽放出开心的笑容，她说："罗记者，你来了啊，坐。"

罗成海坐下之后，很想安慰一下她，但根本开不了口，任何的安慰都像是谎言一样。倒是郭晓晚安慰了他，说："罗记者，你千万别为我难过。妈妈说，我是天使的女儿，偶尔贪恋红尘这才下到凡间，现在，天使要召我回天上去了。"郭晓晚说着说着，嘻嘻笑了起来，"妈妈还当我是小孩呢。可是，我却不拆穿她，因为她比我更需要梦。"

罗成海鼻子一酸，忙岔开话题，将那份报纸拿了出来，说："晓晚，给，那篇报道见报了。"罗成海以为郭晓晚会高兴得跳起来，可是出乎意料地，她却没有，甚至有些迟疑地才接过来。半晌，她说："我知道你不会骗我的。可是我现在已经看不大清楚东西了……"罗成海从她手中拿过报纸，说："那我给你读吧。”

郭晓晚安静地躺在那里听着。罗成海读到一半时，发现她的脸上多了两行泪水，泪水顺着她的脸庞掉在枕头上。她咬着嘴唇，努力不让自己哭出声来，可是，最终，她还是无法控制自己，大声地哭了起来。

这是罗成海第一次见到她哭，但他却并不感到意外。一个十六岁的孩子有理由恐惧死亡，也有理由眷念这个世界，更有理由无助地哭泣，或许，这才是真正的郭晓晚。她之前的快乐、开心，只不过是她不想让人同情与可怜她而努力做出的一个假象。

罗成海失魂落魄地走出病房，看到郭晓晚的父母正坐在门口的椅子上发着呆。他走上前，将报纸放在了他们的身边。郭母苦涩地说：“罗记者。你知道晓晚为什么非得要先刊报道才肯捐器官吗?”罗成海摇了摇头，难道不是为了引起别人的同情而捐款吗？郭母突然捂着脸哭了起来：“我已经不能再生育了。她希望写我们的文章见报后，别人会说，这是一对多好的父母啊！这样，我们去领养孩子时，别人就不会因为我们的贫穷而拒绝我们。”

罗成海的脸突地红了，他羞愧无比，因为他误解了一个孩子天真纯洁的心灵。

三天后，罗成海接到郭父的电话，说晓晚走了。按照她的遗愿，眼角膜捐给了一个姓周的人，其他的器官则捐作医学之用。

姓周的人？罗成海似乎想到了什么，立即打电话给许梅。许梅没有隐瞒，确实，晓晚的眼角膜现在在周长发的眼睛里。之前，医院给她打了电话，说有人愿意捐献眼角膜。她去了医院，见到了郭晓晚，郭晓晚只说了一个要求，那就是要让报道她父母的文章见报。于是，许梅找到了主编，以一百万元广告费买下版面刊登罗成海的那则文章。“我想给她的父母一些钱，但他们不要，只让我们好好善待他们女儿的眼睛。”几个月后，已经成为报社正式记者的罗成海有一次采访归来，在路上看到了郭晓晚的父母。他们的穿着像以前那样简朴，但郭母的手里却多了一个两三岁大的女孩，漂亮，乖巧。罗成海突然想到了周长发的眼睛，据说接受器官移植的人多少会受到捐献者的一些影响，那么，接受了郭晓晚那纯洁眼角膜的周长发，他看事物时，是否少了些市侩，而多了些善良？

# 快乐的圣诞节

马丁斯是个九岁的男孩，本该是充满快乐的年龄，但他却是个沉默寡言的孩子。过去他可不是这样，而是像其他的孩子一样爱玩爱闹，去年妈妈生病了，使得原来就贫穷的家庭更加困难了。谁也没想到，一向老实巴交的爸爸汉多特为了弄到钱给妻子治病，竟然跟几个人抢劫了银行。结果被警察四处追捕，落得亡命天涯，到现在也没有音讯。妈妈一气之下抛下了他去了天堂。他只有跟着年迈的奶奶在一起生活。

马丁斯变得不再相信任何人了，当然，除了圣诞老人。圣诞节快到了，圣诞老人会坐着鹿拉车而来，给全世界的小朋友发礼物。可是，圣诞老人只给乖孩子发礼物的，自己能得到吗？

他像往年那样，给圣诞老人写了封信：

亲爱的圣诞老人，去年您给我的玩具汽车已经被奶奶无意中踩坏了，我哭了好几天，奶奶一直说要给我买个新的，但她年纪大了，总是忘记。今年您能再给我一辆吗？我一直都想做个好孩子，可是我爸爸是个坏人，我也是个坏孩子。但我真的很想要辆玩具汽车。今年的圣诞节一定很热闹，但我家里却一定会很冷清的，因为奶奶已经老了，有时说着话也能睡着。真想爸爸在家啊。

信写好后，他就寄走了。

很多天过去了。马丁斯每天都在数着手指，不知道圣诞老人收到信了没有？圣诞老人是不会回信的，马丁斯只能在等待中度过一天又一天。

日子在他的等待中过去了，圣诞节来了。到了晚上，吃过了后，奶奶就坐在藤椅上睡着了。马丁斯一个人无聊地看着电视，电视里有别人狂欢的镜头，但这一切好像离他很远。他看了看时间，已经不早了，去年的这个时候他已经在爸爸和妈妈的催促下去睡觉了，天亮后就看到了他想要的礼物，一辆玩具汽车就放在床头。爸爸妈妈说是夜里圣诞老人从烟囱爬进来给他的。他决定今天不睡觉也要等到圣诞老人的到来，如果有可能，除了玩具汽车外，他还想要一份巧克力，是送给奶奶的。她没有牙了，喜欢吃入口即化的东西。

可是为什么还没来呢？

奶奶从睡梦中突然醒来，看见他还没睡，忙把他推到他的房间，嘀咕着说："圣诞老人会收到你的信的，你是最乖的孩子，他会给你礼物的。"奶奶看着他睡下，这才离开。马丁斯用被子捂着头，在被窝里面哭了起来。

过了一会儿，他听到外面有人走动，虽然是压抑着脚步的，但因为木制的地板实在太老了，被踩得"咯吱咯吱"响。这个时候奶奶一定已经睡着了，会是谁呢？他兴奋地跳了起来，冲了出去。

天啊，真的是圣诞老人，他是从哪来的呢？一定是从烟囱里爬进来的。因为他红色的外套上沾满了黑灰，像个小丑一样。马丁斯忍不住地"咯咯"笑了起来。

圣诞老人从壁橱的镜子里看到了自己的样子，也忍不住地笑了起来："小伙子，还没睡吗？"天也许太冷了，他的鼻音很重。

"是啊，我在等你呢。"马丁斯解释说，又说："您收到了我的信吗？"

"当然，我能收到全世界小朋友的信。"圣诞老人骄傲地说。

"那么，你能给我想要的汽车吗？"

"当然，我会给你所有你想要的东西的。"圣诞老人把手上的袋子拿下来，在里面掏了起来，一掏，掏出了个芭比娃娃，"哦，这应该不是你要的。"圣诞老人嘀咕着说。又掏了起来，这回掏出了个玩具枪来，"这也不是你要的，"圣诞老人摇头道，"见鬼，在哪呢？"马丁斯吃惊地看着他在袋子里翻找着，说："我想，你一定是个新的圣诞老人，不然为什么会不知道自己的东西放在哪呢？"

"这个、这个……"圣诞老人尴尬地说，"你知道我老了，记性不好了。好了，让我们来干脆一点的方法吧。"他把袋子倒了个底朝天，东西哗哗地掉了一地。可是他还是没能找到马丁斯想要的汽车，因为有很多的礼物都是用纸包着的。他胡乱地打开一个盒子，结果却是巧克力。他正要把它扔了，马丁斯说："圣诞老人，你能把它给我吗？""为什么呢，小孩子吃多了巧克力不好的。"马丁斯解释说是给奶奶，因为她没有牙齿了。圣诞老人浑身震了震，低下头来，等抬起头时，马丁斯注意到他的眼角都有泪光了。圣诞老人吸着鼻子说："好孩子，知道疼奶奶了，真让人高兴啊！你爸爸知道了一定会为你高兴的。"

真是个奇怪的圣诞老人，马丁斯心想。问道："那么我想要的汽车呢？"

"我忘了在哪了，但应该在这里面。"圣诞老人又埋头找了起来。

这时门响了，谁会这么晚来呢？马丁斯在门缝里看了看，天啊，又是一个圣诞老人。他惊讶地打开门，让圣诞老人进来了。

圣诞老人应该不会在一个家里碰头的才是。只见第二个圣诞老人从身上掏出一件礼物给了马丁斯，马丁斯拆开来一看，正是自己想要的玩具汽车。他高兴极了，忍不住又问道："您能告诉我，这是怎么回事吗？你们俩……"

"这……"第一个圣诞老人迟疑地说不出话来。

"孩子，我来告诉你。因为我是个糊涂的圣诞老人，把送你的礼物给忘了，要回去拿，但是又怕你着急，所以才请他先来祝你圣诞快乐的。是不是这样？"他问第一个圣诞老人。

"对对，就是这样的。"第一个圣诞老人连连点头。

"好了，孩子，你已经破坏了规矩了。"第二个圣诞老人说，"要知道别的孩子都是在梦里面接到礼物的。现在你要去睡觉了。"马丁斯抱着礼物得意地笑了起来，走向自己的房间，一边走，一边叫道："太好了，有两个圣诞老人到我家来，这事说出去一定没人信的！"

待他走后，第一个圣诞老人闭上了眼睛喃喃地说："孩子，祝你做个好梦。"

他拉去了自己的胡子，露出了一张疲倦的脸来，如果马丁斯还在的话，一定会很吃惊的，因为这个圣诞老人竟然是他的爸爸汉多特，汉多特的眼睛里充满了泪水，他深深地向第二个圣诞老人鞠了一躬，说："莫非克警官，我没有想到你会来，我……我真不知道该怎么感谢你！"第二个圣诞老人也拉去了胡子，这是一张刚毅的、有着显著的职业特征的脸，"说实话，我也没有想到你把我打晕就是为了让孩子快乐。这至少说明你还没有无药可救。"

这是怎么回事呢？原来莫非克是负责汉多特抢劫案的警官，他发誓要把他们这伙人抓到。但汉多特的几个同伙都是很有经验的老手，一次次地逃脱了。

圣诞节到了，莫非克警官也暂时放下了自己的本职工作，成了一个孩子们都喜爱的圣诞老人。那天他接到了马丁斯的信，被深深感动了，决定去给他发礼物。

这边汉多特也非常想念马丁斯，往年都是他陪着他过圣诞节的，可是今年……马丁斯一定很想念他。他想去看看他，但是这些日子的逃亡生涯已经使得他一无所有了，那几个同伙利用完他后，把所有的钱都抢走了。他甚至连给马丁斯买礼物的钱都没有。正好这时，有个圣诞老人从他的眼前走过，为了让马丁斯快乐，他也顾不了了，就打晕了他，抢走了他的衣服和礼物袋。

他没有想到，他打晕的这个圣诞老人就是莫非克警官。莫非克醒过来后，发现衣服和礼物都不见了，没办法只好去商店重新买了一套圣诞老人的衣服和马丁斯想要的汽车，赶到了他的家。而这时汉多特早就到了，他一听是他的声音，真想马上进去把他抓了，但是他听到他和马丁斯的对话后，迟疑了，如果在马丁斯的面前把他抓了，对他来说真是太残忍了。就准备在他出来后再抓他，但见他找不到礼物，怕马丁斯怀疑，这才出现了。

汉多特说："莫非克警官，谢谢你在孩子面前给我保留了父亲的尊严。我还有一个请求，我能去亲亲他吗?"莫非克点了点头。汉多特蹑手蹑脚地来到马丁斯的床前，看着熟睡中的他，禁不住地流出了眼泪。他用颤抖的手抚摸了他的脸，然后低下头来，轻轻地亲吻了他。

很久，他长吁一口气，伸出了双手，让莫非克给自己戴上了手铐。他们走后，熟睡中的马丁斯突然睁开了眼睛，他擦去父亲留在他脸上的泪水，可是他自己的泪水却流了出来……

# 思念的森林

柱子八岁的时候，父母都出去打工了，留下他跟奶奶住在一起。奶奶身体不好，躺在床上很少起来，所以，名义上是奶奶照顾他，实际上是他在照顾着奶奶。

时间一晃两年过去了，柱子现在已经十岁，在乡小学读三年级。这天傍晚，柱子正准备回家，班主任拿着手机从那边走来，说：“柱子，你爸打电话来了。”柱子家没电话，爸爸妈妈很聪明，每次都把电话打到班主任手机上来。柱子不大喜欢这样，因为老师在边上，他不好意思跟他们说悄悄话。

柱子对着电话叫了声“爸爸”。爸爸照旧问了他的学习和奶奶的身体，随后说：“柱子，今年春节我和你妈就不回去了。一个是火车票难买，另一个是花费太大了……我到时寄点钱……”

爸爸后面还说了些什么，柱子都没听到，放下电话，柱子没精打采地走了，连谢谢都忘记了跟班主任说了。

回到家后，柱子把这事跟奶奶说了。奶奶叹了口气，说：“也是，何必把钱浪费在路上呢，反正每年都要过年的。”顿了顿，又说，“可是，这一年到头都没见着人，真是怪想他们的……”

这么一说，柱子的眼泪就流了下来。奶奶又忙着开导他：“他们一年忙到头，最后过年都不回家，为了啥，还不就是想多存点钱让你过上好日子。”

柱子分辩道：“我又没想要他们挣很多钱，我就想看看他们。”

奶奶忍俊不禁地笑了起来，说：“你这傻孩子，他们不赚钱，我们怎么办？”不过，奶奶不想给柱子灌输太多钱的理念，她挣扎着起身说：“我躺一天了，全身都发胀，来，扶我出去走走。”

柱子听话地扶着奶奶出了门。柱子家门前就是山，山上原本都是树，或高或矮，或粗或细，一眼望去，就像大山长出了一层茂密的头发。可是这些年，很多人家因为缺钱，把自家山场的树都砍光了，这让大山看上去已经是光秃秃的了。柱子家的山场也因为这些年给奶奶看病给砍光了，每砍一次树，奶奶都会唉声叹气老半天。

柱子扶着奶奶在村子里转着，他的情绪很低落，一直没有开口。奶奶想了想，捡起一根掉落在地上的松树枝，对柱子说："柱子，我有一个办法，如果你想爸爸妈妈的时候，就去山上挖个洞，然后再种棵树苗进去。如果来年树活了，就说明他们知道你在想他们了。"

柱子的眼睛亮了，说："这样有用吗？"

奶奶笑说："当然有用了。当年你爷爷到外面去闯世界，一去就是十几年，我天天在山上种树，后来呢，你爷爷果真就回家了。"

柱子高兴极了，说："那我以后天天都去种一棵树。对了，如果你也想他们了，就告诉我，我也帮你种一棵。"奶奶乐得眼睛都眯了起来，连连点头称是。

从这以后，柱子每天都会拿着小锄头去山上种树，有时是一棵，有时是两棵，有时甚至是三棵，这说明那天柱子特别想爸爸妈妈了。一开始村里的人对柱子的举动很好奇，等到大家明白后，其他的留守儿童也参加了进来，就连那些独自在家的老人也蹒跚地去山上栽树了……是呀，谁的心里没有记挂着的人呢？

第三年，柱子的父母回来了，他们惊愕地发现，原本空荡荡的荒山上此时已种满了小树苗，可以想象，若干年后，大山又会恢复到昔日绿葱葱的森林景色。当他们得知，这一切都是因为柱子想念他们而创造的奇迹后，不禁泪流满面……

# 第二辑

EPISODE 2

# 温暖常在

# 攀越自己

## 一、病友

李金钟觉得这世上可能没有人比他更倒霉了，先是咬紧牙关才付了首付的房子掉价了，跟着相爱了三年的女友和别人跑了，紧接着辛苦卖了十年命的公司又突然倒闭，这还不算，就在几天前，为应聘而做的身体检查中竟发现肝上有肿瘤，目前正在重症观察室等待医生最后的宣判。

李金钟来到窗口，往下看，底下，是停车场，有着坚实的水泥地。或许只要从这七楼上轻轻一跳，就能了结自己仓促而惨淡的生命。他正这样想时，有人进了病房。这是个壮实的年轻人，健康阳光，斜背着旅行包，嘴里满不在乎地嚼着口香糖，就像来探望病人的。但病房里除了李金钟外，没别的病人了。

那人微笑着向他点头打了招呼，随后放下背包，躺在了李金钟身边的病床上。李金钟立即明白，他也是个病人。果然，那人对李金钟说："我叫何东，很高兴和你住一起。"李金钟也做了自我介绍，并随口问道："你是因为什么进来的?"何东指了指腿，笑着说："这里有点小问题。"

看他这轻松的样子也不像有什么大毛病，整个医院的床位都紧张，只有重症观察室是空的，何东应该是托了人才住进来的。李金钟敷衍了几句，继续向窗外眺望。不知过了多久，他回过头来，却见何东正将旅行包里的东西一件件地摆放在床上。环形扣、登山镐、折叠铲、猎刀，还有几捆绳索等物件，大大小小的铺了一床。

李金钟过去的老板万可也是登山爱好者，曾邀请他一起登过山，所以他对登山工具并不太陌生。他一眼就看出，这些东西都是专业级的。他好奇地问道："这些都是你的?"何东点点头，摩挲着这些装备，他的手筋骨强劲，胳膊上的肌肉呈现着一丝丝的竖条状。

“这些都是最好的，为了收集它们，我可花了不少力气。这个……”何东拿起一个环形扣，“是我在尼泊尔请最好的铁匠用古老的手艺打制的。这块头巾是我在埃及的地摊上用五美元淘来的……”他如数家珍一般介绍着，最后，他拿起一双登山手套，却没有说是怎么来的，但脸上却露出了一丝微笑。

李金钟会意地笑起来，这肯定是某个多情的姑娘送给他的。他问道：“你去过很多地方吧?”何东笑了起来，说：“没去过的地方更多。”李金钟不禁很是感慨，何东看起来跟自己年纪相仿，却去过了那么多地方，见识了那么多新鲜事物，而自己呢？或许在点灯熬夜时，何东正登上山头，览壮丽山川呢。如今，自己一无所有，而何东却胸有万千风光。

“挑一样吧，当个见面礼。”何东突然说道。李金钟以为自己听错了，这些专业设备有钱都不一定能买来，他怎么会这么随意就送自己呢？他不解地问：“为什么？你舍得吗?”何东笑了起来，说：“以后很可能还要麻烦你呢。来，这件吧，多吉猎刀，削铁如泥。”

李金钟隐隐觉得何东不大对劲，这种猎刀几乎是野外生活的人的至爱，他竟然这么随意就要送给自己。他摇头说：“君子不夺人所爱。放心吧，以后有需要我的地方尽管说。”

晚上，医院外科主任带着几个医生走进来，问何东：“你家人不在身边吗?”何东摇头说：“他们都在国外，有什么事对我说一样。”主任犹豫片刻，说：“那我直说吧，这种手术我院还没接触过，所以要等到专家会诊后才能决定哪天动手。”何东意料之中地点点头，说：“没事，我不着急。”

医生们走后，李金钟问何东：“你到底是什么病？怎么他们的表情这么严肃?”何东摆摆手，说：“脚的骨头上有点问题而已，没什么大事，你知道医生总是喜欢小题大做的。”李金钟不大相信，外科主任号称本市一把刀，能让他也犯难的绝不是小问题。

## 二、重症

天刚蒙蒙亮时，李金钟被一阵动静惊醒，睁开眼一看，发现是何东在起床。见他醒来，何东笑道：“对不起，吵醒你了吧?”李金钟摇头说：“没事。

这么早你去哪?”李金钟回道:“出去跑跑。”李金钟一愣，他的腿骨头有问题，还能跑吗?不过困意上来，他很快又睡着了。

再次醒来，已经是早上七点钟了，李金钟发现何东还没回来。他洗漱过后，万可来了。万可与李金钟虽曾是老板和员工，但私交不错，听说他生病之后，时常过来看他。两人聊了一会儿，李金钟突然想到什么，问道:“对了，你以前不是爱玩登山的吗?我身边这位也是玩登山的，叫何东，不知道你认识不?”

“什么?何东?”万可突然大叫起来，“你说他叫何东?”李金钟点点头，好奇地问:“你认识他?”万可激动地说:“太认识了，国际顶尖的登山探险者，征服过八大高峰的神人，一会你一定要介绍我认识认识!”李金钟一愣，说:“是吗?没想到他这么有名。”

正说着，何东回来了。李金钟向他介绍了万可，但此时的何东跟昨天判若两人，只是淡然地向万可点点头，随后就倒在床上，什么也不说了。看起来，像是有很重的心事。难道，是专家会诊出了他的病情，远比他想象的要严重?万可是聪明人，聊了几句后就告辞了。

不多时，医生过来查房，他们向何东询问着各种各样的问题，但何东却根本不配合，最后可能是被问烦了，从旅行包里抽出一大沓纸交给了他们。

医生们看后，脸色一变，匆忙出去了。不多时，外科主任走了进来，他翻看着那些纸，不解地问道:“既然你在美国已经确诊了，为什么不在那里动手术呢?要知道那里的医疗水平和条件都比我们这要好。”何东漫不经心地回道:“我有权选择自己的生命在哪终止。”

一旁的李金钟很是诧异，看起来何东的病似乎非常严重，而且，他自己早就知道了，那么他的情绪变化显然跟病没有关系。一个连重症都可以视若等闲的人，又有什么可以打击到他的呢?他想问问何东出了什么事，但很快就打消了这个念头，自己本身就已经是朝不保夕了，为什么还要去了解别人的苦难呢。

到了深夜，李金钟睁开眼睛，身边的何东整个人都蜷在被子里，像是睡着了。他轻轻地下了床，推开窗子，正要跨上去，突然，身后传来一阵奇怪的声音，他回头一看，原来是何东在被窝里抖动着，挣得床发出了那种异响。李金钟看到，何东的双手伸出被子抓住了床沿，力量很大，胳膊上的青筋都迸出来了。

李金钟上去试探着拉下他的被子，顿时吓了一跳，只见何东咬着枕头的一角，满脸痛苦，眼睛都快要瞪出眼眶来了，身上的汗就像水洗过一样。何东见到他，连连摇头，似乎是让他不要管。不过李金钟还是按响了床边的警报灯。没多久，医生和护士匆匆赶来，给何东注射了吗啡，他这才安静下来。

李金钟忍不住好奇地问医生："他到底得了什么病？"医生摇头说："很难跟你说清楚，不过如果不赶紧手术，性命肯定保不住了。不过这种手术临床上很少见，加上他自己又不配合，目前还没法做。"

## 三、真情

早上五点多钟，一夜没睡的李金钟看到何东又在起床了，他问道："又想去跑了？"何东点点头，笑道："昨晚惊动你了，真对不起。我出去走走，再不走，以后就没机会了。"李金钟翻身下床，说："正好我也睡不着，陪你走走吧。"

两人走着走着，来到万和广场，何东已是气喘吁吁了，他在花坛边坐下，四处张望着，像是寻找什么。此时广场边上几个大型商场门口有店员在等待开门，贩卖早餐的手推车已经到位，行人也开始多了。李金钟见何东的目光最终停留在那些店员的身上，顿时明白了，问道："在找朋友吗？"

何东点点头，从身上拿出了那副登山手套，爱怜地摩挲着，说："我们只在网上联系过，她知道我喜欢登山，就从她工作的商场里买了这手套给我。"说到这里，他笑了起来，"很失望吧？这么老套的网恋故事。连我也很奇怪，竟会爱上从没谋过面的人。"

李金钟摇头说："再老套的爱情对于当事人来说也永远充满甜蜜。你就是为了她，才放弃在国外手术，而跑到这里来的？"何东点头说："她一直以为我只是普通的登山爱好者。有一次，她对我说，这个城市有座很高很险的山，问我能不能登上去。当时我告诉她，有一天我要在她面前攀上这座山，然后在山顶之上，以日月为盟，天地为誓，向她求婚。她一直在期待着这一天。"

李金钟哑然失笑，本市最高的山叫南岳山，最高峰海拔2232米，虽是险峻，但对于曾经登过珠峰的何东来说实在是太小儿科。但转念一想，以何东现在的状态，只怕是完不成这个承诺了。

“两个月前，我知道自己得了这种全世界都很少得的病，右腿不切除必死无疑，但切除了，医生也不敢保证就能活下去。所以在这之前，我想完成对她的承诺。”

“可是，你明知道她或许就在那堆等待开门的店员里面，却没有去联系她。”

“我没有办法实现自己的承诺了，见到了她又如何。”何东神情黯然地拿出手机，“我甚至连接她电话的勇气都没有。”

此时，商场的门开了，站在外面的那些店员相继都走进去。李金钟很想告诉他，他连这么严重的病都没放在心上，为什么要惧怕一个自己所爱的人。

回到医院，主任叫何东去化验。何东顺手脱下外衣，跟他们走了。李金钟没多想，从他口袋里掏出手机，打开未接电话栏，看到一个叫青草的号码已经打了二三十个电话过来了，他毫不犹豫地回拨了过去。

何东从回到病房时，意外地发现里面多了一个美丽的女孩。女孩泪水朦胧地走上前，对他说：“我还以为，你不要我了。”这个声音何东太熟悉了，他惊住了，下意识地看向李金钟。李金钟拿着他的手机轻轻晃了晃，随后悄悄地走了出去。

李金钟没有想到，自己临死之前还帮了一对有情人，这么说，自己的生命并非没有一点意义。他在医院这个生死之地信步逛着，对生的渴望也变得越来越强。他想，如果上天肯给他机会，他会像何东那样去享受生活，而不是被生活拖累。

回到病房，青草已经走了。何东感激地说：“她已经知道全部，但并没有嫌弃我，她说无论如何都会陪在我身边的。我不知道该怎么表达对你的感谢！”李金钟笑着说：“我应该谢谢你的。”他说的是真心话，如果不是何东，他很可能已经从七楼跳下去了，即便没有，也会如行尸走肉一般等待着命运的审判。

“刚才专家们找我谈过话了，他们已经在准备手术了。手术风险很大，无论成功与否，我都永远不可能再登山了，所以，趁着我两条腿还在的时候，我要对青草实现我的诺言。”何东用乞求的目光看着他，“我已经没有把握了，你能帮我吗？”李金钟使劲地点点头，说：“当然。”

## 四、勇气

万可接到李金钟的求助电话后，二话没说，立即开车接他们到了南岳山考察地形。何东确定了南岳山的背面为登山路线。这里一条河水环绕而过，山峰刀劈斧削一般，极其险峻陡峭。何东说出了自己的计划，他想请李金钟跟他作伙伴，陪他攀上去。

万可有些疑虑地说："我知道伙伴的意义，这就像长跑有个人领跑一样。你在担心到时上不去。我看，不如我来吧，至少我有经验。"何东摇摇头，说："你当然是最好的人选，但我想他可能更需要证实自己。"

李金钟一愣，猛地明白他的话外之音了，自己在观察何东的同时，他何尝不在观察自己呢？以何东的阅历，显然早就看出他在想什么了，他使劲地点点头，说："确实，我比你更需要这次机会。"

第二天一早，四人一起去了南岳山。他们先在山顶上打下固定螺栓，拴好绳子。在青草跪在地上祈祷时，三个男人下了山，随后，李金钟和何东抓住了绳索，扣上快挂，向上攀去。万可则在下面保证绳子不被风吹得互相缠绕。

一开始李金钟上升得还比较快，但毕竟没受过专业训练，没过多久，手臂开始酸胀难耐了。他来到一处勉强可以落脚的凸起处，将一枚凿钉打进岩石的缝隙，喘着粗气。山顶，还遥不可及。而何东就像一只猿猴一般，在山壁间跳动着，已经远远超过他了。他勉强使了一把力，但手一软，还是原地不动。

何东突然一个下滑，飞快滑到他面前来，说："怎么不动了？"李金钟苦笑道："我没力气了，对不起，你自己上吧。"何东怒道："你要现在下去，就永远也别想直起腰，做你的废物去吧。"

李金钟被激怒了，吼道："你才是废物！"他抖抖像已经不是长在自己身上的胳膊，拼命地向上爬去。没过多久，何东又远远地将他甩开了，可等到他想放弃时，何东又会及时地滑下来激励他。

眼见着胜利在望时，突然，李金钟感到头上有小石子打在自己的安全帽上，他抬头一看，见上面的何东似流星一般往下坠落着，这回肯定不是来激励自己的，因为速度太快了。他惊恐地大叫起来。

幸好，何东沿路之上钉了凿钉，只听崩崩崩几声，几枚凿钉被下坠之力崩开，却也缓解了力量，最终稳住了下落之势。何东被挂在那里像一个布娃娃一样晃动着，不知生死。

李金钟急忙爬过去，但山风吹来，根本无法接近他，只得叫喊着他的名字。何东努力地睁开眼睛，苦笑道："我的脚好像要烧起来一样，痛得吃不消了。你继续爬吧，过了这一关，以后就没什么能难住你了。"显然他已经决定放弃了，没有采取任何自救。

李金钟吼道："刚才你是怎么对我说的？你给我起来！"何东无力地摇头说："不行了，真不行了，我从没感觉自己这么虚弱过。"李金钟继续吼道："你连那么重的病都不怕，我一直觉得你很坚强，没想到这只是表面的。你想想你是为什么来的？上面，青草还在等你，日月为盟，天地为誓！你的戒指呢？你要是想放弃，就干脆把它扔下去！你这个懦夫！"

"不！"何东红着眼睛，随着一声吼叫，猛地翻身而起，像壁虎一样贴在了石壁上。他全身都因为疼痛而颤抖着，腿根本用不出力了，几乎是利用双臂的力量一点一点地向上挪动着。李金钟泪流满面，不停地在他身边吼叫着，鼓励着。而当他稍有松懈时，何东也冲着他吼着。

最终，两人在互相激励中，汗水夹着泪水一起爬上了峰顶。李金钟就势一躺，天空清澈明朗，仿佛离自己很近，他呵呵地笑了起来。就在这一刻，他决定了，无论最终的审判会是怎么样，他都会勇敢地活下去。

身边，何东为泪流满面的青草戴上了戒指。两人相拥而吻。

回医院后，李金钟的结果出来了，肿瘤是良性的。何东的手术当晚进行。

# 缘分要我们好好相爱

爱琳娜是一家公司的普通员工，她不仅长得漂亮，心地也很善良，有一天听说社区养老院在招义工，她马上就报名参加了。这样，她每个星期六都会去养老院帮助那些老人。

这个星期六，爱琳娜照旧去了养老院。走到院长的门口时，听到另一名义工在跟院长抱怨："院长，虽然很愿意帮助他们，但我实在无法忍受莎拉太太的脾气了。你看，我身上都挂满了她丢来的食物。"爱琳娜知道一定又是莎拉太太闹脾气了。莎拉虽然瘫在床上，但她的脾气却特别的大，性格也很古怪，总喜欢跟义工们对着干，尤其是吃饭时，每个义工的身上都遭到过她碗碟的袭击。

爱琳娜走了进去，对院长说："我去照顾她吧。"

院长看到她，像看到救星一样，高兴地说："你总算来了，快去看看吧，她只是听你的话。"

人和人之间真的有一种说不清楚的缘分，比如这个莎拉太太，她们之前从没见过面，但是一见面就感觉对方很亲切。莎拉看到她走进来，露出了微笑，说："宝贝，你总算来看我了。我以为你忘了我了。"爱琳娜解释说她在一家公司上班，工作很忙，只能每个星期六来看看她。

莎拉理解地说："你们总是很忙的。"

爱琳娜说："听说你又不好好吃饭了?"莎拉说："我不想吃。"爱琳娜把带来的食物放下来，喂给她吃。莎拉露出为难的表情，但还是顺从地张开了嘴，她吃东西时的表情很夸张，紧紧地皱着眉头，艰难地吞咽下去。爱琳娜笑了起来，说："食物有这么难吃吗?"莎拉也像个恶作剧的孩子被大人发现那样笑了起来。

吃了一些东西后，爱琳娜照旧带莎拉出去走走。爱琳娜把她扶到手推车上，正要出门，莎拉突然想起什么来说：“我忘了，帮我把那盒子拿来。”爱琳娜就到她的床头边把一个巧克力盒子拿给她。谁也不知道这盒子里装着什么，它简直就像莎拉的命根子一样，睡觉时放在枕头边，出去时带在身上，连院长碰一下都不行。就算她这么信任爱琳娜，也没有打开给她看过。

爱琳娜见她今天的心情不错，就开玩笑地说：“这盒子里装的是什么？莫非是你的宝藏？”莎拉开心地笑了起来，说：“不错，里面是我的宝藏，我所有的梦想。”

推着车子来到花园中，这里鲜花盛开，生机勃勃。花园的那头就是马路了。两个恋人正靠着铁栅栏忘我地亲吻着。莎拉愣愣地看了一会说：“你有男朋友了吗？”

爱琳娜突然想到托尔，她的经理，一个非常优秀的男人。每次看到他时，她的心都会乱跳一通。但是身份的悬殊让她望而却步，她一个平凡的女子怎么可能拥有那么优秀的男人？

莎拉叹息着说：“你这样漂亮而且善良的姑娘不是每个男人都有福拥有你的，别担心，那个人一定会出现的。”莎拉突然扑哧地笑着说：“你看他怎么样？”爱琳娜一看，原来她指的是养老院一个新来的医生，嗔怪地说：“你啊，安心养病就是了，我的事我自己会处理的。”莎拉嘀咕着说：“不，我一定会让你有个好归宿的。”

第二天爱琳娜去上班。托尔打电话来叫她把一份文件送过去。爱琳娜拿着文件过去了。托尔拿过文件，目光却紧紧地看着她。爱琳娜心里像有只小兔子一样乱蹦，手足无措。托尔说：“我以前见过你吗？”

爱琳娜摇了摇头。托尔很困惑地说：“是吗，为什么我总觉得像在哪见过你一样？”爱琳娜忍不住地笑了起来，为什么男人看到陌生的女人都喜欢说这句话？但他说这句话是不是已经表示他已经注意到她了？

果然托尔说：“那是我认错了人了。你晚上有空吗？我想请你吃饭？”

爱琳娜犹豫了片刻，点了点头。然后逃也似地走出来，来到卫生间里，她忍不住地笑了起来。

一下班，爱琳娜就开始打扮了，她要把自己打扮得更加漂亮，有足够的魅力吸引到托尔。为此，她还特意地去买了新衣服和做了新的发型。化完妆后天已经黑了。这时电话响了，她扑过去拿起了话筒。

但电话是养老院打来的。院长说莎拉太太原来已经得了食道癌，快不行了，她想见到她。“可怜的莎拉太太，为了怕麻烦我们而没有对我们说她得病了。而我们，竟然以为她是不想吃饭，却不知道吃饭对她说说是最痛苦的事……”院长没说完已经泣不成声了。

爱琳娜愣住了，突然想起了莎拉吃食物时的痛苦表情，原来她不是装的，她是因为要让她开心才忍着痛苦而吃的。爱琳娜感到很愧疚。怎么办呢？是去见老人最后一面还是去跟托尔约会？几秒钟后她做出了决定，去见莎拉最后一面。在出租车里的时候，她的电话响了，一听是托尔的。这才想到自己竟然没有跟他打个招呼，正要说对不起的时候，托尔说：“实在抱歉，我有事来不了，改天好吗？”

她没来由地长松了一口气，说：“没关系，下次好了。”

爱琳娜赶到养老院的时候，已经是奄奄一息的莎拉竟然能说话了：“宝贝，看你打扮得这么漂亮，就知道一定是要去约会了。但是我实在是想见你一面。”爱琳娜摇着头说：“你不会有事的，你会没事的。”莎拉微笑着说：“死亡对我来说也许并不是件痛苦的事，你别难过。对了，你记不记得我的承诺，我说过要让你有个好归宿的。”

莎拉颤抖着拿起那个巧克力盒子，交给了她说：“你的幸福也许就在这里面。”这句话说完，莎拉就去世了。爱琳娜哭了起来。这时有人拍了拍她的肩膀说：“我没想到她最想见到的不是我而是你。”她抬起头来，吃惊地看到竟然是托尔。托尔说：“我刚去跟院长谈了一会，回来后就看到了你。谢谢你对我母亲所做的一切。”

老人的葬礼那天下起了细雨，托尔和爱琳娜撑着伞默默地看着老人消失了。托尔闭上了眼睛说：“我很感激我的母亲，她是这世上最伟大的母亲。”他告诉爱琳娜，他很小的时候，父亲就去世了，母亲带着他从得克萨斯的克得镇搬到这里来。后来她遇到了一个男人，他们结婚了。她很爱那个男人，为此还把他的名字改了。但这个男人却也是那么的不幸，没过多久就出车祸去世了。她就从此再也没有嫁了，一个人把他抚养大。

爱琳娜说：“我们的命运竟然有着如此相同之处，我也是克得镇出生的，

五、六岁的时候父亲就去世了，后面的一切也跟你差不多。唯一不同的是我的母亲三年前就去世了。”她突然想起手上还拿着老人送她的盒子，对托尔说：“你想不想看看这里面是什么，也许是个宝藏。”托尔摇摇头说：“是送给你的，再多的宝藏也是属于你。”

爱琳娜打开盒子，吃惊地看到里面竟然是一幅画，上面画着一个男孩子牵着一个女孩子的手。还有签名：马克，六岁。吉妮，五岁。

托尔也很吃惊，说：“我没想到她会把这幅画保存到现在。马克是我以前的名字。吉妮是我的一个小伙伴，她是个很好的女孩。我很喜欢她，一直到现在也没能忘记。”托尔脸上露出了回忆的神色来，“母亲也非常喜欢她，她总希望我们长大后会结婚。对她来说，我是这个世上最优秀的男人，除了吉妮，谁也配不上我。她总是有一些不可思议的想法。”

爱琳娜抬起头来，脸上已经挂满了泪水，她说：“这世上真的有不可思议的事发生，因为我就是吉妮。”这一刻她明白了，老人为什么要把这个盒子送给她，为什么会说她的幸福也许就在这里面，因为老人想她代替“吉妮”。但老人没有想到的是，她就是“吉妮”。托尔愣了片刻，说：“缘分让我们要好好相爱。”他张开手来，紧紧地抱住了她……

# 移花接木

## 一、烦恼的喜事

东花园是全省最大的花卉栽植基地，这里的花农只是头上顶个“农”字而已，其实早就是个个腰缠巨万，出则豪车，入则豪宅了。

何大根是东花园“万丛绿花木公司”的打工仔，他三十来岁，聪明好学，吃苦耐劳，深得老板周东的欣赏。周东是个五十多岁的老头，慈眉善目的，他跟别的老板最大的不同是，他并不仅仅只是将花木当成赚钱的工具，而是真正喜欢这行，因此他虽然富有，却仍然经常来基地亲自动手培植花草，也因为这才认识了何大根。周东很欣赏何大根，特意将他调到了温室里做事。温室是存放名贵花木的地方，里面奇花异草，数不胜数，在这里，何大根的工作不仅要轻松很多，还能跟着周东耳濡目染学到很多东西。

这年春节，何大根回家过年，等过完年后再回到公司，他却像变了一个人一样，整天愁眉不展，孤言寡语的，有时周东叫他一声，他像刚从梦里醒过来一样茫然。周东察觉到何大根的异常，就问道：“大根，家里是不是遇到了什么困难？说说吧，要是钱的话，我可以帮你。”周东知道何大根的老家在大别山深处的一个贫困小村里，或许是他家里急需用钱，才愁成这样的吧。

“不不，不是钱的事。”何大根直摇头，“是这样的，我吧，这次过年回家，家里人给我张罗着娶了个妻子……”周东一乐，笑说：“哦，原来你是舍不得新婚妻子呀，害我以为你出啥事了。”

“不是这样的。”何大根说，他这几年在城里打工攒了一些钱，可一直没找女朋友，家里人很着急，于是就给他张罗着找了个姑娘，这次春节回家就是去完婚的。见了面一看，对方长得很漂亮，何大根心里很高兴，觉得这几年的工没白打。可新婚之夜，他刚进屋里，妻子就冲他跪下哭了起来。何大根吓了一跳，一问，才知道原来妻子有个相好的，可对方太穷，她娘家看不上，又怕拖久了会出事，这才匆匆收了何大根家的彩礼，将她嫁给了何大根。妻子哭求着让他跟自己离婚，还她自由。

何大根一听，差点气疯了，哪有新婚之夜就要离婚的，他一口就给回绝了。可此后几天，妻子每天都以泪流面，求他离婚。何大根虽然知道人家的心根本不在自己这，这样的婚姻勉强过下去肯定不会幸福，可是要这么离婚了他又做不到，这里面不仅关系着自己数年打工的血汗钱，更有男人的尊严。

周东听后，连声叹息，说："没想到现在还有这样的事。那你打算怎么办？就这么拖着？"何大根摇头，茫然地说："我也不知道，过一天算一天吧。"周东也犯了难，想了想，说："看来只能先这样了。不过既来之，则安之，你不能再这么消沉了，先好好在这学着，以后回家去也是一个生存的本事。"

何大根感激地点了点头。他知道周东的技术是整个东花园最好的，尤其是嫁接技术，堪称一绝。只要能学会他一成本事，回家开个花卉店就不成问题。

## 二、不可能的事

这天，何大根正在温室里伺候着那些娇贵的花木，周东带着一个叫唐老板的人走进来。唐老板是开宝马的，大腹便便，一手戴着三四个灼人眼睛的大钻戒，一看便知道是大老板。

现如今有钱人为了让自己看起来有品位，都愿意花大价钱打造形象，不仅买书来当摆设，还要养些花花草草的。尽管他们对花草一窍不通，可那些易生易长的品种还偏不放在眼里，要的就是名贵，越名贵的越不容易养活，越不容易养活的越要养，这就促生了"寄养"这门生意。周东的温室里就有很多别人寄养的花草。两个月前，唐老板也拿了两盆瓣莲兰花来寄养，今天，兰花开放了，唐老板自然要过来瞧瞧。

唐老板一进温室里，就看到了自己的那两盆兰花，果然已经吐露花蕊了。这是两株水晶蝶翅兰，品相独特，幽香袭人，极其名贵。唐老板围着它们转了两圈，脸上的笑意开始淡了，口中啧啧叹道："就这么两盆小东西，花了我二十几万。要我看，也就两棵小花而已嘛。"

周东解释说："唐老板，你有所不知，天下的兰花花瓣边缘都是圆滑流畅的，像这两株，瓣如锯齿、状如长尾蝶起钩边的极为罕见。物以稀为贵嘛。"

唐老板又看了看，有些兴味索然了，他转头去看别的花。当看到一株铁树时，唐老板突发奇想，说："周老板，俗话说铁树开花，百年难见，你呢，不是嫁接的本事很高吗，那你能不能把这兰花嫁接到铁树上去?"

在一旁听着的何大根再也忍不住，笑出了声来。搞过园林的人都知道嫁接这活儿，砧木与接穗、也就是接与被接之间是需要亲缘关系的，关系接近越容易成活。门、纲、目、科、属、种，兰花属兰科，铁树属苏铁科，这二者的关系八杆子也打不着，周东就是再有本事，也不可能把不同的两个品种嫁接在一起呀。

周东也忍不住地笑了起来，说："唐老板果然是做大生意的，思维很开阔，想法很奇特，令人佩服。"唐老板却认真起来，说："不如我们打个赌，你要能行，这两盆小东西送你了，要不行，你放弃市美化工程。你敢不敢?"周东仔细地看了看唐老板的脸色，说："唐老板，你这不是在开玩笑吧?"唐老板冷笑一声，说："你觉得我像是在开玩笑吗?"周东面色一凛，沉吟了一番，说："唐老板，这个倒也不是不可能，不过我毕竟不是神仙，所以最多只能保证存活十天。"

"好，十天就十天!"唐老板似乎就在等他这句话，当即点头说，"那我先走了，等你嫁接好，再叫我过来看。"

唐老板走后，何大根无法理解地问周东："老板，把兰花接到铁树上，这不跟把萝卜接到白菜上面一样吗，怎么可能的事?"

"确实是不可能的。可是我只能应下来。"周东告诉何大根，唐老板其实是东花园另一家公司的后台老板，因为技术、质量跟不上，被自己截了好几次生意，一直怀恨在心。最近，市里要搞美化工程，准备在各条大道两边放上大量的花草，这可是一笔大的生意。因为周东信誉好，市里有关部门比较倾向于给他做，当然，一切还需要招投标。唐老板知道明着来搞不赢他，于是想了这个鬼主意，存放兰花只是第一步，第二步便是迫使自己打这个赌。唐老板是靠着坑蒙拐骗发家的，无赖得很，这次不答应赌这一把，还指不定下次要用什么坏招，所以他只能答应下来。

何大根看了看周东，发现他脸色很平静，似乎早已经想到对策一般。

## 三、还真成功了

三天后，何大根正准备去上班，妻子来电话了。两人之间根本没有别的话可说，她仍然是不住地央求何大根离婚。何大根怒不可遏，吼道："别说了，我告诉你，这是不可能的事。刚结婚就离婚，以后我的脸面往哪里放？我的父母还怎么在村里生活？"那边嘤嘤地哭道："对不起，钱我会慢慢还你的，可是……"何大根打断她的话，说："跟你说过多少次，这不是钱的事，你怎么一点都听不明白！"不等她回话，何大根已经狠狠地关掉了手机。

闷坐在那生了一会儿气，门响了，周东走进来，让何大根跟他走一趟。何大根跟着周东去了趟市场，搬回来个大玻璃罩子。这玻璃罩长宽各两米左右，下面有个基座。随后，周东把自己和玻璃罩子关在温室鼓捣起来。

天亮时，周东给唐老板打了电话，叫他过来。很快，唐老板就来了，为了防止周东作弊，他还专门带着两个技术骨干来。唐老板根本不相信周东能做到这事，他虽然不懂花木栽植技术，可也知道兰花跟铁树是不可能嫁接成功的，要不然，他再有钱，也不可能拿那么值钱的兰花来打赌。

可唐老板一行三人到了温室一看，都惊呆了，只见一盆铁树被罩在一个大玻璃罩子里，铁树树干的顶端，果真开了一朵兰花，唐老板认得，那正是自己的水晶蝶翅兰花。唐老板围着玻璃罩子转了又转，忍不住伸手想要去打开罩子看看真伪，周东拦住了他，说："唐老板，你也是搞花卉的，知道开放的花朵理论上是嫁接不了的，今天我虽然做到了，但我的规矩就是不能打开这罩子，否则它必死。再说就这么小小一个罩儿，你在外面看不也一样看得清楚吗？"

唐老板心想也是，他把目光投到那两个技术骨干的身上。那两人的表情从一开始到现在已经变化了好几次，先是目瞪口呆，跟着会心一笑，紧接着是倒抽一口冷气，随后，又趴在玻璃上仔细查看起来。

半晌，一个人说道："唐老板，看砧木的切口，真是嫁接的，可是这怎么可能，没道理的呀！"唐老板怒道："就因为没可能，所以我才答应把那两盆兰花当赌注。你们再给我好好瞧瞧!”

可两个技术人员又看了半天，结论还是嫁接的。唐老板急得心火怒腾，正要当场将这两个饭桶开除了，另一个技术员说：“唐老板，我觉得这根本就不是嫁接，而是在铁树上划个切口，然后再把花插进去的，但这样做花难以保持长久，您不是说跟他打十天的赌吗，我敢保证，不出三天，这花必然会枯萎。”

唐老板心里亮堂了很多，他对周东说：“周老板，你看如何?”周东哈哈一笑，说：“这个不难，你们只要在这里呆上十天就行了。”

唐老板还真不信这邪了，当即吩咐两个手下，去搬张床来，这几天，他吃住都在这里了。

第一天过去了，花好好的，又一天过去了，花仍然是很鲜艳，第三天、第四天……一直到第十天，花朵的边缘才呈现一些枯萎的迹象。唐老板傻眼了，难道周东的技术已经到了可以违背自然规律的地步?

当天晚上，周东带着何大根来了，他笑着对唐老板说：“唐老板，现在是夜里 8 点，只要再过 4 个小时，我可就赢了。”

唐老板看了看玻璃罩子里的花，那朵兰花仍然在铁树上面开着，看起来，别说 4 个小时，就是再撑 40 个小时估计也没问题，他垂头丧气地说：“周老板，我服了。可你这到底是怎么弄的?”周东说：“唐老板，我先问你，你相不相信兰花能开在铁树上面?”“当然不信。”唐老板脱口而出，可抬眼一看玻璃罩子里的花，又迟疑地说，“我原来是觉得不可能的，可是现在……”周东接口说：“以前不可能，现在也不可能，任何违背自然规律的东西都是不可能的。”

## 四、给你上一课

周东对何大根做了个手势。何大根走上前，取下了玻璃罩。唐老板立即凑上前盯着观察起来，当然，之前他查看过无数次都没什么发现，现在也不可能有什么发现。这时，周东走过来，一伸手就将兰花给拔掉了。唐老板吃了一惊，问：“你、你这是干吗？这太可惜了!”

周东微笑不语，又伸手接过何大根递来的一把嫁接刀，然后他将嫁接刀顺着铁树的切口用力往下割开。随着切口的扩大，唐老板目瞪口呆地看到，铁树那粗壮的躯干里居然露出了一个细长的玻璃瓶子，瓶子通过树干一直插到了根部，里面还装了大半瓶的水。

周东指着瓶子说："其实就是这么简单，我先将铁树的顶端切开一个口子，用工具掏出一个洞，然后将装满了我特制的营养液的瓶子塞在里面，再将兰花插入其中。你知道，做这种切口对于我来说实在太简单了，而且，又因为花朵遮挡了大部分的切口，所以你的两个技术员也没有发现这个秘密。"

唐老板呆愣了半天，突然哈哈大笑起来，说："现在还没到12点，这场赌是我赢了！"

周东含笑看着他，什么也没说。

唐老板很快反应过来，人家周东压根就没想要赢他，否则干吗提前把秘密透露出来呢。他脸一红，像是为了掩饰尴尬一般，咳了咳，说："你、你竟然想出了这个主意，不过也确实是有用，你只说过保证花开十天，又没说可以嫁接成活。但我还是有一点不明白，这棵铁树受了这么大的伤，又是怎么保持鲜活的？"

周东拍了拍玻璃罩，说："这就是它的功劳了。它的基座下，是一套仿生的设备，通了电之后，就会自动运作，里面的空气、温度、湿度等，都是铁树最适应的环境，足以保证它鲜活十天，只是此后，却是难活了。唉，真是可惜它了。"周东抚摸着铁树，眼里流露着不舍的神情，"不过我觉得，它若是能将我们的矛盾化解掉，值了，你说呢？"

唐老板心里一颤，情不自禁地点了点头。

周东又说："嫁接的本质就是为了让植物们更好地生存，我们的生意也是一样，你想想，现在市美化工程还没开始招投标，你还有很多时间去准备，鹿死谁手还不一定呢，再说，就算我招到了标，我有那么多货源吗？到时，少不得要请唐老板出手帮忙了。"唐老板一听，惊喜异常，心服口服地说："哎呀，周老板，你今天可是给我上了一堂课呀！得，咱俩啥也别说了，日后有事，尽管开口。"

唐老板喜滋滋地告辞了。待他走后，周东淡淡一笑，转头对何大根说："你为了面子，死也不离婚，可是你想过没有，你跟她，就像铁树和兰花一样，勉强嫁接，最终肯定是两败俱伤。倒不如，你与她各自去找到自己的砧木，再各自嫁接一个未来?”

何大根猛然一震，突然明白了，周东之所以答应打赌，尽管是想教训一下唐老板，但又何尝不是想借机开导自己呢。否则，凭周东纵横商场数十年的资历，又何须惧怕唐老板呢！何大根使劲地点点头，眼圈一红，说：“周总，我知道了，明天我就回家……”

# 浴火真情

## 一、女兄弟

新德里的达行路是片高档商业区，妮摩拉每天上班都要经过这里，如果不赶时间，她会有意放慢脚步，去欣赏那些时装店里自己很可能一辈子也穿不了的漂亮衣服。

这天早上，妮摩拉在上班路上，见到一家时装店的落地橱窗里展示了一件吊带裙，优美华贵，异常美丽。如果自己穿上它，会不会变得漂亮一些?想到这，她忍不住地张出双手，将自己与裙子重叠起来，明亮的玻璃上印出一个隐约的影子，就像她穿起了这件裙子一般。

她正兀自欣赏时，身后一个声音响起来：“您好，有什么可以为您效劳的吗?”妮摩拉回头一看，见是一个年轻帅气的店员正面带微笑地看着她。她的脸一红，支吾道：“哦，我、我只是看看。”说着，她逃也似地走了。橱窗里有面宽大的镜子，她眼睛的余光在里面看到一个衣着邋遢、黝黑瘦小的女人，她枯黄的头发很随意地扎在脑后，露出长有一个丑陋伤疤的大额头。谁都看出来，她不可能是这种高档时装店的客户。

二十分钟左右，妮摩拉进了瓦希消防局。尽管她是局里唯一的一个女消防员，但从来没人把她当女人看，因为她瘦弱得连一点女人的特征都没有，大家更喜欢拍着她的肩膀叫她“兄弟”。她确实也像兄弟，训练时比任何人都刻苦，救灾时也总是第一个冲上去，甚至，在聚会喝酒时，也总是最后一个倒下。正因为这样，连她的更衣室也只是在男更衣室的一角用布帘象征性地隔了一小块空间。

妮摩拉刚在更衣室里脱下外衣，布帘就被人掀开了，队长辛格那粗壮的身子挤进来。妮摩拉下意识地用手挡住胸前，但辛格似乎根本没注意她的举动，说："妮摩拉，你手机怎么没开？你父亲让我告诉你，他想你了，叫你抽时间去看看他。"妮摩拉气急败坏地叫道："你不能在外面说吗？"辛格"哦"了一声，漫不经心地退出去，又隔着布帘说："你还是去看看他吧。"

妮摩拉的电话一直很少，之所以关机，就是因为不想接到父亲苏尔的电话。她没好气地说："他根本不是想我，是想我的钱了。"辛格有些生气，说："你不能这么说他！要知道他当年可是功勋消防员，局里这些消防员，包括我，都是他带出来的。再说，你是他女儿，给他钱花不很正常吗？"妮摩拉不耐烦地说："行了行了，我会去的。"

临近中午时，妮摩拉接到任务，去达行路救助一只掉进下水井里的小狗。她到了那后，一位围着下水井急得直哭的贵夫人赶紧上前哀求道："求求你，快点救救它吧。"

妮摩拉示意她不要着急，随后看了看下水井，顿时为难了，原来这个下水井异常狭窄，她即便下去了，也没法弯腰去抓住小狗。虽然自己可以头朝下下去，但这需要有人抓住她的脚。正当她准备给辛格打电话时，一个盛了狗粮的篮子出现在她眼前，"或许你可以试试这个。"

妮摩拉抬头一看，两人都微微一愣，原来是那位帅气的店员。接下来的事就很简单了，两人用绳子拴住篮子放进下水井，里面的小狗立即跳进了篮子里。那位夫人抱着失而复得的小狗，感激地连声对妮摩拉说："小伙子，太谢谢你了！"妮摩拉难堪之极，那个真正的小伙子却笑出声来。

## 二、贪婪的父亲

妮摩拉就这样跟拉赫曼认识了。原来拉赫曼在大学是学设计时装的，他的梦想是有一天能当上托汀斯制衣公司的总设计师，这是新德里最大的一间制衣公司。但是，每个人都批评他不现实。妮摩拉却觉得有梦想是件好事，谁的梦想在成功之前不饱受批评呢？所以她鼓励拉赫曼去追求自己的梦想。

这天，妮摩拉在拉赫曼的店里看中了一件新款时装，拉赫曼摇头说："这个款式可不合适你。试试这款吧，它可以凸现你身材娇小的优势。"说着，他拿了件紧身衣服给她。妮摩拉不敢置信地问："可以吗？"拉赫曼笑着说："当然，为什么不呢？”

妮摩拉赶紧换好衣服，可看着镜子里的自己却直摇头，因为这让她那缺少女人特点的身材更加暴露无疑。她难堪地说：“以前我一直有自己穿上漂亮时装就可以变得漂亮一点的梦想，但现在彻底打破了这个想法。”

拉赫曼笑说：“时装只是变漂亮的其中一步，打扮需要整体的设计。”说着，他针对妮摩拉的特点做了一系列的建议。妮摩拉却黯然地说：“我想你说的都对，但我的工作注定我做不到这些。”拉赫曼点点头，问：“对了，你怎么会当消防员呢？这工作并不合适女性。”妮摩拉说：“是因为我的父亲。”

妮摩拉很少在人面前提到父亲，但不知为什么，她愿意对拉赫曼倾诉。“他曾是个功勋消防员，无比热爱这个职业，以致对我一直是不管不问的。但在我快上大学时，他突然不再让我上学，而是跟着他跑步、负重，学习消防员的知识等等。”妮摩拉摸了摸额头上的伤疤，“这就是那时留下来。几年前，他因为一次救火受伤，再也当不了消防员了。于是，我就顺理成章地成为消防员了。”

拉赫曼肃然起敬，说：“你知道吗，五年前，正是一位消防员在火灾中救了我的生命。我想，你父亲肯定是个伟大的消防员。”

妮摩拉突然就没了谈兴，所有人都认为父亲是好人，而没人去想他对自己的伤害有多大。父亲不仅剥夺了她上学的权力，还剥夺了她美丽的权力。她一直认为，如果不是那些无休止的训练，她完全可以像母亲那样雍容美丽。正在这时，她的手机响了，刚一接通，父亲苏尔就说：“妮摩拉，我需要钱，今天就要。”

妮摩拉叹了口气，尽管父亲住的疗养所已经最便宜的了，但因为酗酒，他的养老金远远不够花，只能无休止地跟她要。

跟拉赫曼告别后，妮摩拉去了疗养所。疗养所是一幢老式的四层楼，被包围在一片住宅区中，里面楼道阴暗肮脏，随处可见摆放的垃圾。她来到四楼最里面的一间房，里面烟雾缭绕，几个老头正一边抽烟一边打牌，苏尔则在边上吼着：“霍尔、劳克，跟你们说过多少次了，不要在室内抽烟，小心火灾。”但几个老头根本不理他，仍在打牌。

苏尔见到妮摩拉，说：“你来了呀，钱带来了没？”说话间，呛人的酒气直扑妮摩拉的鼻子，她皱眉拿出一沓钱放在他面前。苏尔立即笑着收起来，说："说说你的工作吧。最近怎么样？"妮摩拉回道："还是老样子。"苏尔又问："辛格呢？他还好吧？"

这些话过来都是这样，苏尔从辛格一直要问到看门的守卫，唠叨个没完。妮摩拉极力克制着自己要走的念头，她不想让别人认为自己没有礼貌。半个小时后，苏尔终于心满意足地说："好了，你先回去吧。没钱时我再给你打电话。"

## 三、不图回报的父亲

第二天早上，拉赫曼突然来到消防局找到妮摩拉，他兴奋地对妮摩拉说："你知道吗，你有个伟大的父亲。"妮摩拉一愣，不明白他想说什么。

辛格走过来，警惕地看着拉赫曼，问："妮摩拉，有麻烦吗？"他庞大的身躯顶在拉赫曼前面，似乎只要妮摩拉点点头，他随时可以将拉赫曼碾得粉碎。她赶紧说："不，他是我朋友。"辛格狐疑地看了拉赫曼一眼，退到了一旁。

"还记得我昨天说的五年前有位消防员救我受了伤的事吗？当时我被烟呛晕，醒来后已经在医院了，听说救我的那位消防员受了伤，我很想亲自去谢谢他，但他却拒绝了。昨天听你说你父亲也是五年前受伤的，我特意去查了资料，知道我发现了什么吗？没错，正是你父亲救了我！"

对于那场火灾，妮摩拉没听父亲说过，是辛格说的，那是一幢旧公寓楼，消防队完成任务准备撤退时，突然听说里面还有一个学生。当时因为火势凶猛，大家都准备放弃了，是父亲再冲进了火海里……"原来，你就是那名学生？"

拉赫曼点点头，说自己一定要亲自去感谢救命恩人，请她务必带路。妮摩拉答应下班后去叫他。欣喜的拉赫曼走后，辛格上前，怀满敌意地看着他的背影，说："妮摩拉，我必须警告你，这种小白脸不会真心对你好的。"妮摩拉脸一红，说："我们只是普通朋友而已。"说着，她转身就走，她不想让辛格看到自己的表情。

晚上，妮摩拉带着拉赫曼去了疗养院。看起来苏尔今天还算正常，没喝酒，见她突然到来，很是惊讶，又看到拉赫曼，奇怪地问道："这小伙子是谁?”拉赫曼赶紧上前将当年的事说了出来。苏尔一听，顿时皱眉道：“当时我好像说过不想见你的，为什么这么久了你还要来?”拉赫曼真诚地说：“您挽救了我的生命，我一定要亲自来谢谢你……”

“不必了。”苏尔摆摆手说，“救你只是因为凑巧救的人是你而已，这是我的职业，而不是对别人施恩，所以你完全不必谢我。”他转头对妮摩拉说：“行了，我要休息了，你带他走吧。”

拉赫曼点点头，向他深深地躬了一躬，随后两人出了门。拉赫曼说：“对了，妮摩拉，明天我就要去托汀斯制衣公司设计部上班了。”妮摩拉惊喜地说：“真的？为什么这么突然?”拉赫曼笑着说：“其实都应该感谢你的。还记得那位小狗掉进下水井的夫人吗？她就是托汀斯公司的总经理。我去公司应聘，她正好是面试官。”

妮摩拉想起了那位美艳的夫人，不知为什么，心里突然感到酸酸的。拉赫曼没有注意她的表情，仍在兴奋地说：“是你鼓励我去追求梦想的，否则我还不敢递交求职信呢，你是我最好的朋友，我一定不会让你失望的。”

分手之后，妮摩拉突然想喝酒，于是给辛格打了个电话。半个小时后，辛格出现在酒吧喝酒的妮摩拉面前，他看着桌上已经空了好几个啤酒瓶，皱眉道：“怎么，是为了那小子？我找他去。”妮摩拉赶紧拉住他，说：“不关他的事。陪我喝酒吧。”

## 四、火场

一晃半年多过去了，妮摩拉再没见过拉赫曼。两人通过几次电话，但都很匆忙，拉赫曼说他很忙，需要学的东西太多了。妮摩拉也不好意思主动打电话去打扰他。不过，她现在却开始注意打扮了，虽然不可能完全做到拉赫曼指点的那样，但变化之大也足以令大家诧异不已。

妮摩拉整日精神恍惚的，完全不在工作状态。为了让她开心，辛格想尽了一切办法，说笑话，扮鬼脸，陪她逛街，但妮摩拉的心里始终被拉赫曼占据了。

这天晚上，轮到妮摩拉和辛格值班守火警电话。辛格见妮摩拉一副郁郁寡欢的样子，叹道：“妮摩拉，我知道，你是爱上了那小子，可他是大学生，又那么有才华，会看得上你吗?”妮摩拉一愣，问：“你怎么知道他有才华?”辛格窘迫地说：“对不起，我暗中查过他。我、我也是怕你上当。”

妮摩拉正要说什么，报警电话突然响了起来。辛格接来一听，立即摁响警报，对妮摩拉说：“你爸爸的疗养院失火了!”妮摩拉猛然一惊，赶紧向外跑去。坐上消防车后，妮摩拉不断地催促着司机开快点。辛格安慰道：“你别着急，或许并不像想象的那么糟。”

但是，当他们接近疗养院时，心里都凉了一截，那里已经是浓烟滚滚了，看样子起火至少已经半个小时了。救火车被周围的大楼给挡住了进不去，辛格下令队员立即接起水管。但是水枪根本喷不到火场。权衡之后，辛格果断下令消防枪向四周的大楼上喷水，决定牺牲疗养院，阻止火势漫延到住宅楼。

随后，消防队戴上防毒面具往疗养院冲去。来到疗养院门口，却惊喜地看到里面一群老头老太弓着腰，有条不紊地从火场撤退出来。这些老人因为采取了简单有效的措施，加上撤退时没有拥挤，竟毫发无损。妮摩拉看到跟父亲同房的霍尔也在其中，却不见父亲的影子，忙问他：“我爸爸呢?”霍尔指着后面回道：“要不是他，我们都得死了。他还在里面，你快去救他!”

妮摩拉赶紧冲进楼，见父亲正在一二楼之间的楼梯上指挥着众人逃生。妮摩拉跑过去，说：“爸爸，这里有我们，你先撤吧。”苏尔点点头说：“好。你要记住不要放弃任何一个人!”

起火点是四楼，也就是苏尔的那间房子，妮摩拉冲过去时，房门已经被火舌吞噬了，她用灭火器喷出一个缺口冲了进去。里面能见度很低，妮摩拉喊着：“有人吗?”没人回应，倒是一股火焰被她带起的风吸引，直逼而来，她赶紧退了出去。

十几分钟，消防队救出了几个睡死过去的人，火势更大了，辛格下令撤退。妮摩拉回到安全区，刚脱下厚重的头盔，突然一眼看到了拉赫曼。拉赫曼正挤在一群看热闹的人中冲她竖起了大拇指。她心中一喜，正要上前打招呼，却猛地看到他的胳膊上还挽有一个女人，竟然就是那位小狗掉进下水道的阔夫人。她的头一蒙，还没反应过来，霍尔的声音突然响起：“天啊，苏尔又进去了!”

## 五、因为爱

妮摩拉回头一看，果然见父亲又冲回了火场。霍尔对她说："他去救劳克了。这场火灾就是因为劳克睡觉抽烟引起的，我们醒来后没见到他，以为他早逃走了，可是刚才我们问了值夜人，并没有看到他出来。这老家伙一定是害怕得躲起来了。"

妮摩拉摇头说："不可能，刚才我已经在找过了，没找到人啊！"霍尔摇头说："你可能不知道，我们那个房子还有个夹层，是卫生间，劳克一定是躲在里面了。天啊，这么大的火……"妮摩拉不等他说完，重新戴上头盔冲了过去，辛格一伸手没拦住，咬咬牙也跟了上去。

大火顺着楼道，一路吞噬着一切可以吞噬的东西。两人虽然穿着厚重的防护服，但皮肤还是立即被烫伤了。两人一口气冲上苏尔的那个房间门口，正好看到他背着一个人被火阻挡在里面。两人对着门框喷了干粉，苏尔这才冲出了门外。

"这老家伙真幸运，竟然没死。"苏尔欣喜地说。他的防护服已经穿在劳克的身上了，妮摩拉正要脱下自己的防护服，但辛格已经抢先脱下并披在苏尔的身上，跟着要去背人，苏尔吼道："你们还是自己照顾自己吧！"时间紧迫，三人急忙下楼，突然，辛格被一块楼板砸到了头，因为头盔已经给了苏尔，他顿时就像木头一样栽在地上。

苏尔并没有过来帮忙，他对妮摩拉吼道："记住，不要放弃任何一个人！"说罢，他头也不回地走了。妮摩拉想背起辛格，但是他太高大了，一背之下，她顿时跪在了地上。

身后的楼板经受不住这么高的温度，成片成片地砸下来，用不了多久，这里就会完全倒塌。妮摩拉急得要哭了起来，想到辛格平日一直像保护神一样地保护着自己，可当他需要自己的时候，自己却是如此无力。这凶险之时，她脑子里竟奇怪地想起辛格过去对自己的情景，猛然惊醒过来，心头狂跳，她对辛格喊道："我一定要把你救出去，听你亲口说出心里的秘密！"说罢，猛一发力，竟将拉赫曼扛在了肩上。

妮摩拉跌跌撞撞地将辛格扛出火场后，身后轰然一声，疗养所的大楼倒塌了。

几天后，妮摩拉去医院看辛格。辛格的伤恢复得不错，见到妮摩拉，他有些脸红地说："不敢相信，你竟然能扛得动我。"妮摩拉一笑，说："当时我说过一定要救你出去，听你说出心里的秘密，现在，是时候了。"辛格竟有些扭捏地说："你是个好姑娘，坚强，勇敢……说实话，我很早就爱上你了。你呢?"妮摩拉也有些羞涩地点头说："之前我不知道，但在救你时我明白了，如果不是因为爱，我不可能扛得动你。"

这时，苏尔和拉赫曼走了进来。妮摩拉紧紧地抱住了父亲，哽咽道："对不起爸爸，你是世上最伟大的爸爸。"苏尔欣慰地拍拍她的背，说："你终于长大了。以后要经常来看我，免得我为了堵住那帮说你不孝顺的老家伙的嘴巴，经常用要钱喝酒这个蠢办法骗你过来。"妮摩拉破涕为笑，这事霍尔已经对她说过了。

拉赫曼对妮摩拉说："作为你的朋友，我为你的勇敢感到骄傲，所以，当我成功时，也希望得到你的称赞。"说着，他拿了一张卡片给她。妮摩拉拿来一看，是拉赫曼时装发布会的入场卷，她顿时百感交集，如果这一切不是因为他与一位富婆暧昧的关系，就更应该值得庆贺了。她还没开口，拉赫曼又拿了张请柬给她："我要结婚了，新娘是我相爱了四年大学的同学。如果不是你，我不会有今天，所以到时请你一定要去。"

妮摩拉顿时张大了嘴巴，为自己的误解哑然失笑。不过同时她也很庆幸，很快，自己也会像他那样幸福了，她看向辛格。辛格正痴痴地看着她。

# 用生命证实

## 铤而走险

李国保年前到城里的一家建筑队来打工，这一年里累死累活，终于到了年底，满以为可以带着钱回家过年了。谁知道这时包工头突然卷款潜逃了，大伙儿顿时就傻了眼。好在有人听说了，如果有民工劳资纠纷的问题可以去找一个叫张局长的人，因为李国保上过高中，有文化，所以大家都委托他去找张局长。

张局长不好找，李国保扑空了好几次，这才在单位的大门口拦住了他。张局长是个很胖的人，胖得站都好像站不稳一样，他扶着墙听完李国保的话，当场就说："你们放心，这事我一定会给你们一个交代的！"

李国保听了这话，很高兴地走了。回到队里跟工友们一说，大家也都是非常兴奋，说总算找到了个为民办事的好官。接下来的日子里，大家都满怀希望地等待着张局长通知他们去拿钱。可是不知道为什么，直到快过年了，张局长也没有给他们答复，于是李国保再一次找到了他。张局长面对他的询问显得很为难，他鼻子里发出一阵阵"呼哧呼哧"的声音，支支吾吾地说："我最近太忙了，实在是抽不出空来。过了这阵子再说好吗？"

李国保心里顿时就凉了一截，这不是明显在敷衍他们吗？回到队里后，大家见他垂头丧气的，知道大事不好，一问，果然不出所料。李国保看到大家绝望的神情，心里很不好受，说："这事都怪我，是我辜负了大家的重托。"工友阿禾苦笑着安慰他说："这事不怪你，要怪就怪我们民工的命苦。唉，可怜我那生病的老娘，还在等我的钱去救命啊！"阿禾说着说着哭了起来，哭声感染了大家，很多人也哭了起来。

夜里，李国保脑子里都是工友们愁苦的神情，他翻来覆去也睡不着。都怪张局长，是他给了大家一个美好的希望，却又不负责任地破坏了这个美梦。什么好官，说不定他跟包工头根本就是一伙的！想到这，李国保点上蜡烛，写了一封信：明天晚上十一点整，拿二十万元在公园第五个座椅前等我。如果报警，就绑架你的儿子。

说二十万，是因为他们十几个工友的工资加一起正好是这个数。当然，就算张局长真的把钱送来了，他也不会去拿的，他可不想真的犯法，只是想吓吓张局长出口恶气而已。

第二天一早，李国保就来到张局长的家，四下里看看，没人，慌忙地把信从门缝里塞了进去，然后逃也似地走了。但是李国保没有想到，张局长看了信后竟然报了警，而且有目击者见到他行踪可疑，警察很快地就找到了他。

## 仇人相见

事情澄清后，已经是几个月后了。这几个月里，李国保无时不刻地在想着张局长，每想一次，都恨得直咬牙。获得自由的这天，他意外地收到被包工头卷走的那笔钱，后来才知道这是张局长帮他们要回来的。但李国保对此一点也没有感激之情，这明显是张局长为了不把事情闹大而做的。

有一天，李国保打了个电话给阿禾。阿禾听说了他的现状后，说："你到我们这来吧，保证有活干！"李国保立即赶过去了。原来阿禾在一个风景区里拉黄包车，他介绍了李国保去面试，结果很快录取了。

景区里每天都有很多旅游者，一趟十元，一天拉个十几趟不在话下。除了上缴的，每天能净挣几十块钱，这让李国保很是满意。

这天中午，李国保正在和阿禾闲聊。远远地看到对面来了几个人。李国保一看中间那人，顿时就两眼冒火，这不是张局长吗！几个月没见，他更胖了，鼻子里"呼哧呼哧"的，连走路都要人扶着。

李国保想了想，迎上前去，装着没有认出张局长来一样，问道："先生，坐车吗？"张局长看了看他，显然也没有认出他来，点了点头，就一屁股坐上了他的车子。刚一坐上，车子顿时猛地一沉，张局长他们几个人哈哈大笑起来。

李国保知道他们在笑什么，自己跟张局长相比，实力实在悬殊太大，他瘦得跟猴子似的，毛重最多一百斤，拉着张局长就像小猴拉河马一样。

阿禾看不过去了，过来说：“你还是坐我的车吧，我力气大，保管让你坐着舒服。”

张局长还没开口，李国保就拦住阿禾，说：“你别管，让我来。”说着嘿嘿一笑，弯腰躬背地拉起车子，迈动脚步。

张局长的手下们也坐上了别的车子。

下坡路上，因为张局长的份量重，李国保拉得挺轻松，甚至还一路小跑起来了。张局长很高兴，不时回头看看被远远抛在后面的人，发出一阵阵“呼哧呼哧”地笑声。下坡路完了，紧跟着就是上坡路，这个坡挺大，李国保借着下坡的冲劲冲到了半坡上，跟着闷头往上拉。

张局长躺在车上，举目远望，青山绿水的很是惬意，又转过头来问道：“喂，我在哪见过你吗？好像觉得挺脸熟一样。”李国保喘着粗气，说：“你以前来过这吧，那当然就见过我。”张局长直摇头说：“我从来没有来过这啊，真是奇怪。”

这时李国保停下车来，对张局长说：“先生，请问你想走哪一条路？”张局长一看，前面有两条路，一条大道，一条山道，他好奇地问道：“这有什么讲究吗？”

李国保向他解释说，大道是属于景区规定的拉车道，山道是自古以来人们出入的路，山路险峻，却是风光无限，所以他们这些拉车的人私下定了这个节目，算是挣点儿外快吧。“走山道，可以看到大路上看不到的风景，也能体验到不一样的刺激，只要你再加五块钱就行了。”李国保说。

张局长听了，很是好奇，他伸长了脖子往山道上看了看，说：“既然来了，就体验一下吧。走山道！”

## 生死关头

这条山道叫“龙尾口”，处于悬崖之上，是个锐角形的转弯，路特别窄，最宽处只有黄包车的两个轮子那么宽，最窄处一边轮子甚至是悬空的。

说话间，就到了龙尾口，李国保紧捏车把手，猛地往前一冲，像要冲下悬崖一样。张局长虽说有准备，可是也吓了一大跳，这不是明摆着要自杀吗？还没等叫出口，却看到李国保在将要掉下悬崖之前猛地一个急转弯，张局长屁股一颠，人差点颠出车外，忙紧紧地抓住车子，一看右边，是空的。为什么会有这样的感觉呢，张局长惊魂未定地想了想，这才明白自己已经过了转弯处，右边是悬崖呢。擦了擦不知何时冒出来的汗，又感觉车轮的声音不对头，怎么只有一边有声音，他小心翼翼地伸出脑袋探了探，妈呀，一边的轮子是空的，仅靠李国保用手劲加技巧撑着。他胆颤心惊地往前面看了看，还有十几米这样的小路，过去了路就宽了。

这时，李国保突然停了下来。张局长忙问道："你怎么不走了啊？"李国保回过头来说："我擦擦汗。"这倒也是，他脸上的汗早就挂下来了。张局长又问道："你不能拉过去时再擦吗？你现在怎么擦？"现在全靠李国保两只手撑着车子，要是他擦汗，剩下的一只手能把住车子吗？万一失手，自己坐着车子就上了天堂了。

李国保回过头来，嘻嘻一笑，突然松开右手，拿起了腰间的汗巾。张局长猛地感觉车子向外翻去，他魂飞魄散地发出一声尖叫，眼见着就要翻下悬崖了。突然又在半空中停了下来，跟着，人也缓缓地回到原地。

李国保在危急时刻把稳了车子，回头一笑，说："你刚才说的没错，我们是见过面。"张局长一愣，问道："真的吗，在哪见到的？"

"你真的记不起了？"

张局长摇了摇头，说："真想不起来了。"张局长这时突然感觉心里很惶恐，他下意识地看了看后面，发现一个人也没有，李国保刚才一溜烟地跑，已经把后面的车子远远地甩开了。

李国保心想，现在，只要他一松手，张局长就会掉下去，而自己充其量只是失手，大不了再坐几年牢而已。

李国保双手颤抖着，脸皮一阵阵地抖动着，坐在车上的张局长也不由自主地颤抖着，他哆嗦着问道："你为什么不动了？"

"你真想不起来我是谁了？"

"不是告诉你了吗，我想不起来了。"

也是，他一个大局长哪还会记得自己。李国保苦笑，刚才见到张局长时，就想到了要把他诱到这里来将他丢下悬崖，可是现在看到他如此惊慌失措，却全然没有报复的快感了。也许张局长掉下悬崖后，别人会真以为自己只是失误，可是却瞒不了自己的良心，这以后他都将在“杀人犯”的阴影下度过。算了，就放过他这一回吧，恶有恶报，不是不报，时候未到，这样的坏蛋总有治他的人。想到这，他一咬牙，一顿足，弯腰躬背，很快地就把车子拉到了安全的地方。这时，李国保突然感觉心里很轻松，像放下了一副重担一样。

## 生命巨赌

张局长的心总算回到了原位，他大口地喘着粗气，不停地擦着头上的油汗，口中却说：“刚才真是太刺激了，师傅好技术，这五块钱没白花。”

李国保说：“先生，要不要再试一次？”

张局长忙摇头说：“这么危险的游戏还是别玩了好，一不留神不仅害了别人，还会连累自己。”

李国保把张局长拉到了目的地，下了车后，张局长付了钱后就走了。李国保坐着休息了一会儿，往厕所里走去。刚把蹲位的门关上，就听到外面有人进来了。一听到那熟悉的“呼哧呼哧”声，就知道是张局长。旁边的一个人说：“张局长，你身体不好，不好好地呆在医院里，来这里做什么？”

“你们不知道，我有桩心事一直压得内心很不安。半年前，有个民工找我解决工资的问题，当时我因为犯病了，天天都在医院里呆着，一时抽不出时间来办。后来我收到封勒索信，就去报了警。案子很快破了，我这才知道写信的人就是那个民工，他以为我是在敷衍他。因为我工作的失误，让他在拘留所里住了好几个月，觉得很是愧对他。我本想去监狱里看望他，可是你们知道，我除了上班就是在医院里，根本抽不出时间。这不，前阵子退了，就四处打听他的消息，听说他在这里做事，就过来看看他。”

“那你见到他没有？”

“见到了。”张局长笑了起来，“你看我都浮肿到这个的地步了，我知道自己活不了多久了，所以我用生命做了一次赌博，如果我输了，不过是早点结束痛苦，如果赢了，却能让他彻底罢脱过去的阴影。事实证明，我赢了！”

李国保顿时就愣在了那里。这时，腰里的手机响了，接来一听，是阿禾打来的，他说：“你觉不觉得那个胖子有点眼熟？我刚想起来了，他就是张局长！我们的工资全靠他争取来的。喂，喂，怎么不说话了？”

李国保无力地放下手机，不知是庆幸自己没有走出那危险的一步，还是后悔自己对张局长所做的，他捂着脸哭了起来……

## 这个男人来自火星

### 我认识你

夏日炎炎，何光吃过午饭，准备趴在写字台上眯一会儿。这时，楼下传来高亢嘹亮的吆喝声："收旧书报……"老板的声音接着响起："阿光，咱不是有堆旧书旧报吗，去叫那收破烂的上来吧。"

何光下楼把那个收废品的汉子叫了上来。汉子高大黝黑，身上的汗像水泼似的，两人一番折腾后，何光也是一身臭汗了。何光准备到门口的小店去买瓶饮料，下楼时就顺手帮那汉子搬了些书报。原本只是捎带而已，那汉子却不停地说着感谢的话，何光有点不好意思，就又顺便给他买了瓶饮料。汉子竟有些激动了，掏出张名片说："我叫牛大保，以后要有体力活尽管找我，我给你打八折。"

半个月后，何光住了三年的房子房租突然上涨，他就在附近重新找了个住处。原以为没什么东西可搬的，一整理却发现东西太多了，小物件还好说，冰箱洗衣机什么的就成了问题。他正犯难时，突然想起了牛大保的那张名片。

一个小时后，牛大保带着一个帮手过来了。那人长得斯斯文文的，还戴了副眼镜，可不知为什么，一眼看上去就觉得跟正常人不同。牛大保介绍说这是他的弟弟牛二保。何光还没说话，牛二保突然像猫一样蹿上前来，何光吓了一跳，却见牛二保冲到了那堆旧书跟前。书已经打包了，牛二保抓耳挠腮，急得不行。牛大保赶紧喝道："二保，干活!"牛二保很听哥哥的话，虽然有些悻悻然，但还是走开了。

牛大保对一脸惊讶的何光说："没事，他是个书痴，见到书就跟没命似的。”何光更惊讶，这个牛二保的脑子肯定有问题，一个精神不正常的人竟然爱看书，真是奇怪。不过他也没细问，说：“哦，反正这堆书我都看过了，一会儿你们带走吧。”

牛家兄弟配合默契，很快就将大部分物品扛到楼下的三轮车上了。最后是冰箱，牛二保背着冰箱开路，牛大保在后面调整冰箱与墙的距离。到了楼道口，突然从外面跑进来一个人，牛二保忙侧身躲让，身后的牛大保见冰箱要与墙发生刮擦，忙往中间扶了一下。牛二保顿时重心不稳，“扑通”一声单腿跪地，冰箱也随之斜着倾倒。

后面的牛大保已经迅速探出头来，“咣”一声，冰箱狠狠地砸在他的半边脸上，他硬是梗着脖子顶住了。何光赶紧上前帮忙放下冰箱。

牛大保鼻血直流，但他没去管自己，而是赶紧扶起牛二保。牛二保的膝盖刮擦掉了一大块皮，他同样也没去管，而是伸手去擦哥哥的鼻血，说：“哥，你流血了。”牛大保说：“我没事，你呢?”牛二保笑嘻嘻地说：“我也没事。”

兄弟俩的感情让何光很感动，赶紧带他们去旁边的诊所。处理好伤口后，三人继续搬家。搬完后，何光付钱，没想到牛大保怎么也不肯收，他说：“我做这个本来就是捎带的，没做好，还让你受了惊吓，你掏了诊费，又送了那么多旧书，这钱我不能要。”

何光过意不去，就执意请他们去路边一家小饭店吃饭。吃饭时，何光见牛二保直愣愣地看着自己，就问：“二保，你咋老看着我呢?”牛二保露出痴痴的笑容，说：“我认识你。”何光就逗他说：“是吗，那你知道我叫什么?”牛二保张口就来：“你叫何光，老家在安徽凤阳，今年25岁，在汉风网络公司上班。”

## 牛刀小试

何光的表情凝固了，牛二保又说：“你父亲叫何成，母亲叫陶山娥，家里还有个弟弟叫何明。”何光跳了起来，结结巴巴地说：“你……你到底是干什么的？警察？私人侦探？你调查我干吗？”一旁的牛大保哈哈大笑，说：“别害怕，他什么也不是，就是记性好。”

牛大保说他们父母很早就去世了，是他一手将弟弟带大的。牛二保从小记性就不是一般的好，凡是他看过的东西永远都不会忘记。可奇怪的是，他记忆超人，智力却非常一般。读书时，数理化课本只要他看过几眼，就能倒背如流，但是他理解不了。他就像一个只能进不能出的水壶，纵然容量惊人，却没任何作用。牛大保带他去北京、上海等各大医院检查，得出一致结论：牛二保的脑容量确实比普通人大，也没有任何病变，但他为什么智力不行，专家们都表示不理解。

“一开始还挺失望的，不过傻总比脑子里长东西要好吧。”牛大保看着狼吞虎咽的牛二保，说，“他喜欢看一切有字的东西，废报纸、旧书、废旧档案等等，逮到啥看啥。好在我是收废品的，有的是旧书废报纸。”

何光恍然大悟，说：“我想起来了，上次公司卖给你的那堆废品里可能有我的求职信，上面有我的相片简历。”牛大保点头说：“对，他就像脑子里有台超级照相机一样，保存着自己看过的一切，随时能提出来。”

何光羡慕之余，又暗自感叹：其实牛二保活得也挺痛苦，所见到的事物一辈子都存在脑子里，这会不会是他精神不正常的原因呢？何光忽然想到什么，说：“大保，你弟弟有这个天赋，你该利用起来呀！”

牛大保说：“以前也有人帮我出过一个馊主意，要我找些经常在报刊和新闻里露脸的当官的，让二保回忆所有曾见过的他们做过的事，说这些事虽然都不是隐私，但对方肯定会误认为有人在调查自己，做过亏心事的自然就会掏钱了。可我是坐过牢的，绝对不会让弟弟也去犯法。”

何光一愣，问他因为什么坐牢。牛大保说是有坏小子欺负牛二保，他就把那几个人打伤了。他坐过牢，又是收破烂的，没人瞧得起他，那天何光请他喝饮料，他觉得何光是好人。何光有些惭愧，没想到顺手做的一件小事能让他这么感动，感慨地说：“放心吧，你这么信任我，我怎么会让你们犯法呢。”

第二天一早，何光来到牛大保家，把一件写有“我来自火星”字样的T恤让牛二保穿上，然后对牛大保一番交代，三人便一起出门了。

来到一个小区门口，牛大保便拿着小喇叭吆喝起来：“走过的路过的，莫错过与火星人亲密接触的机会。他过目不忘，没有他不记得的事，也没有他背不了的书，你要不相信，可以拿十斤旧物试他一次。他要背不出，我双倍价钱收；他要背得出，旧物就白归我……”

这一番吆喝，立即引来了很多人围观。有人不屑地说：“收破烂还收出新花样了，你就吹吧，有这本事还来收破烂？”混在人群中的何光说：“话可不能这么说，多少名人成名前还扫过厕所呢。”这话引起了围观者的认同。

一个中年人递本书上来，说：“他能把这书背下来吗？”牛大保一看，是本冶金行业考试大纲，就说：“火星人也是人，你这书太生僻，容他看二十分钟。你呢，正好回家拾掇点旧物，然后就过来见证奇迹吧。”中年人在围观者的鼓动下，回家去了。

二十分钟后，中年人提着一堆旧物过来了。牛二保把书合上，眼睛一闭，就开始背。中年人翻开书对比着，一分钟后，他面如死灰，两分钟后，他“哇”一声哭了起来，扔下书扭头就跑。有人解释说，这人为了考职称天天拿这书背，背了几年也没背出来。

## 喜事连连

没多久，各大论坛、微博上都在传牛二保的神奇事迹，他可以倒背三国，也可以背三天三夜的圆周率，还能把整本高等数学默写出来，甚至连十年前小报上的一条寻人启事都记得……人们议论纷纷，有人认为他可能是转基因人，属国家级实验品；还有人说他是从未来穿越过来的；也有人十分肯定他就是火星人……说什么的都有，就是没人相信他是个傻子。

能在这么短的时间内引起轰动，除了牛二保确实神奇之外，当然还有幕后推手，这个人就是何光。他所在的公司经营着一个同城论坛，一直半死不活的，何光在上面开了个牛二保的专栏进行炒作，这阵子论坛的点击量已超过历史的累积量了。老板对此非常满意，号召全公司的员工向他学习。何光很得意，在帮助别人的同时又能稳住自己的饭碗，这实在是件令人愉快的事。

这天中午，牛大保打来电话，说有人找到他，要请二保拍广告，他不知道该怎么办。何光问清地址，便赶了过去。

在一家餐厅里，何光见到了牛大保兄弟和一个胖男人。这人一脸倨傲的表情，牛大保兄弟被他的气势吓怯阵了。何光上前，向那人介绍了自己。那人扫了他一眼，冷漠地点点头，用两根手指夹了张名片给他。

名片上写着“智力宝健脑公司总经理张东海”。何光听说过这家公司，是生产学生补脑口服液的。何光问：“张总，你觉得二保适合代言你的产品吗?”张东海说：“当然，你知道他现在在网络上有多火吗？我再请一帮职业炒手炒炒，他很快会更红的。”何光摇头说：“我不是说这个，是指……”张东海微微一笑，说：“我知道你指什么，但我会对他进行全方面包装，这根本不成问题，因为他确实过目不忘。”

何光看了看一脸企盼的牛大保，忽然起身说：“对不起，这事我们再谈吧。告辞了。”他转身就走，牛大保很吃惊，愣怔片刻后还是拉着牛二保跟了上去。牛大保在门口追上他，有些不解地说：“阿光，有话好好说呀，他答应给五万块钱了。”何光轻声说：“如果他再找你，没有十万别答应。”

三天后，牛大保打来电话，兴奋地说张东海果然答应给十万元，不仅如此，张东海还要请二保去他的公司上班，每月三千块，但条件是必须吃住在公司，而且没有他的允许，牛大保不能去见弟弟。“虽说条件蛮多的，但二保能有这么好的机会也十分难得，我就跟他签了协议。”

何光对他签协议竟然没有让自己去感到有些意外，不过也没多想，毕竟这样的结局对牛家兄弟已经算是很不错了。

一连多天，论坛上都没有牛二保的新动向了，“牛粉”们再次议论纷纷：“基因派”认为他是被国家秘密实验室接走了；“穿越派”认为他已经回到自己的年代了；“外星派”则认为他完成任务回火星了。没有新炒点，点击就少了，老板开始不满，催何光去挖点料来炒炒。

何光找到牛大保时，他正在家里悠闲地喝着酒。看来牛二保出名后，他确实有钱了，大白天竟然没出去干活。牛大保很高兴地请他坐下，并帮他倒酒。

闲聊几句后，何光问：“二保有没有回来过?”牛大保愁眉苦脸地说：“没，我正担心这事呢。”何光安慰说：“这有什么好担心的，那里包吃包住，据说还是全封闭的，又安全又有工资，多好呀。”牛大保还是摇头，皱眉说：“按说这是好事，可我这些天老在想，要说请二保拍广告还靠谱，可上班，二保能干啥呢？我心里总不踏实。”

这么一说，何光也感到奇怪，他让牛大保拿出协议，一看就发现问题了，协议上面所说的句句合法，但仔细一想，这协议就相当于一张卖身契。没有张东海的同意，二保只能永远待在公司不能外出，而牛大保也永远别想见到弟弟。何光说：“这是典型的陷阱协议，签的时候为什么不叫我到场？”牛大保又惊又怕地说：“张东海不让，他说不想见到你……咋了，有啥问题？”何光将自己的担心说了出来。牛大保吃了一惊，立即站起来说：“不行，我得去看看他。”

## 真实情况

两人到了智力宝公司，找到了张东海。张东海竟然非常配合，说：“我这是公司，不是监狱，怎么可能不让你们见面呢？只是你们也知道，二保有时是管不住嘴巴的，万一他出去后将公司的秘密说出去，那就不好了，所以我才在协议上加了那一条。”

何光问：“那我能问一下，你请二保来上班的目的是什么呢？我和大保都不认为他能为你做什么事。”张东海哈哈一笑，说：“我请他上班，是因为公司现在有一些负面新闻，我需要将他打造成公司的一张名片，有他这个活广告在，那些闲言碎语自然就会消失了。”

牛大保没心思听这些，急问：“那我什么时候能见二保？”张东海说：“现在就可以。不过，我正在一步步改造他的形象，也取得了一些进展，我担心他看到你后会恢复以前的样子，所以你只能远远地看。”

牛大保转头看何光，何光觉得这也无可非议，毕竟张东海请牛二保是商业目的，于是他点点头。

张东海亲自带着他们来到后面的厂房外，里面机器轰鸣，从窗户往里看，很多穿着白衣服的工人正在忙碌着。两人看到了牛二保，他正好奇地东看看，西摸摸。张东海解释说：“这是让他熟悉公司的每个环节，方便他以后接待客户。”牛大保悬着的心终于放下了，何光却总觉得哪里有些不对劲。

随后，他们又去了牛二保的宿舍。地方很不错，窗明几净，比家里住得还好。张东海说有专人照顾牛二保的生活起居，让他们放心。牛大保眼眶都湿润了，一个劲儿地感谢他。这时张东海接了个电话，完了后说：“我还有事，你们……”牛大保忙说：“你忙你的，我们这就走。”张东海就对在一旁打扫卫生的一个妇女说："王婶，你送他们出去吧。"

一路走着，何光心里那种不对劲的感觉越来越强烈，他突然问王婶："王婶，牛二保不住在那宿舍里吧？"王婶脱口而出："你怎么知道的？"牛大保一惊，忙问："阿光，这是怎么回事？"

"以二保的记性，他进厂房五分钟，就什么都记下了，怎么会像刚才那样好奇？这只能说明他是刚进去的。还有，他的宿舍里太干净了，连一张报纸都没有，根本不是他住的地方。张东海之所以这么做，是不想让我们与二保直接见面，也不想让我们知道二保的处境。"何光转头问王婶："王婶，你一定知道真相。"

王婶在两人的恳求下，轻声说："其实我也是听说的，张总想改造他，但他来了后一个劲儿地说要回家要跟哥哥在一起，根本不配合。张总一气之下，就将他关在地下室里，打他骂他，还不给他饭吃。"

牛大保一听，气得哇哇大叫，转身就冲回去，何光赶紧跟了上去。两人先到了厂房，没找到牛二保，就去了张东海的办公室。张东海问他们还有什么事，牛大保说："我要接我弟弟回家，他不干了。"张东海说："你们怎么突然改变主意了？"何光说："你别演戏了，你对二保做过什么我们都知道。"

张东海露出了本来的面目，冷笑道："既然你们都知道了，那我就明白告诉你们，我和牛大保是有协议的。"牛大保说："我把那十万块钱还给你，这总可以了吧？"张东海说："开玩笑，协议是有法律效应的，不是小孩过家家。"何光说："协议上也没有说你有权虐待牛二保吧？你虐待他是不是也犯了法？难道不怕我们去告你？"

张东海不屑地说："随便你，但我劝你别这么做。来白的，我每年花十几万养的律师不是吃干饭的；来黑的，我过去就是混这道的。实话告诉你们吧，牛二保火了之后，捎带着各种健脑品都热销了，这种商业价值我是绝不会放过的！"

## 回归平静

两人被几个保安连轰带踹地赶出大门。牛大保气得遍地找砖头，要去开张东海的脑袋。何光拦住他，说：“你冷静点，胡闹一点作用都没有。”牛大保急得眼泪直流，说：“那我就眼睁睁地看着二保受欺负？”何光说：“肯定不行，不过我们要好好想个办法。”牛大保恨恨地说：“那你说咋办？”

何光想了想，问：“大保，你是想要出名的二保，还是不出名的二保？”牛大保毫不犹豫地说：“当然是不出名的。那时候虽然穷，可我们兄弟活得自在，出了名后，钱是有了，可烦恼也多了。”何光一拍他的肩膀，说：“我等的就是你这句话。”

当天夜里，论坛上忽然冒出一个帖子，发帖人自称是神经外科主任，说他一直在关注牛二保，可以肯定，牛二保脑子里某个部分出了问题。人的大脑是互相协作的，一旦某个地方出了问题，就会引起某些异常表现。有时，患者会出现常人难以想象的才能。如果表现在语言区，患者说外国话会比母语还顺溜；如果表现在记忆区，患者会有惊人的记忆力。同时还发了大量类似的案例加以佐证，让人不得不信服。

一时间，很多网友恍然大悟，回忆说自己看到牛二保时确实觉得他有些痴呆，原来竟是脑子生病了。如果这种超凡的记忆是因为脑子生病，那不仅不值得崇拜，还应该怜悯同情他。

这个帖子被各大网站论坛疯狂转载，很快，记忆超人就成了被人同情的对象，所有因为他而热销的健脑类保健品一律滞销了。大家都突然明白，拥有惊人天赋是需要付出高昂代价的。

半个月后，牛大保惊喜地告诉何光，张东海把二保放出来了。何光笑了起来，那个帖子就是他发的。他们没办法跟张东海正面交锋，但可以让牛二保变得不再有利用价值。

牛大保抱着失而复得的弟弟，后悔不迭地说：“二保呀，都怪哥不好，哥不该为了十万块钱卖了你呀！”牛二保咧着嘴直笑，说：“哥，我没事，我是火星人。”何光和牛大保都忍俊不禁。这时，牛二保想到了什么，拿笔写了一些字。

何光边看边念：“水、蔗糖、香精、甜蜜素……咦，这好像是张糖水配方。”忽然，他想到了什么，问牛二保：“二保，这是你在厂房里看到的吧？”牛二保露出顽皮的笑，说：“我趁配料员没注意偷看的。”

当天，何光就将这张配方和一盒智力宝拿到了质检部门，结果证实，智力宝其实就是加了各种添加剂的糖水。

不久，工商部门查处了智力宝公司。这时，何光正蔫头耷脑地听老板的训斥，说他没有及时将那个主任的帖子删了，结果好不容易炒出来的热点没了。忽然，何光听到楼下传来高亢嘹亮的吆喝声：“收旧书报……”他笑了。

# 做个好人也不难

## 一、我要做个好人

大沟村的刘二虎小时候野惯了，脾气不大好，动不动就跟人吵架，吵不过就动手打。打着打着，一转眼三十好几了，倒有十几年时间是在监狱里度过的。

算算时间，再有两个月就能出狱了。说实话，刘二虎不愿意出去，这一次进来的时间比较长，有六年，对外面的世界只能根据电视上猜想：外面变化这么大，自己出去后能干什么呢？面对一天天临近的释放期，刘二虎竟然有些惶恐。

刘二虎是将要释放的犯人，管教对他比较松，常让他去厨房帮帮手。这天他正在水池边上洗菜，张管教过来了。刘二虎天不怕地不怕，但就是怕张管教。张管教其实从来不体罚犯人，不过，他似乎总能一眼就看穿你的心里在想什么。张管教看到他，笑眯眯地走过来说："刘二虎啊，这快要出去了，有什么打算？"

"打算？"刘二虎茫然地摇了摇头说："没有。"

"那你是准备出去了后还得进来？"

刘二虎慌得直摇头摆手说："不不不，怎么会呢！"

"我记得我刚来监狱的时候，你也正好第一次进来吧？十几年了，我……"张管教指了指自己的肩章，"已经当了科长了，你呢？做了什么？"

刘二虎顿时呆在了那里，这十几年里他做了什么？第一次进来蹲了两年，出去后不到半年，又进来了五年，再次出去，结果又进来了六年。因为在外面呆的时间太少，他一直以为自己还很年轻，被张管教一提醒，就像沉睡在梦里突然被人叫醒了一样。他低头看了看水里自己的倒影，突然发现，自己不再年轻了。连自己都不再年轻了，那么娘呢？

同号的犯人突然感觉刘二虎开始沉默寡言了，不大爱和人说话，似乎一天到晚都在发呆。

出狱的这天到了，张管教亲自把刘二虎送到了大门口，说：“刘二虎，我不想在这再见到你了，你明白吗？”

“我……”

张管教拍了拍他的肩膀，说：“别说了，赶紧回家去看看老娘吧，再找份正经的营生。一生匆匆几十年，你有几个十几年可以挥霍的！”

刘二虎泪流满面地说：“我一定会做个好人的！”

村子还是记忆中的那样，破落、萧条，似乎没什么人气一样。一路上刘二虎遇到了几个同村的人，虽然当面笑着说：“二虎，回来了。”但刘二虎知道他们一定在背后指指点点，说煞星回来，这日子不好过了。只是眼下他没有心思计较这个，急着要回去见娘。

娘正在院子里喂鸡，六年不见，娘又老了好多，满头花白的头发胡乱地挽成一个髻，三九天了，还穿着件单薄的衣服，寒风吹过，娘的手在颤抖着。刘二虎大叫道：“娘！”然后双膝一软，跪倒在地。

娘似乎被突然的叫声吓了一跳，“咣铛”一声，鸡食盆打在了地上，抬头看到是他，脸上却没有任何表情，淡淡地问道：“你还回来做什么？”娘冷冰冰的声音让刘二虎激动的心突地掉在了冰窖里。他不怕娘骂他，从小到大，娘骂过他无数次，但是他怕娘像现在这样子，嘴里在问他，但眼里好像根本没他一样。刘二虎知道是自己一而再、再而三的犯法让她对自己彻底失去了信心。

一直到第三天，娘都没有跟刘二虎说第二句话。刘二虎知道再这样下去，娘永远也不会原谅自己，只有自己找份正经活，真正地做个好人后，才会改变这种情况。第四天，刘二虎冲着娘再次跪倒，说：“娘，我这就去找份工作，赚钱给你用。”说着，他磕了三个响头，起身走了。

## 二、押车遇险

然而找工作说起来容易，真正做起来就不容易了。刘二虎恶名远播，县城里的人都是知道的，用人单位一见是他，先是赔着笑脸，然后说人员已满。要搁以前，刘二虎早就眼睛一瞪，挽起袖子就要上了，但现在他只是尴尬地笑了笑，然后继续去找工作。县城小，要人的单位更少，刘二虎用了一个星期时间，把所能知道的需要用人的单位都找遍了，还是没有任何地方要他。空有一身力气，却没有用处，他有点着急了。

这天，刘二虎听说一家木材公司需要工人，他赶紧过去应聘。进了老板的办公室，还没开口，那老板已经起身迎向他了，口中惊喜地叫道："这不是虎哥吗？你这是……"刘二虎一看，这老板竟然是过去一起玩的小兄弟周伟。十几年前，周伟就叫他"大哥"了，那时刘二虎常带着他一起玩，帮他打架，没想到现在他成了老板了。刘二虎也惊喜地说："这公司是你开的？真没想到啊，竟然发财了！"

"嗨，什么发财不发财，混生活而已。"周伟露出得意的表情，说："你该不是来应聘的吧？"

刘二虎很尴尬，说是吧，那自己的面子往哪搁？说不是吧，那这个机会不就是没了吗？为难极了，半天才支吾着说："嗯，这个……我刚出来，想找份活干，你这……"

周伟拍了拍他的肩膀说："虎哥，你要来帮我是求之不得的。从现在开始，你就是公司的员工了！"周伟给他开了一月一千五的工资，还包吃包住，这在小小的县城里算是很不错了。刘二虎感激得不知道该说什么话，周伟明白他的意思，说："我们兄弟之间多余的话不用说了。好好干吧！"

刘二虎使劲地点了点头。

周伟给刘二虎派的是押车的差事。因为周伟的运木材车体形庞大，过于招摇，而且为了赶时间，常常走夜路，有时候走到山高林密的地方时，就有劫道的。上次，劫匪不仅劫了他两车木材，还把司机打成了重伤。刘二虎是个打架能手，这活最合适他了。刘二虎没有犹豫，回头就找了两根短钢管藏在了身上。

上班的第一天，刘二虎就押车了。一车木材要送到外省去，路途遥远，周伟一再劝说他要小心。刘二虎拍了拍腰上的钢管，让他放心。车子经过一天的行程后，天渐渐黑了，因为收货方催得紧，司机决定冒险开夜车。来到一条山路前，司机放慢了速度，对坐在副驾驶室的刘二虎说："虎哥，精神一点。"他告诉刘二虎，这地方叫羊肠岭，山势盘绕，一共有十几公里的上坡路，因为路窄又是上坡，车子跑不快，常有劫匪出没。刘二虎搓了搓双手，抄起了钢管，眼睛紧紧地盯着前面。

车子开了很久，也没见到有可疑的人，刘二虎有点放松了，正想抽根烟缓缓紧绷的神经，突然车子一个急刹车，差点将他甩到挡风玻璃上。回过神来后，本能地握紧了钢管，问道："怎么回事?"

司机指了指前面，刘二虎看到，在车前灯照射的范围内，一个人正在向他们挥舞着双手。他的精神顿时一紧，劫道的！正要下车，司机拉住他说："等等，看看情况。"司机把车前灯打成平射光，果然，在黑暗中，似乎还有几条人影。这时，拦车的那个人跑上前来，这时才看到他手里有长长的一根家伙。刘二虎等他走到车门这，突然打开锁，猛地一脚踹了过去。那人被门撞得向后一倒。刘二虎跳下车来，挥着钢管向他打去。那人惨叫起来，很快，另外几条人影也冲了过来，果然，个个手里都有家伙。刘二虎不等他们上前，迎了上去，左手一挡对方武器，右手一扫，将一个人打倒在地。钢管所到之处，都是一片惨叫声，当然，刘二虎也挨了几下，痛得够呛，总算把那几个人打倒在地，刘二虎长松一口气，正要跳上车去，突然之间，黑暗里一下子冒出十几条人影来，他顿时就愣在了那里。

## 三、我的命是你的了

刘二虎到了当地派出所后才知道，他打的不是劫匪，而是连夜修路的工人。因为前几天接连暴雨，道路塌方了，这又是条主干道，所以工人们在连夜抢修，怪只怪山路盘绕，大山挡住了抢修队的灯光。那个来拦路的，其实是想来告诉他们，要他们先绕回去。刘二虎目瞪口呆。

虽然是误会了，但打伤人家要赔钱，刘二虎只得打电话去告诉周伟。周伟听了很生气，吼道："多大的年纪了，怎么还是这么冲动？这是你自己惹出的事，你自己解决！"说着，"啪"一声挂了电话。

刘二虎抱着头蹲在了地上。张管教已经无数次告诫过自己，遇事之前要先想一想，不要动不动就打打杀杀的，自己还老觉得他烦，可是真遇到了事，自己却忘记了这话。这下该怎么办？

刘二虎一共伤了五人，每人赔两千，一共一万。而司机显然接到了周伟的通知，要他带着货先离开。因为刘二虎是打人的凶手，所以民警并没有为难司机。很快，司机就抛下刘二虎走了。民警们通过网络查到刘二虎前科累累，责令他三天之内必须把赔偿款交清，否则将对他提起公诉。到了这时，刘二虎反而不怕了，钱，他是不可能有的，该怎么着就怎么着吧，只是，可怜的娘，本是想好好做事得到她的原谅的，但没想到刚出来就又要进去了，这下子，她该更对自己绝望了。还有张管教，临行前明明发誓要做个好人的，可是……自己还有脸去见他吗？

三天期限很快就到了，拘留室的门打开，一个民警走了进来。刘二虎对他们说："钱我是没有，就再把我抓进去吧。我想通了，像我这样的人就应该一辈子呆在监狱里！"

"你想哪去了？告诉你吧，有人帮你付了赔偿款。而且，受伤的那五位工人都说不再追究你的刑事责任了。所以，你现在自由了。"

"我……我……自由了？"刘二虎吃惊得结巴了起来，"是谁帮我付的钱？"

民警犹豫了片刻后说："那人不让我们告诉你。但是，你可以想想，谁会为你这么做。"

刘二虎悄然大悟，一定是周伟！自己闯的这祸不小，他生气也是理所当然的，但到底是兄弟，气过了后也就没什么了。刘二虎出了拘留所，立即打了电话给周伟，刚要说谢谢他，周伟说："这么说你出来了？"

"出来了，谢谢你了。"

周伟轻声笑了笑，说："我让他们不要说的，怎么说了。是这样的，我吧，当时气过了就后悔了，再怎么说我们也是兄弟不是？所以就拿钱过去了。但是我说过不给你赔钱的，现在又赔了，怕你知道这面子过不去，所以……"

刘二虎眼眶一红，感动地说："好兄弟，啥也别说了，以后我这条命就是你的了！"

## 四、母亲还债

周伟的生意渐渐红了起来，几乎每天都有大货车拉货出门。刘二虎一人顶三个人在用，日夜押车，到后来，周伟干脆连装卸工也省了。刘二虎的身体渐渐有些吃不住了，不过自己说过，这条命是周伟的了，他再怎么使唤自己也要挺住。

终于有一天，刘二虎在两天两夜没睡的情况下卸货，一不留神被地上的一个东西绊倒了，肩上的那根粗重木头狠狠地砸在他的脊梁骨上，他甚至能清晰地听到身体里发出"喀嚓"一声闷声，跟着就什么也不知道了。

刘二虎的脊梁骨断了，县医院没办法治，又转到市医院，然后又转到省医院。周伟一开始还拍着胸脯说花再多的钱也不要怕，有他在呢，但在支付了几万元治疗费后，就再也不来了。打电话过去，总是说自己忙，后来干脆连手机也换了。刘二虎不怨他，他对自己够好的了，怨只怨自己不小心，如今好了，不仅没能让娘过上好日子，连自己也废了。一时间，他连死的念头都有。

因为没钱继续治疗，医院已经催了好几次，说再不交钱就要赶他出去了。此时刘二虎是不能走动，如果能，他早就走到顶楼往下一跳了。不过，刘二虎想到了另一个办法，一到晚上，他就对医生说自己失眠，要安眠药。医生不给，他就大声嚷嚷，吵得邻床的病人睡不了，医生只得给他。他拿了药并不吃，而是攒着。具体要攒多少才能一睡不起，他也不知道，不过想想，一百颗应该够了。每天五颗，也就是二十天的事。

在攒了九十五颗的时候，病房里突然来了一个让刘二虎绝对没有想到会来的人——张管教。刘二虎不能起身，只是泪流满面望着张管教。张管教拍了拍他的肩膀，说："有个同事到这来看病，看到了你，问了医院，知道了你的情况，然后回去后就跟我说了。我来看看你。"

"张管教，我……"

“你的事我都知道了，别急，办法总是人想的。”张管教和蔼地说，然后从身上拿出一个信封，说：“这是监狱里干警和犯人捐的。你虽然曾经也是犯人，但出来后潜心悔改，没有辜负我们的一片苦心，所以，大伙捐钱心甘情愿。”

刘二虎激动地嚅动着嘴唇，什么话也说不出来。张管教帮他擦了擦眼泪，说：“我知道你没有失眠的习惯的，把药交出来。”刘二虎听话地从枕头下掏出了那包药。张管教拿过来，说：“虽然你脊梁骨断了，但只要你内心是直的，就没人笑话你身体不直。如果你真死了，你为做个好人付出的努力也就没了，值吗？”

张管教轻声轻语的话让刘二虎“哇”一声哭了起来。

这事被医院传了出去，监狱干警为一个曾经是犯人的人捐款，新闻性很大，很快就有记者来采访，跟着，很多好心人也为刘二虎捐款了。有了那些钱，医生们在刘二虎的身体里打上了两根钢筋，这样，他虽然没有以前那样挺拔了，但也不至于抬不起身来。出院那天，刘二虎去监狱感谢张管教和大家。但张管教出差了，门卫不让他进。刘二虎面对大门，直直地跪了下去，冲着大门“咚咚咚”磕了三个响头。

回到县城后，刘二虎想到好几个月没见到老娘了，不知道她怎么了。于是赶回了家，到了一看，门上却挂着锁，看上面的灰都厚厚一层了，至少有好几个月没动过了。“娘！”他大声叫着，但没人回他。他又跑去问村主任。村主任搔了搔头皮，说：“你娘好像三个月前就出门了。”

“那她是去了哪？”

“她没细说，不过走之前，她把家里所有能卖的东西都便宜卖掉了，好像要凑一笔钱。可能还不够数，说要卖房子。你也知道，就你们家那破房子谁要啊。后来她就走了，老黑头在路上遇到她，见她还带着随身的衣服，像是出远门一样，就问她去哪。她说去黄县还债。黄县在哪？我也不知道，估计是老黑头听错了。”

黄县？刘二虎一愣，不就是他上次犯事的地方吗？娘到那去做什么？刘二虎立即坐车赶到了黄县，四处打听，终于在一户人家家里见到了她。此时娘正坐在那里洗衣服，不时地捶打着腰部，似乎有预感一样，她猛地抬起头来。刘二虎急急地问道："娘，你来这做什么？"

一个人从屋子里走出来，吼道："你还好意思问，如果不是你，她能到这来吗？"刘二虎一看，竟然是那次伤的人之一。那人继续说："你那老板根本不管你，只把你出事的事对你娘说了。你娘拿着几千块钱来找我们，请我们原谅你，又说钱不够，但她可以为我们打工。你想我们怎么忍心让她一个老人家来为我们打工，但她却说欠债还钱，没有钱就替债主干活，这是天经地义的。我们死活不肯，她还以为我们不肯原谅你，竟然跪在地上求我们。人心都是肉长的，有什么理由拒绝这样一位好母亲呢？所以我们就去派出所说赔偿款已经拿到了，这事就算结了，而你母亲，已经在这里帮我们干了三个月的活。"

刘二虎听完后，全身都在颤抖，两只膝盖再也撑不住身体了，"扑通"一声跪倒在地，哭叫道："娘！"

# 奢侈的梦想

## 一、存了两年的梦想

爱伦曾是一位阔太太，虽然没有孩子，但与丈夫马克情深意重，每天过得都很幸福。然而两年前，身为一家保险公司董事长的马克却卷进了一场偷税案中，最后，被罚得倾家荡产了。马克从此沉沦了，整日都借酒消愁。而爱伦也终止了贵妇人的生活，在国际知名的哈尔曼大酒店里做一名清洁工。

这天早上，爱伦接到客房经理的通知，说 2633 号客人出去就餐了，她有十分钟时间为其做清洁。

2633 号总统套房是整个酒店最奢侈的一间客房，里面的的一切都是超五星级的，不仅设计是全世界独一无二的，连那些摆设，也全都是真正的古董。因此，价钱也是常人难以承受的。现在入住的客人是投资家宾斯汉，他包了 2633 一个月的时间。

即便是像爱伦这样的家庭妇女，也听说过宾斯汉的名字，不过，却不是好名声。据说宾斯汉富可敌国，也冷酷无情。他每年都会令无数人失业，甚至让多个国家的政府破产了。爱伦在远处见过他一次，这是个身材高大，脸上写满了冷漠的人，一看就知道不好打交道。

十分钟后，爱伦收拾好了房间，并没有像以前那样立即撤离。不多时，门口传来说话的声音，跟着，宾斯汉与他一个下属出现在门口。显然，宾斯汉对爱伦的存在颇感意外，转头问身边的人："罗特，怎么回事?"罗特立即拿起电话，看样子要拨打投诉电话。爱伦赶紧冲上前，恳求道："请等等。先生，给我两分钟好吗?"

宾斯汉有些犹豫地点了点头。爱伦开口说："是这样的先生，我有个令人难堪的请求。"爱伦说，自己在十八岁时与马克结了婚，当时马克虽然只是一名保险推销员，不过他对未来充满了信心。在他为自己的规划中，三十五岁，他将成为一家保险公司的董事长，到四十五岁生日那天，他就会退休，然后带着爱伦周游世界，入住各地最著名的酒店。而第一站，就是哈尔曼酒店的2633号总统套房。但两年前，也就是他43岁时，却出了事……

宾斯汉皱起眉头，说："我不明白你说这些是什么意思。"爱伦说："心理医生建议我用他最希望达成的事来刺激他振作起来。本来我已经决定要在他四十五岁生日那天，也就是半个月后，跟他到2633号房来住一晚。可是，正巧您包了一个月……我恳求您能在那一天将这客房让给我，房钱，我会如数给您的。"

"荒唐。"宾斯汉不屑一顾，对身边的罗特说，"如果她三秒钟之内还没有消失，就给客房经理打电话。"

爱伦悻悻地来到洗衣间，正在做活时，客房经理阴沉着脸走了进来。他对爱伦说："你马上去账务部结账，明天不用来了。"爱伦大吃一惊，随后明白宾斯汉还是去投诉她了，她连声道："对不起，我知道错了，请你不要叫我走。"但经理根本不听她解释。这是一个制度森严的酒店，不可能容许这样的事发生。

爱伦捧着装着私人物品的纸箱沮丧地出了酒店的大门，身后传来一阵脚步声，她习惯性地退到一旁，低下了头。脚步声却在她面前停了下来，跟着响起宾斯汉的声音："罗特，怎么回事？"罗特说："是我给经理打的电话，我从来没见过这么无理的酒店员工。"宾斯汉"哦"了一声，转身走了。

回到家时，马克正瘫在沙发上睡着，屋子里弥漫着一股呛人的酒味。爱伦叹了口气，现在工作不好找，或许在以后很长一段时间，都需要靠失业金生活了。

这时，马克醒了过来，摸到地上酒瓶往嘴里倒，但里面已经没酒了，这时他才看到爱伦，问道："今天怎么这么早就回来了？"爱伦不想让他操心，说："酒店没什么事，提前回来了。对了，还有半个月就是5月18号了，你想怎么过？"马克有些困惑，说："5月18号？是什么日子？"爱伦笑了起来，说："是你的生日啊。二十年前，你承诺要在这一天带我去哈尔曼酒店的2633号房里度过。"马克顿时张大了嘴巴，半天才说："你知道，这不现实，我们没有钱。"

爱伦神秘一笑，从床底拿出一个鞋盒，打开，里面是叠放得很整齐的一沓钱。马克吃惊极了，问道："你哪来的这么多钱？"爱伦笑说："为了这一天，我已经存了两年了。所以，钱不是问题，但我不希望盼了两年的那一夜，身边睡着醉死过去的你。"

马克知道他们的经济状况，要存这么多钱，爱伦肯定花了很多心思。他羞愧难当，当场就表示要戒酒。得到承诺，爱伦激动得有点想哭。正在这时，她的手机响了，接来一听，是客房经理打来的，问她愿不愿意明天像往常一样上班。爱伦惊喜得不知道该说什么好，只是连声说愿意。

放下电话，爱伦这才想到事情太奇怪了，经理是有名的冷血动物，决定的事从不轻易改变，难道是发生了什么事才令他撤回自己的命令？

## 二、现实总是很残酷

第二天上班，爱伦从经理的口风中隐隐地猜到，让他改变主意的竟然是宾斯汉。宾斯汉为什么要帮自己呢？不过不管如何，都该当面感谢他一下的，如果可能，再向他提出那个请求。只是，宾斯汉是贵宾，爱伦根本见不到他，除非她想继续犯一次错误。

几天后的一个傍晚，爱伦下了班，正要驱车回家，却一眼看到宾斯汉从酒店里走出来，坐上了他的豪华宝马车，他身边那个叫罗特的人也要上车，却被他赶了下来。爱伦心里一动，驱车跟了上去。

半个小时后，宾斯汉在一家酒吧的门口下了车，此时他已经换了一套普通的服装，看起来就像是刚刚劳累了一天到酒吧轻松一下的蓝领工人。爱伦看过介绍宾斯汉的书，知道他在年轻时曾是一家酒吧的服务员，或许，尽管现在他拥有了一切，却还是怀念那段日子吧。爱伦犹豫了一下，也跟进了酒吧，看到宾斯汉正一个人坐在角落里悠闲地喝着啤酒。

爱伦以为他是在等人，就在边上找了个位置，准备等他办好事再上去打招呼。不过，十几分钟后，宾斯汉还是一个人，而且，看起来他并不像在等人。爱伦壮了壮胆，走过去跟他打了招呼。

宾斯汉似乎没想到这里会有认识自己的人，有些惊讶，等看到是她后，立即掏出钱来准备结账了。爱伦赶紧说："单我来买吧，算是感谢您保住了我的工作。"宾斯汉冷漠地说："不必，因为我没有任何必要毁掉你的工作。另外，我是不可能会答应你那个要求的，哪怕你煞费苦心地跟踪我到这里来。"

被他看穿了，爱伦红了脸，说："对您来说，我们夫妻都是很普通的人，可是对我们来说，彼此都是对方心中不可替代的人。先生，我需要那间房子让他振作起来……"宾斯汉打断了她的话，说："这跟我毫无关系。另外，我可以告诉你，我之所以包下2633号房一个月，是因为我需要它来接待一位来自非洲某个国家的总统。"说着，他起身去结账了。

爱伦沮丧地走在回家的路上，她不知道该怎么向马克解释，马克刚刚表示要振作起来，听到这个消息会不会受到打击呢？不过回到家后，却发现马克并不在家。很奇怪，以往这个时候他总在家的。爱伦打了他的手机，也没人接，开始有些担心了。又过了阵子，她再也坐不住了，正要出门，却听到门口传来"扑通"一声闷响。爱伦开门一看，发现是醉得像一瘫稀泥一样的马克倒在了门口。

爱伦用了全身的力气才将他拖进家里。正坐在那喘气时，突然，她浑身一震，忙将床下的钱盒拿出来打开，里面已经是空空如也了。爱伦一声惊叫，扑在马克身上搜着，然而，除了一枚一元的赌场筹码外，什么也没找到。

第二天早上，马克从昏睡中醒来，看到睡在一旁的爱伦，羞愧难当，正要悄悄起身，却忽然想到，以往这个时候，爱伦早该上班去了，难道今天放假吗？他又回头看了一眼爱伦，惊愕地发现，爱伦根本没睡，直愣愣地瞪着两只充满了血丝的眼睛。

马克心虚地问道："爱伦，今天不上班吗？"爱伦的声音很古怪："我的钱没有了。"马克脸一红，说："对不起，昨天我的酒瘾发作了……喝了酒，又忍不住去赌了两把，结果……"爱伦像根本没听到他说话一样，仍在那自言自语地说："我的钱不见了。"马克有些害怕了，说："爱伦，别这样，你吓到我了。”

只是，无论他怎么恳求，爱伦却总是在念叨着那句话。毫无疑问，一开始，她确实是想通过在豪华酒店住一晚来让马克醒悟过来，但日子一长，她所有的思维都在围着这个愿望转动，当这个高速运转了两年的梦想戛然中止，于是她崩溃了。

马克后悔得简直要杀了自己，他知道要想让妻子清醒过来，唯一的办法就是达成她的愿望。而实现这个愿望的根本，就是钱。马克开始向过去的朋友借钱，但没人愿意相信他。白白耗费了数天的时间后，马克看着躺在床上一动不动的妻子，咬了咬牙，顺手抄起一把水果刀出了门。

马克来到市郊的一条路灯幽暗的路上，开始寻找目标。但每遇到一个人，他都在为自己找借口，不该抢劫老人，不该抢劫妇女……结果一直转了两个多小时也没动手。这时，他看到一间酒吧里走出来一个看起来像是刚喝完酒准备回家的人，随着那人手中的遥控器“嘀”一声响，不远处，一辆豪华宝马的车门无声地开了。

这是个有钱人，马克一咬牙，拿出刀子冲了上去：“把你的钱全都给我！”

## 三、上帝也会为你感动

那人顺从地从身上掏出了一沓钱递给他，马克喜不自禁，伸手去接。然而那人却一扬手，将钱扔在了他的脸上。马克只觉得眼前一花，下腹巨痛，等明白过来后，刀已经在那人手上了。

马克看到那人拿出手机，看样子是要报警。马克害怕了，哀求道：“求求你放过我，我只想满足妻子的一个愿望而已。”那人闻言，停止了拨号。跟着，马克将自己的事说了一遍，又说：“说实话，我自己都忘了那个梦想，我没想到她竟然这么在意。如果我找不到钱，她很可能永远都不会醒来了。”

那人收起了手机，说：“我好像知道你妻子是谁了。”

马克没有想到，自己打劫的对象是宾斯汉。宾斯汉面无表情地说：“你们夫妻的感情跟我没有一点关系，我找不到理由来帮你们。事实上，就算我想帮也无能为力。”宾斯汉说之所以要包下2633号房一个月时间，是因为总统很忙，连他本人都无法确定到来的具体时间。所以宾斯汉必须包下房间等待他的到来。

马克垂头丧气，要真是这样，即便弄到了钱，他们也是无法入住2633号房的。正当他准备转身离开时，宾斯汉叫住了他，说：“等等，我突然想到，如果你能打听到总统到来的具体时间，而且，这个时间又正好不是你生日那天，那么我可以把房间在那天让给你们。”

连宾斯汉都无法确定总统什么时候会来，那自己怎么可能知道。不过，马克想到了躺在病床上的爱伦，爱伦能在这么困难的情况下攒出那么多钱，为什么自己不能在看似不可能的条件下找到机会？为了她，没什么是不可以做到的，想到这，他点头说：“我会想办法知道的。”

马克回到家后，就上网查起资料来。那是一个产油国，但百分之八十的国民都生活在贫困线以下的国家，总统上任三年，国家的情况大为好转。显然，这是个颇有治国能力的元首。

自己该用什么方式知道他的行踪呢？想来想去，马克也想不到。这时，挂钟敲响了十二下，又是一天开始了。马克下意识地看了看躺在那里的爱伦，开始绝望了，他含泪将自己与爱伦的感情经历写了一个长长的帖子，发在了网上求助。如果爱伦不醒过来，他活着还有什么意思呢？或许，两个人一起离开这人世也不失为一个好办法。

正当马克胡思乱想时，手机突然响了。他接来一听，是个陌生的声音，对方说：“我看到你发的帖子了，虽然我没有办法为你解难，不过我为你们的感情而感动。相信我，只要你们有爱，上帝也会为之感动。”

短短时间，马克发的帖子已经有几十条回复。他一一仔细地看着，忽然，一个叫“无所不知”的网友的回复令他眼前一亮。这人分析道，总统亲自到来，为的无非是获得国家利益，如果他能提供给这个国家利益，不管是军事、科技、民生还是别的，那么总统就很有可能趁着这次机会而亲自接见他。那时，他或许就可以知道总统的具体行程了。

马克立即想到了自己的专长，保险业。在一个政局不稳定的国家开展保险业看起来很荒唐，不过，正因为如此，肯定也没有竞争。当然，首先他需要的是资金。马克开始向过去商场上的朋友打电话，但每一个人都认为他疯了。最后，马克想到了宾斯汉，于是他他打了个电话，告诉了他自己的想法。

宾斯汉听后，半天没有开口。马克知道他在担心一旦政局变化，投资会化为乌有，马克说："正因为乱，人们才更希望安全。我猜您与总统的会面其实也是为了他们的石油，如果你有信心投资石油，那么为什么不考虑保险业呢?"宾斯汉说："我不说话不是在担心，而是惊讶于你这奇怪的思路。晚点，我会跟你联系的。"

当天夜里，宾斯汉就给马克打来了电话，说他的投资顾问对投资保险业也有认同的地方，但具体情况还需要经过细致的调查才得知，这个过程可能需要两三个月的时间。"鉴于你可能等不了这么久，所以我建议你可以先注册一家公司，然后告诉总统办公室，我将投资你的公司，这样，或许会得到他的关注。"马克顿时激动起来，连声谢过了宾斯汉。宾斯汉却说："不必感谢我，我只是个唯利是图的商人。"

## 四、唯有爱是一切

马克立即注册了一家保险公司，并给总统办公室打了电话，自己有意去该国开展保险业。对方很有兴趣，留下了他的电话号码。第二天，马克就接到回话，说总统先生正准备去你的国家，到时会抽空会见的。马克立即询问总统将具体在哪天到来。对方却说，出于安全考虑，这一点不便透露。马克的心情顿时跌落到了谷底，他想得太简单了，对方连宾斯汉也不肯透露，能对他说吗?

马克无力地放下电话，来到爱伦的床前，将她冰凉的手贴在自己的脸上，抱歉地说："对不起，我努力了，但做不到。"爱伦大睁着眼睛，似乎并没有听懂他在说什么。马克哽咽了起来。无论这次能否成功，他都不会回到过去那样了。

这时，马克的手机响了，是宾斯汉打来的。马克正要对他说自己失败了，宾斯汉却先开口了，他不容置疑地说："请马上来哈尔漫大酒店的2633号房，我准备和你谈谈投资的事?"

半个小时后，马克进了2633号房。却发现里面除了宾斯汉和他的助手罗特外，还有几位黑人。他立即看出来，其中一位正是总统先生。总统竟然已经到了！他困惑地看着宾斯汉。宾斯汉对总统说："总统先生，这就是我跟你提起过的马克先生。"总统亲切地与他握了手，说："宾斯汉先生已经跟我说过你们夫妻的事，令人很是感动。"马克诧异地看了看宾斯汉，但宾斯汉的脸上仍然毫无表情。总统又说道："马克先生，听说你想在我国开展保险业，我想亲耳听听你的想法。"

马克立即将自己的构想跟总统说了。时间过得很快，一旁的总统秘书上前来提示总统，该休息了。总统笑着说："听你的描绘，真是一种享受呀。可惜时间过得太快，我也将在明天回国。不过，如果你愿意，可以随时到我家来作客。我妻子厨艺不错，听说你妻子也是一样，或许她们可以联合做一顿丰盛的晚餐。"

马克和宾斯汉一起出了门。宾斯汉说："瞧，事情圆满解决了，你回去后就可以通知你的妻子了，在你生日那天，到2633号房来。"马克惊喜之余，却又有些困惑，问道："宾斯汉先生，我不明白，你为什么肯这样帮助我？"

宾斯汉摇头说："你搞错了，这不是慈善行为，而是基于利益的关系。你知道我很忙，不可能在这里等上一个月时间，但我又不知道他什么时候就会突然到了。当我听说了你们的事后，联想到总统先生是个家庭观念很强的人，或许，他会被你们的事所感动，因而提前到来。事实上，我成功了。至于投资的事，你更不需要感谢我，如果调查认为可行，那么你就将为我赚钱，如果不可行，我的目的也达到了。"

果然，如传说中的一样，宾斯汉是根本没有感情的人，他的眼里只有利益。不过，马克还是再次感谢了他。

在他走后，罗特不解地问道："先生，明明是总统很想见你，而你因为要在这里处理事务，要他等待通知的，为什么要对他这样说？"宾斯汉露出了一丝微笑，说："他们夫妻很有意思，丈夫失败了，原本是阔太太的夫人立即转变为清洁工，而当夫人有事时，原本是醉鬼的丈夫也马上振作起来。这种才是真正的爱情啊！我曾经也有过，但是我没有珍惜……"

罗特知道宾斯汉又想起了妻子，宾斯汉与妻子是在酒吧中认识的，结婚后，因为宾斯汉只顾着赚钱而忽略了交流，最后，妻子得忧郁症自杀了。那以后，宾斯汉就经常便装去酒吧回忆过去。

宾斯汉敏感地察觉到罗特眼里的怜悯，立即恢复了冷漠，说："你知道，我要帮他是认为这个家伙很有想法，我太需要这种人为我赚钱了。如果调查认为那边不合适开展保险业，你觉得把他安排在哪个部门最合适？"

"但你没办法解释在网上看到马克发的帖子时，为什么要化名为'无所不知'帮他。"当然，罗特没有把这话说出来。尽管宾斯汉经常刻意地隐藏自己的本性，但罗特知道，他冷漠的外表下，是一颗善良的心。罗特轻松地说："拓展部吧。"几天后，马克将爱伦搀扶到了2633号房。爱伦缓缓地转动脑袋，看到了那熟悉的装饰、古董、摆设，猛地，她的泪水夺眶而出，转身紧紧地抱住了马克……

# 职业情人的忏悔路

## 一、猎艳人

监狱的大门打开，雷诺回头看了看这个囚禁了他六年的地方，然后拦了辆出租车，对司机说："去摩尔酒吧，谢谢。"司机回过头说："先生，摩尔酒吧三年前就已经关闭了。"雷诺一愣，笑了起来，说："那就随便去一家酒吧吧。"

随着车子的颠簸，挂在后视镜上的一个小挂坠摇晃着，雷诺顺手将它抓住，挂坠上镶嵌着一个小男孩的相片。司机自豪地说："是我的儿子，很可爱吧？你呢？孩子多大了？"雷诺摇头说："我讨厌孩子。"司机同情地笑起来，说："那你根本不懂生活。"

雷诺也笑了，他想，如果对方知道自己的过去，是绝对不会说出这样的话的。他这辈子玩过最美的地方，尝过最佳的美味，当然也睡过最漂亮的女人，他经历的精彩生活，是别人活三辈子也未必能经历的。

司机将他带到一间大型酒吧。似乎所有酒吧的氛围都是一样的，灯光暧昧，几个穿着暴露的女郎正在台子中间随着音乐跳钢管舞。尽管是第一次来这，不过雷诺并不觉得陌生，只有身在这种环境中，他才有回家的感觉，这才是他需要的生活。但现在显然时间没到，酒吧里只有很少的几个人。雷诺要了一杯酒，端在手中扫视着四周。

一个女人进入了雷诺的视线。她很年轻，化着浓妆，耳廓的一排耳洞上都挂着流苏耳环，显得野性十足。她坐在一个角落里轻啜着饮料，看起来只是在度过无聊时间的人，但她不时张望的眼神暴露了她，雷诺相信，正像自己在寻找猎物一样，她也在寻找猎物。于是，他走了上去，问道："可以坐在这里吗?”

女人斜着眼睛，挑衅地看着他，说：“你不觉得你已经过了在酒吧勾引女人的年纪了吗?”雷诺笑了笑，说：“总有什么东西可以缩短年纪的差距的。”说着，他从身上掏出了几张钱放在桌上，然后静静地看着对方。

这辈子雷诺都在重复做着一件事，勾引女人，然后骗取钱财，再去物色新的猎物……现在，那笔钱正安静地躺在银行的保险柜里。有了它们，雷诺相信自己可以做任何事情。果然，女人犹豫片刻，收起了钱。

两人出了门，雷诺正准备拦辆出租车，这时，女人却迟疑了，她后退数步，把钱递还给了他，说：“对不起，我想我还是不去了。”雷诺并没有生气，微笑着问：“能知道为什么吗?”女人说：“我只是突然觉得，这样做对不起约翰。尽管他是个混蛋，但今天是我们相识一周年的纪念日。”

女人告诉雷诺她叫琳达。一年前，琳达与约翰相爱了。她把全部的身心都投入这场爱情中，但约翰却暴露出了越来越多的毛病，他原先的温柔不见了，脾气渐长，甚至酗酒，每次喝醉都要动手打她，醒来后却又哭着求她原谅。琳达心里很矛盾，今天她约了约翰，想跟他好好谈谈，但没想到他却没出现。琳达很失望，正好雷诺来搭讪，她想用这种方法来报复约翰，但最终她过不了自己这一关。

雷诺笑了笑，这种事他经历得太多了，他说：“既然这样，那祝你幸福。”说着，他伸手去帮她打辆车，但随着手的抬起，眼前却一阵天旋地转，哼也没哼一声便扑到在地。琳达忙上前问道：“你怎么了？要不要紧?”雷诺挣扎着，却怎么也站不起来，他苦笑道：“恐怕不是很好，你能送我去医院吗?”

## 二、众里寻她千百度

第二天早上，一位医生来到雷诺的病床前，一脸同情地宣读了他的诊断书。雷诺被那些拗口的专业术语绕得头痛不已，他打断医生的话，说：“你直接告诉我，我还能活多久?”

医生犹豫地说：“如果找到合适的骨髓，理论上不用死。但你最大的问题是，你的血型非常稀少。你知道我国的骨髓库并不完善，要找到匹配你的骨髓比中彩的机率还小。对了，你有没有直系亲属?”雷诺摇摇头，他是孤儿院长大的。医生挠头说："这就麻烦了。"雷诺不甘心地问："难道我就只能等死了？医生，一定有别的办法的，是不是？"医生说："现在只能是两步一起走了，一，接受治疗延长生命，等待机会。二是如果可能，生个孩子。"

雷诺顿时跌坐下来。他一直觉得孩子是一切麻烦的根源，可现在孩子却成了他活命的希望，这实在是太讽刺了。但无论如何，生命是大过一切的。

雷诺不想像傻子一样等着机会从天而降，他要积极地去创造机会。他努力地回想着过去的那些女人，他有钱，或许，她们会考虑为自己生一个孩子。可是，尽管他的脑子里闪现了很多名字，丽莎、梅琳、艾丽塔……却怎么都无法想出她们的模样了。

雷诺突然想到，尽管她们有些人可能换了工作和住址，但一定也有人没换。想到这，他飞快地写了一份名单，然后换上衣服准备出门。这时，琳达走了进来，看到他要出门的样子，奇怪地问："你准备出院了吗？"雷诺没有回答，而是问道："你想不想赚一笔钱，我需要你和你的车。"说着，他拿出了一沓钱。琳达没有犹豫，立即答应了。

坐上车后，雷诺拿出那份名单看了看，说："先去菲尔大街的百合花屋吧。"如果他没记错，花屋是丽莎开的。他依稀记得，丽莎是个冷美人，她的花屋刚刚开张时，自己连续一个月包了她所有的花送给她，最终将她感动了。当然，将爱情看作是商业动作的雷诺不仅将投资的钱全收回来了，而且还几乎让她倾家荡产。若不是现在情况特殊，雷诺永远都不想跟她再次相见。

非常幸运，花屋还在，里面有个女人正在摆弄着一堆鲜花。尽管多年没见，雷诺还是一下子认出她就是丽莎。不过，他仅仅只是看了一眼，就让琳达开车了。他的记忆出错了，那虽然是丽莎，可他应该是年轻时认识她的，现在，她的头发已经花白了。

琳达不明就里，不解地问："怎么，你要找的人不在吗？"雷诺摇摇头，将自己的病以及雇她车的目的说了。琳达毫不掩饰自己的鄙视，嘲笑道："我实在想象不出，当你对那些曾被你骗过的女人说，为了救我的命，请帮我生个孩子吧，对方会怎么说？是痛骂你一顿，还是暴打你一顿？"雷诺叹了口气，说："我们去下一家吧。"

这次，雷诺准备去找玛莎或者是娜莎，他不记得了，但对方应该住在清水路那一带，是个很古老的城堡建筑。这回，他的记忆没有骗他，他们很快就找到了这间城堡。雷诺正要按门铃，却犹豫起来，因为他已经想不起来是为什么跟对方分手的了。是将她骗得一穷二白？还是因为腻味而抛弃她？见了面后又该说什么呢？他使劲地摇摇头，将这些念头抛开，他还有钱，这就是他的优势。

门应声而开，一个年轻女人走出来，警觉地问："你找谁？"这肯定不是自己要找的人，雷诺问道："对不起，请问这里有个叫玛莎或者是娜莎的女人吗？"那女人想了想，说："之前的房主好像叫玛莎，不过六年前她已经将这里卖给了我。"雷诺吃惊地问："这是她祖上传下来的，怎么会卖掉呢？"那女人耸耸肩说："听说是被一个男人把钱都骗光了，心灰意冷地移民了。"

雷诺一哆嗦，谢过了对方，随后无力地回到车上。琳达从他的表情上猜出了结果，冷笑道："我倒觉得，你没找到他们是件好事，否则，说不定一气之下会让你吃子弹的。"雷诺羞愧地说："如果我说我现在已经后悔了，你肯定不会相信吧？"琳达"哈"一声冷笑，说："只怕你自己也从来没相信过自己的话吧。"

## 三、简单的生活

寻人并不顺利，六年监狱，已经让雷诺远离了社会。一直到傍晚，他们也没找到一个人。回家路上，雷诺让琳达将车停在路边的一间小餐馆前，请她吃饭。

两人进去刚坐下，一位女服务员就拿着菜单过来了，她突然大叫起来："雷诺？是你？天啊，真的是你！"雷诺惊讶地看了看她，这张脸似乎有些熟悉，可以肯定是名单中的一位，但就是想不出她的名字来，他很是尴尬地说："是我，对不起，抱歉我记不起你的名字了。"对方并不以为意，微笑着说："这并不重要，关键是我还记得你。"

"珍妮，你是珍妮！"对方那善解人意的微笑突然让雷诺想起来了。当年，珍妮还只是个大学生，她性格温和，似乎世上就没有能让她生气的事。即便是雷诺为了摆脱她，坦言自己是感情骗子后，她还是说这辈子都会等他反悔的那一天。当然，雷诺没给她机会，他消失得很彻底。

雷诺心里怦然而动，珍妮单纯善良，或许她会答应自己的请求。他正要说什么，那边跑来一个七八岁的女孩，对珍妮叫道："妈妈，哥哥他欺负我。"珍妮慈爱地拍拍她的脑袋，故作生气地说："他比你大五岁，怎么能欺负你呢，一会我就去教训他。"

听到这里，雷诺心里一动，珍妮还有个十二三岁的儿子，而他与珍妮应该也是十几年前的事，难道……他连忙问道："你还有个儿子？他叫什么名字？"珍妮回道："他叫查理。看那里，他正跟他爸爸在一起呢。"

雷诺顺着她的手指看去，见柜台后面，一大一小正在说着什么。一看父子俩那酷似的脸，雷诺就知道自己想太多了。他尴尬地说："餐馆是你开的吗？看得出来，你现在过得很幸福。"珍妮笑着点头说："确实，这正是我渴望的生活，简单，快乐。"

吃过饭后，雷诺坐上车，懊恼不已地说："我一辈子都在追求生活的质量，可今天我才知道，自己根本不懂得生活。生活的本质其实就是一家人在一起，过着简单快乐的日子。"琳达仍然嘲笑道："我相信这是你的真心话，不过你不觉得忏悔来得太迟了些吗？"雷诺沮丧地蜷在座位上，半天也没开口。

因为琳达住的地方离医院不远，雷诺让她将自己载到她家门口，自己再步行回去。车子开到公寓楼下，还没停稳，一个醉熏熏的男人便扑过来打开车门，他对琳达吼道："你去哪了？为什么这么晚才回来？"话说完他才注意到雷诺，皱眉问，"他是谁？"琳达皱眉说："约翰，你又喝酒了。"

约翰一挥手说："少废话，我问你呢，你跟这老家伙是什么关系？为什么这么晚了你们还在一起？是去开房了吗？"琳达气恼地叫道："约翰，你把我想成什么人了？"话音刚落，约翰"啪"一声打了她一个耳光，骂道："少他妈装纯情，他给了你多少钱？快拿出来！"他粗鲁地在琳达身上搜着，搜到了雷诺给的那些钱，顿时哈哈笑道："没想到这老家伙还是个有钱人。我跟你说，你勾引男人可以，但钱得归我。"说着，他得意地转身走了。

琳达瞠目结舌，失声痛哭起来。一直冷眼旁观的雷诺说："现在你明白，这世上并不是只有我一个人可恶了吧？"琳达又气又急，拼命地捶打着方向盘，叫道："为什么，这是为什么？"雷诺冷静地说："一个字，钱。钱虽然不是个好东西，但有时候也能做很多事。"说着，他下了车。

## 四、信任比钻石更值钱

第二天早上，雷诺正在病房里趴在桌上写着什么，琳达来了。今天她洗尽铅华，就像个普通的邻家女孩一般。雷诺像第一次见到她一样，诧异地从老花镜上方看着她。琳达被她看得有些不好意思，低头问道："昨晚你对约翰做了些什么？"雷诺摘下老花镜，笑问："为什么这么说？"琳达说："今天一早他就打电话给我，主动跟我分手了。我了解他，他不会这么轻易放过我的，这里面肯定有故事。"雷诺哈哈一笑，说："我说过，钱有时候能办很多事。"

昨天晚上，雷诺下车后追上了约翰，提出给他一笔钱，条件是让他离琳达远一点。约翰一开始并不答应，雷诺迫不得已使了些手段。他独行这么多年，自然是有些本事的，结果，手段还没使出一半，约翰就哭爹喊娘地同意了。"你不用感谢我，我只是想你能安心帮我工作而已。"雷诺解释说。

琳达心里一暖，她知道雷诺是不想让自己觉得欠他一个人情。她突然发现，这个自己一直不屑的感情骗子并非一无是处，至少，他很能为别人着想。她说："我该怎么报答你？"雷诺笑道："我确实有事需要你帮忙。"说着，他把刚写好的那份东西拿给琳达看。

这是一份多达数十个人的名单，全是女人的名字。雷诺有些惭愧地说："我想了一夜，只能记起这些了，或许以后还会慢慢地回忆起一些人来。"琳达看得发呆，苦笑道："你的经历真令人惊讶。但你想我做什么，难道是让我帮你完成昨天没完成的事？"雷诺摇头说："不了，我想通了，爱情这东西一旦离去就只能成为记忆了，况且，她们现在都有自己的生活。但为了忏悔昔日的罪过，我想补偿她们一点什么。我的意思是，你帮我去查查她们现在的住址，然后帮我给她们寄笔钱过去，属名就写：曾经伤害过你的人。"

琳达很意外，说："你确定不找她们了？那你的病怎么办？"雷诺点头说："我很确定。至于我，就听任上帝的安排吧。"说着，他拿出一把钥匙递给她，说："这是银行保险柜的钥匙，里面的那些钱请分成三份，一份寄给那些女人，一份让我维持这残存的生命，还有一份是给你的报酬。"琳达捏着钥匙，不敢置信地问道："我们认识才两天，你不怕我不回来了吗？"雷诺像老狐狸一般地笑道："如果你这样做了，那么你成功地骗过了一个老骗子的眼睛。"

琳达完整地将钱全部带了回来。雷诺当场便给了琳达三分之一，这足够她一辈子幸福地生活了，但琳达却没要，她说："小时候，有位女同学整天在我面前炫耀她那漂亮的发卡。终于有一天，我忍无可忍地将它偷走并扔进了厕所里。只是这过程被人看到了，每个人都骂我是小偷。从那以后我就决心做个坏女孩，最后，连我自己都对自己失去了信心。我从来没想过有人会将这么一大笔钱交给我，对我来说，这种信任远比一箱钻石更值钱。"

雷诺没有勉强她。接下来，他们开始聘请私人侦探，调查名单上女人的住址。一张张汇款单从琳达的手中寄出去，在这个过程中，她渐渐发现，雷诺其实有着很多男人都比不了的优点，他优雅，风趣，宽容等等。每天她都能了解他多一点，这种感觉就像通过一条长长的、四周挂满了惊喜的甬道，最终走进一个男人的心中一般，令她惊叹不已。

## 五、有爱才有家

这天，琳达在家里宴请了雷诺。借着酒意，琳达说出了自己的打算，她想为雷诺生个孩子，这样就可以挽救他的生命了。雷诺闻言大惊失色，连连摇头说："我一直将你当成朋友，这太荒唐了。"但琳达坚持说："我已经考虑好了。第一，我爱你，第二，你需要一个孩子救命。就这么简单。"

雷诺注视着她的眼睛，似乎是想看出她的真实想法，半晌，他轻叹一声，说："叫我如何感激你呀！"琳达知道他同意了，幸福地扑在了他怀里。但沉浸在快乐中的琳达没有发现，此时，雷诺的嘴角露出了一丝胜利的微笑。

一切都是做戏而已，观众只有琳达一人。那天的经历让雷诺明白，这样寻找最终只是浪费他宝贵的时间而已，于是他想到了琳达。没有人比他更了解女人，她们母性泛滥，却永远不会选对目标；她们同情心强烈，却总是被人利用；最要命的是，她们还总是以为自己能够改变一个男人，但通常都以失败告终。所以，他只是给过去的女友寄了些本该就是她们的钱，就轻易地感动了琳达。

琳达怀孕了。此时，雷诺的病症开始严重了，每天的化疗令他生不如死，头发一把把地掉。为了孩子的健康，雷诺不许琳达再来看他，改成每天晚上进行视频聊天。每次琳达都会兴奋地跟他说着今天的妊娠反应，还将亲手做的婴儿衣拿给他看，完全沉醉在即将初为人母的幸福中。

每次聊天，雷诺都会用视频给琳达的肚子照张相。看着琳达的肚子一天天大起来，雷诺想象着一个细胞正在迅速地长成一个孩子，他觉得这实在是太神奇了。而且他发现，无论自己被各种治疗折磨得有多痛苦，只要看到这些相片，他就会情不自禁地笑起来。有那么一天，他突然发现，自己苟延残喘的目的已经变了，对他来说，琳达与孩子才是他活下去的理由。

十个月后，琳达产下了一个女孩。雷诺在视频里看到，那个粉嫩的小肉球正努力挥舞双手向他宣布自己的到来。他下意识地用手指去触摸电脑屏幕，就像去触摸那双小手一般。心中充溢着初为人父的自豪感。

几天后，琳达带着婴儿来到他的病房。雷诺下意识地擦了擦双手，哆嗦着接过来孩子。孩子正睁着大眼睛好奇地看着他，她的眼睛很大很漂亮，就像琳达一样。孩子似乎知道雷诺是自己父亲一般，小手一下下地去抚摸他的脸。雷诺心里痒痒的，眼泪不由自主地掉了下来。

琳达拿着纸巾帮他擦掉泪水，说："你再坚持坚持，等她长大点，就可以帮你了。"一句话惊得雷诺猛地愣住了，他惊恐地摇头说："不不，她太小了，这不行！"琳达说："医生说了，不会有很大伤害的。"雷诺还是摇头说："可她会痛。不行，我绝不容许有人伤害到她。"

他像是累了一般，将婴儿放在床上，自己也小心地躺了上去，侧过身子，微笑地看着她，口中对琳达说："她真美，叫她安琪儿好吗？"琳达点点头。雷诺又对她说："我想跟安琪儿单独待一会儿，行吗？"

琳达有些犹豫，但还是走了出去。她走后，雷诺对安琪儿说："宝贝，我承认是因为想伤害你才让你来到这世上的，可是，我发誓，当你在妈妈肚子里一天天大起来时，我就只剩下爱你了。相信我，我想一生一世地保护你，但我做不到了。对不起，如果上帝容许，我会时刻在你身边守护着你。"说着，他轻柔地吻了吻安琪儿，然后拿出枕头下的一块玻璃，就要往手腕上划。

突然，安琪儿毫无征兆地大哭起来。守在外面的琳达急忙推门进来，却一眼看到雷诺的举动，失声尖叫道："天啊，你想干什么？快把它放下来！"雷诺平静地说："我不能让任何人伤害她，不管是你还是医生。我宁愿死也不想伤害她。"琳达哭了起来，说："就算不想伤害她，你也不能让安琪儿一生下来就没有父亲呀！相信我，你的血型虽然罕见，但也不是没有，多等一天，就等于多给自己一个机会！”

雷诺苦笑道：“琳达，其实你所认识的我并不真实的我，从一开始，我就只是想让你为我生孩子而已。我也知道这样对不起你，所以我已经写好遗书，我所有的财产都由你来继承。”琳达摇头说：“不，你对安琪儿的态度已经让我足够了解你了。我不要钱，只要你活着，为我，为安琪儿！”躺在那的安琪儿也咿咿呀呀地说着什么，像是在帮妈妈劝爸爸一样。“叮当”一声，雷诺手中玻璃掉在地上。琳达扑了过来，一家三口紧紧地抱在一起，有爱，就没什么能分开他们。

# 像贝肯那样勇敢地活着

## 一、我要逃走

崔茜十八岁的时候，主人罗恩在一次酒醉后强暴了她，随后又将她赏赐给蒙特拿为妻。蒙特拿是罗恩最忠实的奴隶，也是整个农庄里葡萄修剪技术最好的人，但崔茜并不喜欢蒙特拿。只是，崔茜同样也知道，作为一个黑奴，她没有自己选择伴侣的权力。

崔茜嫁给蒙特拿的那天，农庄里的黑奴们都聚集在蒙特拿的房子里，衷心地为他们祝福。蒙特拿激动不已，崔茜是整个庄园里长得最漂亮的女人，他根本没想到自己能娶到她，所以他很快就喝醉了。崔茜趁着他呼呼大睡时，悄悄地出了门，来到她与贝肯经常约会的那个小山坡后面。在这里，她看到了一脸泪痕的贝肯。

谁也不知道，崔茜和贝肯已经相爱了。贝肯在被抓来之前，是亚马逊雨林中一个部落里骁勇的战士，但是，他的长矛最终也没能保护自己与家园。在罗恩眼里，贝肯是个桀骜不驯的家伙，需要鞭子和黑房子的调教，但在崔茜的眼里，他是个真正的男人，有着战士那般永不服输的精神与意志。

崔茜含泪走上前来，伸手想抚摸贝肯的脸，但又放下了，半晌才说："你别这样好吗？谁让我们是属于主人的，我们永远也无法给自己做主。"

"不，我不属于任何人，我要逃走！"贝肯挥舞着双手，情绪激动地说。

农庄里并不是没有黑奴逃跑过，但从没有一个人能逃过猎犬的追踪。罗恩用鞭子抽打他们，将他们绑在烈日下暴晒，有的人当场就被打死了，活下来的人也是满身伤痕，再也不敢逃跑了。听他这么一说，崔茜不由自主地打了个寒战，说："不，你会死的。"

贝肯苦笑着说："你认为我现在活着还有什么意思吗？"

没有什么比眼睁睁地看着心爱的姑娘嫁给别人更痛心的了。崔茜明白他的痛苦，可是她毫无办法。于是她伸手除去了自己的衣服，将贝肯的手紧紧地按在自己高耸的胸脯上……

几天后的一个夜晚，贝肯逃跑了，农庄里的猎狗疯狂地叫了一夜。天亮时，贝肯被蒙特拿带领的追捕队用绳子牵在马后面，遍体鳞伤地一路拖了回来。罗恩召集了所有的黑奴，当着他们的面，用浸了水的皮鞭抽打贝肯，直至自己力竭为止。随后，他又让人将贝肯绑在木桩上，暴晒三天。

天亮了，太阳像往常一样升起，阳光炽热。贝肯被绑在木桩上，像死去了一样垂着头，开始腐烂的皮肤吸引了大量的苍蝇，它们聚集在伤口上，愉快地产着卵。崔茜远远地看着，眼泪忍不住地掉了下来。

"崔茜，你怎么了？"有人问道。

"哦，我没事。"崔茜慌乱地说，"我在想，他是不是死了？"

这时，崔茜看到贝肯无力地抬了抬头，又很快地垂了下来。崔茜惊喜地说道："他还活着！不、不能让他就这样死了。"崔茜打了一桶井水，不顾一切地来到贝肯身边，然后将水浇在了他的身上……

三天后，罗恩走过这里，发现贝肯还活着，他笑了起来，说："好吧，你的命真够硬的。"于是他放过了贝肯。

贝肯在床上躺了一个多月，奇迹般地活了下来。只是，身上那股桀骜不驯的气质却已经荡然无存，每天，他都像那些驯服的黑奴一般沉默寡言，埋头干活。看到这些，崔茜却很为他担心，只有她知道，贝肯绝不会服输的。

## 二、绝不服输

每天晚上，蒙特拿都会喝几杯罗恩赏赐给他的酒，然后折磨崔茜。他已经知道，崔茜在嫁给他之前就已经被罗恩强暴了，蒙特拿来自一个视贞操为性命的部落，他不敢责怪主人，只有折磨崔茜泄愤。有天晚上，蒙特拿又喝了些酒，开始折磨崔茜，崔茜含着眼泪，却咬着牙齿不发出任何声音，猛地，她感觉到肚里一股酸气向上冲出，顿时吐了出来。

崔茜怀孕了。

蒙特拿坚持认为这个孩子不是自己而是罗恩的。崔茜其实也不知道这孩子是谁的，她找了几个有经验的妇女问过，都说这个孩子有可能是罗恩的，也有可能是蒙特拿的，当然，还有可能是贝肯的。当知道自己怀孕后，崔茜不再容忍蒙特拿虐待自己了，每当蒙特拿刚露出一点要折磨她的念头时，她就会像母兽一般，张开十指，毫不犹豫地扑向对方……

这天，崔茜与正准备去修剪果树枝的贝肯无意中碰到了。农庄很大，他们的工作不同，平时很少能见面。这时崔茜的肚子已经开始显山露水了，贝肯惊异地看了看她的肚子，然后转过身子要走。崔茜冲上前去，拦住了他："贝肯，我能感觉到，这个孩子是你的。"

贝肯的脸上露出一丝惊喜的表情，随后又恢复了平静，淡淡地说："你怎么知道的？"

"你相信我，我能感觉得到。为了你的孩子，请无论无何也要勇敢地活下去。"

"咣铛"一声，贝肯手中的工具掉在了地上，他似乎很兴奋，也很焦躁，却始终没有说什么。崔茜向四周看了看，有人影向他们走近了，于是她压低了声音说道："我知道你没有被驯服，你还想逃。我希望你能成功，但如果没有成功，你一定要活下去！"

人影走近，崔茜和贝肯很快就分开了。

崔茜没有猜错，几天后，贝肯又逃跑了。这一次，他利用水路避开了猎犬的追踪，可是，在逃跑的路上却被军警抓住，送了回来。

罗恩暴跳如雷，因为他以为贝肯已经驯服，可是贝肯打击了他的判断力，让他很丢面子。所以他当着众黑奴的面，打断了贝肯的两条腿。当贝肯痛得跳起来的那一瞬间，他看到了人群中的崔茜，她已经是泪流满面了，却还是指着自己微凸的肚子。

罗恩没有继续让贝肯晒太阳，因为他需要贝肯拐着双脚在黑奴们面前警示。

贝肯就像非洲丛林中的那些灌木丛一般，就算受了再大的伤，也能顽强地活下来。只是，他已经无法站直，罗恩特意让医生将他的骨头接歪了，现在他走起路来就像一只摇摇摆摆的鸭子。每个人都在嘲笑他，叫他"鸭子贝肯"，甚至连不懂事的孩子也这样叫他。只有崔茜没有，崔茜并没有跟他说过话，只是在遇到他时，便指指自己的肚子。她的肚子已经越来越大了。

几个月后，崔茜生下了一个男孩，是血统纯正的黑人，这说明至少不是罗恩的孩子。蒙特拿打消了疑虑，欣喜异常，给孩子取名叫雷得。而崔茜无数次审视这个孩子，与蒙特拿和贝肯对比，看看到底像谁多一些，但孩子太小了，怎么也看不出来。

因为蒙特拿和崔茜都是罗恩忠实的奴隶，所以罗恩很大方地给了崔茜一个星期的假。崔茜每天都躺在床上逗弄着孩子，享受这难得的轻松时光。这天晚上，蒙特拿回到家里，亲了亲小雷得，然后去拿马鞭。崔茜问道："要出门吗?"蒙特拿气愤地说："嗯，贝肯又跑了。主人让我们去追他回来。"

崔茜心里一紧，急问道："他的腿不是断了吗，怎么又跑了?"

蒙特拿不耐烦地说："谁知道，他天生就是个不听话的奴隶。这回抓到他，一定要让他永远都不敢生起逃跑这个念头。"

## 三、永不放弃

贝肯又被抓了回来。这次，他避开了猎狗，也避开了军警，但是因为太饿了，就到了一户人家家里乞讨。却没想到这户人家将他抓了起来，于是他又被带了回来。

罗恩已经气疯了，他拿着配剑在贝肯身上横劈竖砍，连戳带打，很快，贝肯的身上就满是伤口了。但是，他仍然高高地抬着头，怒视着罗恩。罗恩又刺了他几剑，对围观的众奴隶们说："你们听好了，以后谁要想逃跑，就是他这样的下场!"说着，罗恩猛然出剑，然后收剑，随着贝肯的一声惨叫，他的一只眼珠已经穿在了罗恩的剑上。

每个人都在颤抖着，深深地低下头来表示臣服。罗恩显然很满意，他点了点头，手一抖，将眼珠从剑上抖掉，然后将剑顶在了贝肯的咽喉上，似乎想要一剑将贝肯刺死。在人群中的崔茜紧紧地闭上了眼睛。半天，却没听到贝肯的惨叫声，睁开眼时，发现罗恩已经将剑收回了鞘中。

罗恩对痛得深身直颤抖的贝肯说："我似乎有点喜欢上这游戏了。我会让医生给你治病的，等你好后，你可以接着逃。当然，如果被我抓到，作为惩罚，我会从你身上取一个零件下来。"贝肯咬着牙齿说："只要我不死，就一定会逃出去的。”

罗恩并没有说谎，他真的请了医生来给贝肯治病。那天夜里，崔茜冒险去了贝肯的住处，但她不敢进去，只在窗口看着他。似乎是心灵感应一般，贝肯转头看向了这边。他的一只眼上包裹着布，看到崔茜时，他露出了一丝微笑，随后，指了指自己的肚子。崔茜鼻子一酸，眼泪滚滚而落……

当跛了双腿，瞎了一只眼睛的贝肯再次出现在大家面前时，大家都吃了一惊，这个原本很英俊帅气的小伙子此时竟然如此面目可憎。人们像躲避魔鬼一样地躲着他，甚至，有小孩在时，大人还会捂住他们的眼睛。只有崔茜，当他们互相对望时，都会感到对方心里的那种鼓励和期望。

贝肯在很长一段时间都没有动静了，就在大家以为他被驯服时，他突然又逃了。蒙特拿和几个黑奴奉命去抓捕他。一去就是好几天，直至第六天的早晨，蒙特拿才将贝肯带了回来。蒙特拿显然得到了罗恩不可虐待他的命令，所以只是将他绑在了马背上。

罗恩听说贝肯被抓回来了，兴奋得直搓手，他不停地说道：“这一回，我该用什么方法来惩罚你呢？鞭子？不，这太陈旧了。棍子？不行，不能把你打得太重，要不这游戏怎么进行下去呢？好吧，还是用剑吧。”说了一大通，罗恩拿起了剑，在贝肯的脸上比划着，犹豫道：“眼睛是不行了，鼻子？耳朵？”思来想去，罗恩还是放下了剑，取来一把刀子，一手捏住贝肯的嘴唇，割了下去……

小雷得已经两岁多了，他聪明活泼，每个人都喜欢他。这天，崔茜抱着他正要去干活，猛地看到眼前有一个长相恐怖的人。崔茜吃了一惊，他们互相看着，然后贝肯的目光慢慢地移到了雷得的身上，两排没有嘴唇遮盖的白森森的牙齿微微动了动，眼睛里满是疼爱怜惜。只是他实在太恐怖了，小雷得愣怔片刻之后，突然大哭起来。崔茜喝令道：“不许哭，他是你……”

“不，别……”贝肯似乎有很长时间没有说过话了，嗓子干涩无比，加上没有嘴唇，声音晦涩难懂，但崔茜还是听懂了，贝肯说：“别让他知道真相，永远。”

这时，蒙特拿出现了，他是被小雷得的哭声吸引过来的，乍见此情况，还以为贝肯在欺负崔茜和孩子，猛地冲上前去，三拳两脚地将贝肯打倒在地，口中喝道：“滚开，你这丑鬼！离他们远点！”

贝肯挣扎着爬起来，默默地走开了。蒙特拿冲着他的背影吼道："再让我看到你，我就把你揍扁！"随后，他问崔茜："你们没事吧？"

"没、没事。"崔茜胡乱地摇了摇头。

## 四、勇敢的心

贝肯一次次地逃跑，又一次次地被追回来。在这个过程中，他付出了极大的代价，他的鼻子，耳朵，舌头一一被割掉，罗恩觉得他已经没什么零件可取时，甚至取掉了他的生殖器。但是，贝肯的生命力是坚不可摧的，无论受到多大的伤害，他总是能很快地恢复。在一次次的逃跑中，他也渐渐地赢取到了大家的同情，人们不再排斥他，而是尽可能地照顾他。就连蒙特拿，也开始尊敬他了。

因为与罗恩的那个游戏规则，贝肯不用干活。在很多时候，他都坐在屋檐下，面无表情地看着来去的人们。人们知道他肯定还在想逃跑，大家都祝愿他能成功。

当崔茜带着雷得过来时，贝肯的眼睛明显地亮了亮。雷得已经十岁了，能帮妈妈干些活了。他像所有的第二代奴隶一样，把庄园当成了自己的家，把罗恩当成了理所当然的主人。崔茜看到了他，停下了脚步。贝肯走上前，崔茜以为他要跟自己说些什么，可是贝肯却只是静静地看着她和雷得。崔茜问道："贝肯，你是不是有话要对我说？"

贝肯点了点头，又摇了摇头，他伸出手来，摸了摸雷得的脑袋。雷得现在已经不怕他了，任由他摸着，并好奇地看着他的脸。贝肯摸了很长时间，突然一伸手，将雷得紧紧地抱在怀里，随后松开，又冲着崔茜指了指肚子，便转身蹒跚地离开了。

晚上，崔茜将雷得哄睡之后，去给他洗衣服，却意外地在他的口袋里发现了一张牛皮纸。纸上画着四个人，一个女人，一个孩子，一个面目糊涂的人，还有一个男人。崔茜猛地想到，这不就是自己，贝肯，蒙特拿和雷得吗？雷得和蒙特拿画得很像，而贝肯自己则用手指着肚子。崔茜哭了起来，是的，长大后的雷得越来越像蒙特拿，无论谁都能看得出来，他们是真正的父子。崔茜一直在欺骗自己，她对自己说贝肯看不出来这事，因为只有这样，贝肯才会勇敢地活下来。可是直到现在，崔茜才知道，原来贝肯早就已经知道真相了，他活着，并不只是单纯地为了谁，更多的是为了希望与自由。

画的背后是一张地图，上面圈圈点点了很多，画叉的显然是不能去的，打箭头的则说明是安全的地方……崔茜哭得很厉害，十年了，贝肯执著地逃了十年，然后将最安全的路线画在了这里。这张地图是他用身体和器官换回来的，现在，他将这张地图交给了自己，显然，他不会再回来了。

果然，这次罗恩派出去的抓捕队没能将贝肯抓回来。罗恩也不在乎，十年了，他已经玩腻了这场游戏。

每天夜里，崔茜都会拿出地图来查看，她不知道该不该跟蒙特拿说。说了，以蒙特拿的性格肯定不会逃的，甚至会将地图交到罗恩那里。不说，难道就自己一个人逃吗？她舍不得这个家，舍不得雷得。思虑再三，她终于决定先不逃了。

转眼间，又是数年过去了。这时，美国暴发了南北战争，南方军大量征集奴隶入伍。蒙特拿和雷得双双被选中，同时入伍的还有罗恩，他将作为一名军官带领他的奴隶军去战斗。

临别之际，崔茜与蒙特拿和雷得吻别，并将那张珍藏了多年的地图塞在他们手里，告诉他们："一定要活着，像贝肯那样勇敢地活着！"

一个月后，几个奴隶主突然来到农庄，将崔茜抓了起来。原来蒙特拿与雷特斯入伍之后，知道了北方军主张废除奴隶制度，便不想再打仗了，只是罗恩像只嗜血的怪兽一般，逼着他们上战场。于是在一天夜里，父子俩杀了罗恩，随后逃跑了。军队四处搜捕，可是他们就像凭空消失了一般，怎么也找不到。奴隶主们愤怒了，便到农庄来抓了崔茜。他们在崔茜的身上淋了汽油，然后放了一把火。

在映天的火光中，崔茜仿佛看到了蒙特拿和雷特斯，他们都活着，像贝肯那样勇敢地活着……

# 不灭的信念

## 一、隐居英雄

1938年，苏联高加索地区的莱纳小镇上，有个叫切若夫的年轻人。他父亲彼得是退役的老红军，一心想让切若夫去自己的老战友、当地驻军司令伊万手下去当兵。但切若夫只喜欢跟镇上那些年轻人混在一起，整日无所事事，打架斗殴。一提他们的名字，大家都会直摇头。不过，也有一个人例外，那就是镇上的杂货店老板保罗。

保罗是五年前到莱纳镇定居的外乡人。他刚来时，人们发现他的左腿是瘸的，于是对他的身份产生了怀疑。彼得前去查询时，保罗说自己来自苏满边境，这条腿是被日本鬼子伤的。说着，保罗向彼得展示了自己左腿肚上的一道贯穿伤。老红军彼得一眼就认出这是日本三八式步枪留下的伤疤，非常困惑，他知道日军在满州虽然猖狂，但与苏联红军却一直保持着某种默契，谁也不愿去招惹谁，那么保罗腿上的伤是怎么回事？但当他再问时，保罗却以保密为由拒绝回答任何问题了。

后来，彼得去伊万那里办事，顺便提出了这个问题。这才知道，苏联与日本都在极力维护自己在满州的利益，双方虽无大战，但小冲突却一直不断，彼此开枪的事并非少见。在伊万的帮助下，彼得看到了保罗的资料。保罗，现年45岁，曾任红军驻苏满边境上尉连长。1936年在执行一次秘密任务中左腿受伤，获国家二级英雄奖章，退役。

原来，保罗竟是个英雄，彼得对他的怀疑转为了尊敬。这个消息很快就在镇子里传开了，大家也就欣然地接受了他。不过，保罗从没因为自己的身份而觉得高人一等，他待人和善，买卖公平。对切若夫这些年轻人，他也从来没有像其他人那样厌恶他们。而切若夫他们虽然对世俗礼节不屑一顾，但对英雄却是发自内心地崇敬，况且，保罗还愿意花大价钱收购他们偷来的赃物。

驻军有个废品堆放场，里面摆满了各种废弃的武器配件，切若夫他们时常去偷些废品在同伴面前炫耀。后来，他们发现保罗对这些东西很感兴趣，愿意高价钱收购它们。这对切若夫他们来说，无疑于多了一条财路，而且，无论他们拿来的东西有多零碎、陈旧，保罗总能如数家珍地道出这些东西原来应该在什么上面，有什么作用。令他们大开眼界，并因为想听故事而去偷来更多废弃的东西。保罗来者不拒，他乐此不疲地将这些废品组装成一件件有意思的玩意，摆在自己的院子里，像是军事博物馆一般。

这天早上，切若夫出门去找伙伴巴雷玩儿。才到半路，就跟巴雷撞见了。巴雷冲他叫道："切若夫，约翰在红蓝酒吧被那些伐木工欺负了，我们得去帮他!"

伐木工人都是些粗蛮的家伙，他们在密林里待久了，一有机会下山，不是酗酒闹事，就是找镇里的混混、也就是切若夫他们打架。切若夫一听，二话不说就跟他走了。

一路上，两人又约到了七八个人，各自带上趁手的家伙，直奔红蓝酒吧。远远地，他们就看到约翰正被几个伐木工围殴着，没有多想，就挥舞着手中的家伙冲了上去。可是，刚到门口，突然从里面又蹿出十几个伐木工，一起向他们扑来。这些家伙们是有备而来的，切若夫大叫一声："撤!"但为时已晚，他们被包围了。

几分钟后，小镇上的混混们都趴在了地上。一个脑袋上挨了切若夫一棍的家伙捡起棍子，随后踩住切若夫的手，狞笑着挥起了棍子。正这时，突然传来一声大喝："住手!"

是保罗。保罗对那个要砸断切若夫手的家伙说："嘿，你，放开他。"那家伙想必也听说过保罗的名字，有些犹豫。但保罗并没有让他犹豫多久，便已经冲了上来。他虽然瘸了一只脚，但跑起来却非常快，大家眼睛一花，那根木棍已经在保罗的手里了，并且架在了那家伙的头顶上。"如果你们再不消失，下一秒，这棍子就会亲吻你们的脑袋。"

顿时，伐木工们一轰而散。

## 二、进入军营

切若夫他们敬佩不已地请保罗说说他这样的身手是如何练出来。保罗回道："部队，当然是部队里练的。"

保罗刚入伍便被选进了侦察连，受到了严酷的训练。他牢牢记得第一次执行任务时的情况，那次，他们接到去破坏日本满铁公司铁路的命令。满铁公司是日本军部操纵的一个部门，一方面将从满州抢掠的物资拉回国内，一方面收集苏联的各种情报。当时他们每个人都以为这是次非常简单的任务，不想当他们赶到铁路边准备进行破坏时，一列拉满了日军的火车不期而至。双方发生了激烈的交火。这一战，红军损失惨重，但日军的伤亡更严重。像这样的生死场面经历得多了，保罗才变得现在这样强大。

巴雷羡慕得直咂嘴，问道："保罗先生，你能不能训练我们，让我们也变得强大起来？"保罗摇头说："不不，我老了，不再合适做这些事。"巴雷的提议给了切若夫启发，他也举手说："保罗先生，如果你答应训练我们，我们或许会偷一辆坦克来给你。"保罗忍俊不禁地说："这是个好主意，不过我的院子太小了。好吧，或许你们是太无聊了，给你们找点事做也好。"

训练才开始，就接连有人受不了苦而退出了。保罗为他们的选择而高兴，他说接下来的训练会比现在苦上百倍。果然，训练的项目一天比一天变态，不久，仅剩切若夫和巴雷等七个人了。他们跟保罗学会了擒拿格斗，一招制敌等技巧。一个月后的一天，切若夫他们又遇到了那帮伐木工，很轻易地就报了仇，这让他们更有兴趣继续下去。

不久，保罗开始教他们用枪了。当然，枪都是切若夫他们从驻军废品场偷来的零件组装起来的，子弹更是没有。保罗很惋惜地说："你们是我训练过的最好的小伙子，如果有枪有子弹，还有场地，我就能把你们都训练成神枪手。"切若夫眼珠一转，说："或许我有办法。"

当天晚上，切若夫趁着父亲睡着时，把他的枪偷了出来。天快亮时，切若夫抱着枪回到家中，刚一进门，就听到背后一阵风声，他忙疾步上前，躲过了袭击，并顺势转过头来。是父亲彼得。彼得似乎有些诧异他竟然能躲过自己的袭击，"咦"了一声，跟着又是一脚踹来，切若夫本能地抄起父亲的脚，跟着右脚一勾，彼得就咕咚一声摔在地上了。

切若夫赶紧上前扶起父亲。彼得一脸的惊讶，说：“好小子，快说，为什么要偷我的枪？还有，你的身手到底是怎么回事？”切若夫就把这些天的经历跟彼得说了一遍。彼得这才明白，难怪这阵子切若夫和那帮坏小子都规矩多了。彼得很感激保罗，现在局势动荡，德国人野心勃勃，只怕早晚与苏联会有一战，让这些小子学会战斗的技巧，以后说不定还能保家卫国呢。

在得知切若夫他们正在为武器和场地的事烦恼后，彼得就找到伊万，希望得到他的帮助。伊万也非常赞同他的观点，当即就同意向他们提供场地以及各式武器。

进了军营后，没多久，切若夫他们便学会了使用各式枪支以及爆破和战术配合，也因此而更加尊敬保罗。在他们看来，保罗简直就是为战争而生的，他懂得一切杀敌的技能，他身上的各种本领好像永远也学不完一般。

这天，切若夫他们正在训练时，天上突然传来一阵阵巨大的轰鸣声，他们抬起头来，看到从那边飞来了十几架飞机，依次停在不远处的机场上。驻军有个飞行中队，他们每天都能看到战机从头顶上飞过，但这些飞机明显与往常见到的那些不同。

训练结束后，切若夫和巴雷跑到机场边去看稀奇了。切若夫托着下巴说：“这应该是新型战机吧。你看，机翼大了不少，机枪的位置也不同。”巴雷也点头说：“确实，引擎声也有力多了。”切若夫羡慕地指着在机场里的那些士兵，说：“他们能那么近距离地接触飞机，真是令人眼红。”巴雷嘿嘿一笑，说：“或许，我们也能亲手摸摸它们。”

## 三、小试身手

晚上，在同伴们进入了睡梦中后，切若夫和巴雷悄悄起床，直奔机场。他们避开机场外围守卫的巡逻，进到了里面。两人像夜行的猫一样，灵敏地躲避着头顶的探照灯以及身边不时走过的巡逻队。不多时，新型战机已经近在眼前了。巴雷激动得要冲上去摸它们，切若夫却一把将他按住，做了个“有人”的手势。

巴雷顺着他的手指看去，只见在不远处一架战机的阴影里，隐藏着一个模糊的黑影，若不是切若夫的提醒，他根本不会怀疑那不是个人。两人屏声静气地趴在地上观望着。那人挪动的速度非常缓慢，几乎察觉不到他在动，足足半个小时后，他才挪到距离他不足五米远的战机下方。随后又用了半个小时挪到机头处，似乎在观察着什么。不久，那人像一条蛇一般，悄无声息地退入黑暗中了。

切若夫和巴雷长出了一口气。切若夫说："这是个高手，但我怎么觉得他的身形好像很熟悉一样。"巴雷急于摸到战机，无所谓地说："应该是跟我们一样，对新战机也很好奇。不过，你不觉得现在讨论这个问题很没意思吗?"

如愿与战机亲密接触后，两人心满意足地回到了营房。巴雷很快就响起了呼噜声，但切若夫一想到那条黑影，却怎么也睡不着了。他想到那黑影的动作很熟悉，正是保罗教他们的，可是同伴们都已进了梦乡了，突然，他想到，难道是他?

切若夫悄悄地起了床，往旁边的一间营房走去。这是保罗的住处，屋里没有亮灯，切若夫在门口听了一会儿，没有任何异动。忽然，门开了，保罗走出来，问道："切若夫，有事吗?"切若夫说："哦，我睡不着，想找你聊聊。"保罗笑了笑，说："正好，我也睡不着。"

切若夫进屋后，开门见山地说："刚才你去了机场。"保罗一愣，问道："为什么这么说?"切若夫指着他身上说："你换了睡衣。虽然颜色一样，但睡觉之前你穿的睡衣右口袋有些破了，这件却是完好无损的。"保罗点头说："你观察得很仔细，不过，多换件睡衣又能说明什么?"切若夫又指了指他的头，说："你刚洗了头，这一定是因为长时间在草地里爬行而弄脏了，不过你并没有把脖子上那块泥洗掉，那是机场特有的黄泥与石灰的混合物。"

保罗下意识地摸了摸脖子，但并没摸到泥，再看切若夫脸上得意的表情，他摊开双手无奈地说："我上你的当了。好吧，我承认确实是去过机场了。你知道我对任何武器都很痴迷。"切若夫笑了起来，说："看来，我学得并不赖。"

保罗起身给他倒了杯水，说："当然，你是我最好的学生。对了，这里毕竟是军营，所以你最好不要把这事告诉别人。"切若夫得到他的肯定，高兴地一口将水喝完，说："是的，不会有别人知道的。"

切若夫走后，保罗无力地跌坐下来，指缝中夹着的一些白色粉末撒在了地上。这些粉末能让切若夫在几天后的训练中心血管爆裂而死，而医生会证明是因为他承受不了高强度训练而发生的意外。保罗看着门口，苦笑道："但愿时间不会证明，没有除掉你是我最大的错误。"

## 四、我的祖国

几天后，军营的气氛突然紧张起来，似乎是出了什么大事。保罗可能觉得留在这里不再方便，便去跟伊万提出结束训练。不想伊万却不同意。

正好这时彼得来找伊万叙旧。从他的口中，切若夫他们才知道，原来那批新式战机才刚刚研发出来，首批十五架全被编入驻军的飞行中队，但仅仅几天时间，德军就已经在研发克制此机型的方法了。也就是说，伊万的军营里出现了德军的间谍。

切若夫听到这里，脑子里突然"嗡"一声响，他看了看保罗。保罗也正在看他。不知为什么，切若夫感觉到他的眼神里带着一丝哀求。

当天夜里，一条黑影从营房里闪出来。看得出来他对地形非常熟悉，只见他来到一处院墙边上，助跑之后，便凌空在墙上走了几步，一伸手搭住了墙沿，随后翻身落到外面。但是，没等他站稳，无数手电筒的光已经照在了他的身上。

切若夫从人群中走出来，颤声道："保罗，果然是你！"保罗苦笑着说："事实证明，没有除掉你是我犯过的最大的错误。不过我也很欣慰，你确实是我最好的学生，连我逃走的路线都推算出来了。"切若夫低下头来，说："对不起，我不能任由别人做出损害我的国家的事。"

几天后，有消息传来，保罗并不是那位英雄保罗，而是德国的间谍，他受命打探伊万部队的武器及装备情况，但始终没有任何进展。有一次，"保罗"无意中在报纸上看到了真正的保罗，发现他们无论长相还是身材都很像，于是决定盗用他的身份来取得镇上的人信任。他到了保罗的家，杀害了他，随后又用三八式步枪在自己的左腿上开了一枪。等到伤好之后，他来到莱纳小镇，如愿取得镇上人的好感，跟着，他又将目光放在切若夫这些不良少年的身上，怂恿他们去驻军偷窃废弃装备，以此分析出驻军的武器装备等情况。

两个月前，"保罗"的上级给他下了一道密令，要他不惜一切代价获得苏联新型战机的情况。正好这时切若夫等人在与伐木工的斗殴中吃了亏，于是他顺势设计了训练这个计划，成功进入军营，并最终获得了新型战机的情报。

那天夜里，“保罗”本该除掉切若夫的，但他却忽然心软了，正是他一时犹豫，导致了他的失败。

切若夫立即去了军营，见到了“保罗”。他看到“保罗”满身是血，双手被反绑着倒挂在柱子上，已是奄奄一息了。伊万对他说：“到现在为止，这家伙什么也没说，我们甚至连他的真实姓名也不知道。我们所知道的都是通过分析而猜测的。”

尽管知道他是敌国的间谍，不仅利用了他们，而且还给苏联带来了巨大的损失，但切若夫还是流下了眼泪，他问道：“你为什么不交代，这样至少不用受这么多苦。”保罗睁开肿胀的眼睛，虚弱地说：“为了我的祖国。”伊万喝道：“你的国家是邪恶的，你不该为它卖命！”保罗正色道：“不论如何，我都爱我的祖国，为她，我愿意牺牲一切，包括生命。”他顿了顿，对切若夫说，“而这，也是我最后教你们的一课。”

从这一天起，切若夫就再也没有见到“保罗”了。1941 年 6 月 22 日，德军从东普鲁士全线进攻苏联。战斗打响后，伊万的部队很快被击溃了。切若夫与巴雷带领那些同伴们与德军进行游击作战，直至流尽最后一滴血。

# 第三辑

EPISODE 3

# 老有所依

# 亲爱的老爸向前冲

## 一、相依为命

这天早上，何安强把饭做好后，来到爸爸何光的房门口。何光正四仰八叉地在睡梦中，自从三年前出了车祸后，他不仅智力停留在了八岁，连睡眠质量也是。何安强抿嘴笑了笑，又蹑手蹑脚地出了大门。

天刚蒙蒙亮，空气中有种逼人的闷热，看起来要下雨了。何安强甩开两条长腿开始跑起来。半个小时后，他进了菜市场附近的“周老皮山货店”里。

周老皮是何安强的邻居，酷爱钓鱼，他的那些钓友一到周末都有集体活动，可他店里又离不开人，专门请个人又划不来，于是就请何安强来帮忙，一天给五十块钱。钱虽然不多，但何安强已经很感激了，况且，他还能一边看店一边复习功课，以备三个月后的高考。周老皮吩咐他几句就背上鱼杆走了。

到了十点多钟，下起了大雨，店里一下子门可罗雀了。何安强也就拿出复习资料，看了起来。不知过了多久，他忽然感到门口一暗，有人进来了，抬头一看，却吃惊地发现，来人竟然是爸爸！何安强赶紧上前问：“爸，你怎么来了？”何光一手提着一把伞，说：“下雨了，我给你送伞，你身体不好，一淋雨准生病。”

何安强有些哭笑不得，他小时候确实是一淋雨就生病，但现在早不是这样了。不知道为什么，很多事爸爸都不记得了，但对他小时候的事却记得特别牢，好像在爸爸的眼里，他从来没长大过一样。他拿来干布，擦着爸爸身上的水，忽然想到什么，问：“爸，你没来过这呀，怎么找到的？”何光得意起来，说：“你是我的儿子，就是走到天边我也能找到你。”

何安强没开口，他知道爸爸肯定会憋不住而说出实情的，这就像一个小孩做了件得意事却没人关心一样。果然，何光见他不说话，又忍不住地说："其实我是一路问过来的。"何安强忍俊不禁，赞说："这就对了。爸，记住啊，以后要是迷路了，就去问人。嗯，一般人也不能问，就问警察，穿制服的那种。"

何光使劲地点了点头，一眼看到货架上的山货，忍不住好奇地凑上去，左看看，右摸摸。何安强担心他手下不知轻重会把货搞坏，就说："爸，你坐着别动，我要去看书了。"何光立即找个了凳子坐下，严肃地说："考大学。"何安强也故作严肃地说："对，考大学，你一动我就考不上了。"

何安强看了一会书，转头看了一眼爸爸，见他果然纹丝不动，忍不住地笑了起来。何光受到鼓励，骄傲地仰起头，把身子挺得更加的直。

雨一直在下，快中午时，外面来了一辆车，周老皮意外地从车上跳下来。他对何安强说今天地方没挑好，准备换个地方继续，路过这回来拿点东西。周老皮一眼看到何光，乐了，说："老何，你咋来了？哟，这身板，挺得赶上武警战士了。我说，你给我站岗要不要工钱的啊？"

何光有些羞涩地说："不要钱，我是来看我儿子的。"周老皮又说："老何啊，跟你商量个事，你这儿子我是越看越喜欢，要不，我拿我儿子跟你换个儿子咋样？"话音刚落，何光急得跳了起来，一把将何安强拉在身后，紧张万分地说："不换不换，我儿子比你儿子强一百倍！"周老皮哈哈大笑，说："老何呀老何，别人都说你傻，我看你比谁都精明呢。"

何光难为情地笑了。何安强也在边上笑着。一开始何安强很不喜欢别人调侃爸爸，但时间一长，也就明白个道理，有的人嘴善心贱，有的人嘴贱心善，周老皮就是属于后者。那些街坊邻居也大多如此，他们知道何光的心里只有儿子，经常跟他开类似换儿子的玩笑。何光不长记性，每次都要上当。但是，如果没有他们的帮助，何安强知道自己不可能撑到现在。况且，何安强也觉得，他的家庭已经是这样了，如果再一味沉浸在悲哀中，也就没勇气去面对新生活了。所以，当别人开这样并无恶意的玩笑时，他甚至会配合他们，看着爸爸窘迫的样子，他总能想起过去爸爸带他玩时的情景。

周老皮想到什么，又冒雨回车上把上午钓的三条鱼拿过来，让何安强在店里的厨房烧给何光吃。随后，他就走了。

半小时后，何安强端着鱼上桌了。何光两眼放光，风卷残云般吃掉了一条，正要下手第二条时，却舔舔嘴唇，顿住了。何安强催促说："爸，咋了？你快吃呀！"何光扳着指头数着："一二三，一共三条，爸爸一条，儿子两条。"何安强笑说："爸，从小到大，遇到我们都喜欢吃的东西时，你总是把多的一份给我。但现在不同了，你吃多的，我吃少的。"何光固执地摇头说："我是爸爸，你是儿子。"

何安强没办法，只好吃起来，却有意将刺少的鱼肚挑到盘子里，他知道爸爸没吃过瘾，一会儿肯定会捞盘里的碎鱼吃。

## 二、一场交易

几个月后，何安强以高分考入外省的一所政法大学，因为有母校提供的助学金，学费是没有问题，但是，何光该怎么办呢？

像三年前那样，街坊邻居又开始帮他出主意了。有人说把何光送到敬老院去。但分析之后发现这条路走不通，因为何光并不老，而且敬老院也不收连基本生活都不能自理的人；也有人说把何光送到精神病院去。但何安强坚决反对，他从不承认爸爸的精神不正常。

大家七嘴八舌的，也没得出一个众人都满意的结果。最后，周老皮一拍大腿，说："干脆，给老何找个老婆。"一语惊人，有自家人照顾何光当然是最好的，可问题是，谁会嫁给一个只有八岁智力的大人呢？况且，他又没钱。

但谁也没想到，几天后周老皮还真把一个中年女人领到家来了。这女人一进门就四处看着，不时露出满意的神情，最后，她才把目光停留在何光的身上，表情却显得很平淡，就像她不是来相亲而是来看房的。

女人叫刘梅，来自百里外的乡下，丈夫去世得早，有个十一岁的儿子。她很坦然地对何安强说："你爸的情况老周已经对我说得很详细了。我愿意嫁给你爸不为别的，就为了能让我儿子在市里上学，我们也有个落脚的地方。这么说吧，我带一个孩子是带，带两个也是带。"

何安强觉得有些话还是提前说的好，他说："只要你答应照顾我爸，这个家就是你的家。但是我希望你能明白，我们家除了这个房子外，再没有任何钱了。我爸虽然是出了车祸，可肇事司机到现在也没找到，他每月只能领一点最低补助。当然，我读书的花费我自己会想办法的，不用你操心。”刘梅松了口气，说：“来之前我确实有点担心你的学费，我虽然打着工，但钱也不多。现在你这么说了，我也放心了。”

刘梅的坦然倒让何安强放心了，仅当这是一场交易吧。几天后，刘梅和何光领了结婚证，正式住进了这个家。只是何光想不通家里为什么会多了一个女人，周老皮告诉他，这是他老婆，何光就乱喊乱叫，说自己不要老婆，只要儿子。看得出来，他很害怕，连睡觉也要跑到何安强的房间里来。尽管何安强心中不忍，但还是在一天夜里，悄然离开了家。

一到大学，何安强就给刘梅打了电话。刘梅有些抱怨地说他走后，何光就在发火，说不听，骂不行，嘴里只有一句话，要儿子。“我让我儿子叫他爸，可他不答应，说他儿子比我儿子强一百倍。这不，这会儿正把自己关屋里发脾气呢。这可比我儿子难带多了！要不你跟他说几句劝劝他？”

何安强担心爸爸听到自己的声音更会发狂，犹豫片刻后，说：“还是算了吧。刘姨，我不敢奢想你对我爸有多好，只要不让他饿着、冻着就行。我发誓，等我工作后，一定会加倍报答你的。”

一个多月后，何安强突然接到周老皮打来的电话，说他爸已经不见好几天了。何安强吓了一跳，忙问出了什么事。周老皮气愤地说：“算我瞎了眼，竟把那个恶女人介绍给你爸。一开始她对你爸挺好的，可日子一长，这狐狸尾巴就露出来了，她几乎天天都在骂你爸。你爸呢，一受气就爱蹲在楼下的过道里。我这几天都没见到他了，就去问刘梅，结果她说你爸已经失踪三四天了。”

何安强赶紧拨响刘梅的电话，问：“刘姨，我爸去哪了？”刘梅有些吃惊，说：“你咋知道的？他确实不见好几天了，我急得不行，到处找也没找到，这不都报警了。”

何安强断定她在撒谎，因为爸爸胆小，从来不会离家很远，即便迷路，也绝不会走很远，不可能找不到的。他强忍着心里的气愤，说：“这么大的事，你为什么不告诉我？”刘梅解释说：“一开始我以为能找到他，也就没跟你说，你不刚进大学吗，一着急，耽误学业怎么办？可我这找了好几天也没找到，正想给你打电话呢，你的电话就来了。”

何安强挂掉电话，火急火燎地就去请假。路上，班上的一个同学叫住他，说门口有人在找他。何安强一愣，他来这里才一个多月，谁会找他呢？他跑到门口一看，脑子里顿时“嗡”一声响，那竟然是爸爸！学校离家上千里路，爸爸在正常时都很少出远门，他怎么会找到这来的？

何光头发乱蓬蓬，胡子拉碴的，他拿着儿子的相片见人就问。问到何安强身边，一抬头，顿时跳起来，激动地指着他哦哦叫，就是说不出话来。

何安强没跟他笑，喝道：“爸，你出门怎么也不跟家里人说声？”何光怯怯地说：“你不在家，我跟谁说呀？”何安强说：“刘姨呀！”何光哼了一声，小声地说：“她又不是我们家的。”何安强一愣，苦笑地问：“那你来这干什么啊？”何光嘟着嘴委屈地说：“我想你了。”

何安强心里一软，但还是板着脸问：“那你是怎么找到这的？”何光得意地说：“你是我儿子嘛，就是走到天边我也能找到你。”他瞄了一眼何安强的脸色，又低头说，“其实我把学校寄给你的录取通知书的信封留下来了，我拿着它一路问了警察叔叔。”说到这，他又眉飞色舞地笑，“他们可真好，不仅给我吃喝，还给我买车票……”

## 三、三千里路

回到家时已是第三天傍晚了，刘梅正和一个十一二岁的孩子在吃饭。他还没说什么，刘梅已经埋怨上了：“老何啊，你咋能乱跑呢？可担心死我了，下次不许这样了！”

何光像做错事的孩子一样束手而立，眼睛望着鞋尖一声不吭。刘梅说了他一番，又对何安强说：“你们还没吃饭吧，一起吃吧。小山，叫哥哥。”那孩子清脆地叫了声：“哥哥。”

何安强等到小山吃好饭去做作业了，这才对刘梅说：“刘姨，这次算我爸运气好，碰到了好警察，万一……我都不敢想象。我真的不希望这种事再发生了。”刘梅说：“我也不希望啊，这些天光找他了，工作都差点丢掉。可腿长他身上，我总不能二十四小时跟着他吧！”

何安强冷笑说：“刘姨，你和我爸虽然结了婚，但如果他失踪了，那么你跟这个家就一点关系也没有了，我随时都可以收回房子的。”刘梅一愣，低头说：“我明白的。”何安强见目的已经达到，又好言说：“我当然不希望这样的事发生。刘姨，我还是那句话，只要你不让我爸饿着、冻着，以后我一定会加倍报答你的。”刘梅勉强笑道：“报答就不必了，这就是我的命。”

晚上，何光执意要跟何安强睡，说要跟儿子好好说说话，可他头刚沾上枕头，就睡着了。听着他没心没肺的鼾声，何安强却毫无睡意，他起身打开办公桌的一个抽屉，在里面找到房产证，顺手放进了口袋。房子是爸爸唯一的东西，他不能不防刘梅一手。

几年大学一晃而过，何安强毕业后辗转多地，最后在离家三千多里地的一个城市考上了公务员，进了当地纪委做了名纪检干部。这期间他只回过一次家，让他欣慰的是，很可能是那个晚上的对话有了效果，刘梅对爸爸还算不错，这可以从周老皮那里得到证实。没了后顾之忧，他倍加努力地工作，很快就独挡一面了。

最近，何安强正在调查一位国企老板，刚一上手，他就发现了很多问题，正当他准备将情况上报时并深入调查时，这天晚上，对方托人上门来了。

在他简陋的出租屋里，来人拿出一盒月饼，说：“马上中秋节了，我们老总得知你是孤身一人在外，特意让我捎来一盒月饼，还请笑纳。”他拍拍盒子，又意味深长地说，“这是特制的，有馅的。”何安强哈哈一笑，说：“你真幽默，没有馅的那叫馒头。”两人对视一眼，心照不宣地笑了起来。

来人走后，何安强看着桌上的月饼，半天也没动。这时，门突然被人敲响了，他问：“谁？”一个熟悉的声音响起：“儿子，是我。”

何安强一哆嗦，几乎不敢相信自己的耳朵，这可是三千多里路啊，爸爸是怎么找来的？他赶紧打开门，果然，外面站着的是爸爸。何光鼻青脸肿的，门牙也掉了两颗，说话都漏风了，但尽管这样，他还是一脸的得意，说：“儿子，吃惊吧？我早说过，你是我的儿子，你就走到天边我也能找到你！”可看到何安强的脸色，又低头说：“我会买火车票了。”

何安强忙把他拉进来坐下，生气地问：“爸，你怎么又一个人跑出来了？”何光摇头说：“我告诉她了。她想跟我一起来，我嫌她啰嗦，偷着跑出来的。”何安强又问：“那你脸上的伤是怎么回事？”何光摆摆手说：“没什么，跟周老皮打了一架。”何安强更是吃惊，说：“周叔帮了我们那么多忙，你咋能跟他打架呢？”何光很气愤地拍着桌子说：“谁让他说你这么久都没回家看我，是不要我了！你是我儿子，你还能不要我？”

何安强羞愧地说："爸，对不起，我工作太忙了。"何光嘻嘻笑着说："没事，你忙我不忙，我来看你。"说话间，他一眼看到桌上的月饼，摸了摸肚子，就去拿。何安强赶紧抢过来，说："爸，这不能开，你还没吃吧，我做饭去。"他把月饼盒放在冰箱上，就去做饭了。

等到何安强端来饭菜，看到何光已经打开月饼盒了，正看着那一盒的百元大钞发呆。

## 四、亲情不变

何安强给刘梅打电话告诉了她这事。刘梅又喜又气，说："我猜他就是去找你了，想给你打电话，可他竟然连电话本都带走了，我又记不得你的手机号，去问老周，但他的手机又丢了。真是老天保佑，吉人自有天相。"

何安强沉默了片刻，说："刘姨，我这边工作太忙了，照顾不了他，你能不能过来接他回去？"刘梅有些意外，说："你们父子俩好久没见了，不能让他在你身边住一阵子吗？他可是一天到晚地念叨你。"何安强说："我知道，可是我的工作实在太忙了。"刘梅说："那行，我这就去接他。"

放下电话，何安强看了看身边的何光。自从看到月饼盒里的钱后，何光就再也没说话了，一副心思重重的样子。何安强想劝解他，但不知道说什么好。因为工作性质，他接触的大多是贪污受贿的人，一开始他很气愤，恨不得把他们全都送进监狱，但接触得多了，心里渐渐不平衡了。那些脑满肠肥之辈，无论学识还是能力都不如他，但相比他们的挥霍无度，自己却赶不上他们的皮毛。

他要在这个城市生存下来，要买房，还要接爸爸过来，请最好的保姆照顾，这一切靠他那点工资是永远也无法实现的。但是，这一切是无法对爸爸说的，爸爸只有八岁的智力，或许能分辨绝对的好坏，却不会明白他的心思。

第二天，刘梅就坐飞机赶来了。何安强给了她一笔钱，然后送他们去了机场。刘梅很敏感地发现了父子间有问题，问："你们这是咋了？好容易见一面，这临走也不说说话？"何光哼了一声，没说话。何安强撒谎说："心里很伤感，说不出话来。"刘梅"哦"了一声，拍了何光一下，说："你这死东西，隔三差五的就吓我一跳，回去后我非把你手脚绑起来。"何光闷声闷气地说："我上厕所去！"

刘梅看着他的背影，对何安强说："我不会真绑他，就吓唬一下他。"何安强已经从刚才她拍爸爸那一下中看出来，那是一种亲密无间之后才有的举动，或许，对刘梅来说，当初的交易经过这么多年的日夜相处，早已变成了亲情。他笑着说："是该吓唬吓唬他，免得下次他还乱跑。"

刘梅说："你是不知道，你爸有多难伺候，好说不听，非得唬着脸喊。一开始老周还老打抱不平，说我不该骂他，前些天，我故意把你爸带到他店里，让他照顾半天。结果我过去接你爸时，你猜怎么着，两人正打架呢。老周鼻青脸肿地向我认错，说我骂得对，就该狠狠地骂你爸。"

何安强真诚地说："刘姨，这些年多亏你了，你辛苦了。"他站起来，深深地鞠了一躬。刘梅吓了一跳，赶紧扶起他，说："别，这是我的命。"说到这，刘梅忽然"噗嗤"一声笑起来，说，"其实处久了，觉得你爸也挺好的，虽然有时让我很生气，但逗我乐的时候更多。"

何光从那边走过来，这时登机广播也响了。何安强送他们进了登机口，随后把一份东西塞在了刘梅的手里，转身就走。刘梅一看，是房产证，顿时愣住了。何安强是含着眼泪走的，一直到分手，爸爸也没对他说一句话。

半年后，那位国企老总还是落了马，他招出了曾受过他贿的人，何安强也在其中。随后，他以赎职罪及受贿罪被判入狱三年。

入狱后，何安强了无生念。他趁着劳动时捡回了一块边缘锋利的石头，当天晚上，趁着同舍中的人睡熟时，用石头割开了自己的手腕。但是，剧烈的疼痛令他不由自主地痉挛着，惊醒了大家。

第二天，狱警告诉尚在医护室治疗的何安强，有人来看他。何安强突然冒出一个猜想，难道，是爸爸？但狱方虽然很可能会通知他的家里，只是几千里路，爸爸不可能来得这么快。难道，爸爸是从刘梅那里得知他出事了，又偷着跑过来，正巧赶上了？

虽然这猜想有些荒唐，但何安强对爸爸超强的寻找能力已经深有体会了。他忐忑不安地看着门口，这时，一个看起来有些傻乎乎的脑袋探了进来，嘻嘻一笑，说："儿子，吃惊吧？你就是走到天边，我也能找到你。"

何安强再也控制不住了，滚下床来。何光吓了一跳，赶紧坦白说："其实，这次是她跟我一起来的。""爸！"何安强脸上泪水直流。

# 如果有一天我老无所依

## 一、老年危机

这天早上，艾弗森刚进到自己的办公室，老板小马克就冲了进来，咆哮着将一份他草拟的合同拍在桌上："艾弗森，看看，你到底做了什么？"艾弗森疑惑地拿起合同一看，见上面的一组数字已经被红笔重重地圈起来了，他顿时瞪大了眼睛，这是公司产品的销售单价，32．26美元，可是合同上的小数点却向前移了一位，成了3．226美元。

小马克吼道："下午我就要签这个合同了，要不是刚才我仔细地看了看，公司就要亏损上千万美元！"

艾弗森直摇头，这不可能，三十年来自己从没出过差错，何况是这种低级错误。

"艾弗森先生，尽管你不愿意承认，但你确实应该退休了。想想看，退休后你就有大把的时间可以去旅游，或者去钓钓鱼，养养花……"

看着小马克那喋喋不休的嘴巴，一个念头突然从艾弗森的脑子里跳了出来：这是阴谋！

艾弗森在二十来岁时便跟着老马克打天下了，公司从当年那间不起眼的小企业到现在集团化的规模，不敢说自己立下了汗马功劳，但至少三十年的时间全在里面了。老马克知恩图报，不仅让他做了业务部的主管，而且，公司有什么重大决策时，总会先找他商量一下，对他无比地信任与重视。可是，自从去年老马克去世后，小马克接手了公司，一口气将公司数个部门的老员工全换成了年轻人。虽然暂时还没动他，但艾弗森已经明显感到了压力。这可以从每次的月会上感觉得到，小马克认为业务部本该是个朝气蓬勃的部门，现在却因为一个老迈的管理者而显得死气沉沉。这分明是在暗示艾弗森应该主动退休了，但艾弗森每次都装作没听懂一般。看来，小马克是要用这一招来逼他走了。

几十年里，艾弗森把自己的一切都奉献给了公司，他没有妻子儿女，也没有业余爱好，一旦退休了，他活着的唯一目的就是像其他老人那样，每个月去社保局领取一份可怜的退休金，然后孤独地死在老人院里。不，绝对不能那样！

艾弗森定了定神，冷笑地说："这根本就不是我那份合同，我是绝对不会出错的！"小马克一愣，说："你的意思是我诬陷了你？"艾弗森毫不示弱地回道："这一点，我们心里都明白。"

两人不欢而散。晚上下班，艾弗森正要出门，迎面看到小马克和业务部的副主管从门口走来。两人的脸色都有些难看，很明显，下午的那笔生意没有谈下来。这让艾弗森有些诧异，生意是一早就谈妥的，今天去只是签合同而已，怎么会铩羽而归？正在困惑时，小马克叫住了他："艾弗森，我能跟你谈谈吗？"

在小马克的办公室里，艾弗森知道了缘由。原来，今天小马克他们去签约时，对方突然提出要在谈妥的价格上再降一成。谈判当然没有结果，小马克不明白发生了什么事，直到对方在与他们握手告别时，有意无意地提了一句："艾弗森呢，他现在怎么样？"小马克这才恍然大悟，原来，对方与艾弗森有交情，只信任艾弗森。

小马克说："这笔生意对我们公司来说非常重要，对方既然认定了你，所以，还是请你出马吧。"艾弗森暗自得意，却仍然平静地说："你知道，我已经老了，只怕不合适谈判桌了。对我来言，也许钓钓鱼，养养花才是最合适的。"

小马克知道他在用自己说过的话来嘲讽自己，脸一红，说："如果你能谈下这笔生意，我会在全公司员工面前跟你说对不起。"

## 二、重遇故交

第二天早上，艾弗森见到了谈判对手安迪。这是个漂亮的女人，棕色的头发被绾成一个髻，用一支银色的发钗固定在脑后，露出整个光洁而饱满的额头，一看便知道是非常精明干练的女人。但艾弗森确定自己从来没见过她。

谈判一开始，安迪就露出了咄咄逼人的气势，像昨天跟小马克的谈判一样，她要求艾弗森在价格上再降一成。艾弗森则有理有据地提出目前的价格是非常合理的，并指责她中途变卦是生意场上最令人厌恶的一个坏毛病。

中场休息时，艾弗森坐在休息室的椅子上，思量着接下来该怎么谈。这时，安迪来到他的身边，微笑着说："难道你真的不记得我了？"艾弗森诧异地又仔细地打量了她一番，摇了摇头，问道："对不起，我们以前认识吗？"安迪一笑，说："当然，不过当时我只有十岁。"

一些记忆突然在艾弗森的脑海里闪现：那是一个有着绿色草坪的院子里，艾弗森身穿汗衫，手持大剪刀，正在修剪花草，旁边，一个美丽的妇人目光慈爱地看着不远处，顺着她的目光看去，一个十岁左右的小女孩正赤着脚在追着一只蝴蝶……艾弗森猛地站起来，颤声说："你是小安迪？"安迪笑着点了点头。艾弗森颤声说："没想到，你都这么大了。你妈妈呢？她还好吧？"

二十年前，艾弗森认识了露丝，露丝比他小几岁，却有一个十岁大的女儿安迪。两人同居后，日子过得很幸福。有一次，艾弗森带着露丝参加了马克的宴会，马克与露丝一见如故，聊得很开心。当时艾弗森并没有觉察出什么，后来有人提醒他，说露丝与马克频频见面，似乎很暧昧，艾弗森经过跟踪之后，才发现这是真的。那天，艾弗森又跟踪露丝到了马克的别墅里，他再也无法控制自己的妒火，于是踢开门冲了进去。可是，他没想到的是，露丝正在给马克画像。露丝是学油画出身的，而马克很欣赏她的画功，就这么简单的事，却因为艾弗森的猜忌闹大了。露丝无法容忍他的多疑与失礼，一怒之下带着安迪不告而别了，从此艾弗森再也没有见过她们。没想到，今天竟然在这里见到了安迪。

安迪说："当年妈妈离开你之后，就再也没有结婚了。我知道，她心里一直是有你的。"安迪又说，这次她之所以中途变卦，是因为无意中知道了艾弗森在小马克的公司里，而且，也知道小马克在逼他退休，所以想了这个办法，为他出出气。"原本我只是想捉弄小马克一下，但现在我有了一个新的主意，如果你愿意，我可以代表我的公司邀请你加入。职位不变，薪水涨两成，你看如何？"

艾弗森一愣，笑了起来，说：“小安迪，我看，你一开始就是这样打算的吧？”安迪脸一红，说：“像小时候一样，在你面前我总是没办法撒谎。没错，我们公司确实一早就想挖你过来，但也知道你对自己公司很忠诚。可是现在，既然你过得不如意，为什么不干脆换个环境呢？我只有一个条件，你带来所有客户的资料。”

安迪说得很有道理，为什么不换个环境呢？带走客户的资料，乍听起来固然不道德，可是，这些客户也大多是艾弗森发展的，只是拿走自己的东西而已。但，真的要背叛供职了三十年的地方吗？

“你好好想想，不必马上回答我。”安迪顿了顿，又说，“一会儿的谈判，我会按照跟小马克谈妥的价格签合同的。”

## 三、诱惑重重

拿到了合同，小马克似乎忘记了自己说过的要在全公司员工面前道歉的事，艾弗森也没有计较。走出小马克的办公室，艾弗森正好看到自己的副主管来敲小马克的门，对方冲他笑了笑，但这种笑容在艾弗森眼里却是如此的虚伪。越级上报，无论在哪里都是不被容许的，但很明显，小马克给了他某种承诺。老板无情，员工无义，这里确实已经没有任何留下来的必要了。

艾弗森回到自己的办公室后坐了一会儿，门响了，一个五十多岁的女人走了进来。虽然二十年不见，但艾弗森仍然一眼就认出了她来，他失声叫道：“露丝！”露丝的眼里也闪烁着激动的泪光，说：“是我，艾弗森，你还好吗？”

艾弗森手忙脚乱地让她坐下，好半天心绪才稍稍平静下来，说：“你怎么来了？真让我吃惊，这些年你过得还好吗？”露丝说：“我是听安迪说你在这，所以特意过来看看你。”顿了顿，又说，“当年，我负气而走，没多久心里就已经后悔了，我想，如果你找到我，我会立即跟你走，可是，我始终没等到你。”艾弗森辩解道：“当时我找过你，可是怎么也找不到。”露丝笑了起来，说：“安迪经常劝我来找你，可是我又觉得不好意思。但现在，我不在乎了，艾弗森，我们都老了，没有多少时间了。”艾弗森有些哽咽了，说：“这些年我也经常想到你，并后悔当初所做的一切。”

共同的回忆将两颗失散了二十年的心拉近了很多，最后，露丝提出今晚请他吃饭，艾弗森愉快地答应了。

晚上的时候，艾弗森去了饭店。这是一家怀旧特色的饭店，里面的布置都是几十年前的风格，飘荡在半空中若有若无的音乐也都是那些经典的老曲子。露丝和安迪早已经在那里等着他了。艾弗森坐下之后，安迪顽皮地笑道："来，为了你们的重逢，也为艾弗森叔叔能早日到我的公司来而干杯。"露丝有些羞涩地端起了酒杯，艾弗森却顿住了，艰难地说："可是，我并没有说要去你那里。"

安迪嚷道："什么？你还想在小马克那待着？我敢打赌，他还会用诡计逼你离开的。"艾弗森为难地说："我知道你是好意，可是……虽然我对小马克不满，但要我背叛他，却实在难以做到。"安迪叹道："艾弗森叔叔，你要知道，我们之所以要你将客户资料带来，并不是我们需要它，而是想让你彻底跟过去断绝关系。"露丝微笑着，握住了艾弗森的手，说："我对生意不感兴趣，不过，我觉得你是时候为自己考虑了。"这瞬间，艾弗森心里所有的戒备、疑虑全都消失，他狠狠地点了点头。

安迪很高兴，和他商量离开的时间与方式。艾弗森作为公司的高管，一旦要走，小马克必然会第一时间派人来接管他的工作，以防止他将公司的秘密带走。事实上，小马克已经在这么做了。当然，艾弗森也是留了一手的，客户资料他有备份。最后，他们决定，先将客户资料弄出来后再打退休报告。

吃完饭后，艾弗森执意要埋单。他接过侍者的账单，吓了一跳，竟然花掉了两千多美元。不过，当他戴上老花镜后，才发现是两百多美元。

## 四、老有所依

几天后的一个早晨，艾弗森将一份文件通过办公室的电脑传给了安迪，随后，他拿了退休报告去小马克的办公室。小马克看了报告，面无表情地说："你确定要这么做吗？"艾弗森轻松地说："当然，我很确定。"

小马克阴沉地说："你知道吗，当年父亲将你们这些老员工留给我，曾一再叮嘱我要好好对待你们。可是，尽管我相信你们年轻时会为了前途而对公司忠心不贰，但我不相信你们在面临退休时还会这样。我需要让我的人才上位，可是看在父亲的面子上，我不能做得太绝情，所以，我成立了另一家公司，让他们去找那些老员工，说要高薪聘请他们，唯一的条件是，带着机密一起走。果然，他们真的这样做了，呵呵，等待他们的结局当然只能是灰溜溜地滚蛋。”艾弗森浑身一颤，不敢置信地说：“这么说，安迪是你安排的？”

“不，”小马克耸了耸肩，说，“我并不知道你的过去。这件事很凑巧，安迪正好是我那家公司的员工。”艾弗森眼前一黑，追问道：“那露丝呢？她也是你安排的？”

小马克冷漠地说：“露丝不是我安排的，是安迪为了这场戏更逼真一些，而瞒着她做的，这样至少能让你欣慰一些吧？当然，你也别怪安迪，她只是服从了我的命令，而且，她也想知道，在你心中是否还有她妈妈的位置。”小马克拿起笔来，正要在退休报告上签字，一个声音突然从门口响了起来：“不，他没有背叛你！”

艾弗森怔怔地转过头去，是露丝，安迪在边上搀扶着她。露丝对小马克说：“你错了，他没有背叛你。”小马克一愣，说：“可是，安迪已经打电话告诉我了，说收到他传过去的客户资料。”露丝从包里拿出一沓纸来，放在小马克的桌前，说：“你看看吧，这就是他给的客户资料。”

小马克扫了一眼，顿时呆在了那里，这是艾弗森在1995年写给露丝的一封信，字里行间充满了对她和小安迪的思念，以及自己的忏悔。小马克快速地翻完这一沓纸，发现全都是写给露丝的信，时间跨度二十年，都是在9月3日写的。他瞠目结舌地说：“这、这是怎么回事？”

“9月3日是我离开他的日子。”露丝回过头来，深情地看着艾弗森，“这二十年里，他每到那天就给我写一封信，从来也没有停过。”

安迪流下了眼泪，对小马克说：“当我收到这些信的时候，我就知道，我们的计划失败了。”

小马克羞愧难当，他对艾弗森深深地鞠了一躬，说：“对不起，我原以为人老了之后就会变得保守而自私，所以才希望你们退休，好让年轻人上来。可是我错了，我不该不信任你，我向你道歉。如果你愿意，请收回你的退休报告。”

“不，不必了，我确实老了。”艾弗森笑着说，“你的本意没有错，公司确实需要朝气蓬勃的年轻人来管理。年纪大了，无论怎样小心谨慎，也会出差错，就像我将合同上的小数点提前了一位，也像我看账单时，将两百美元看成了两千美元。虽然我很鄙夷你考验员工的方式，但我还是要听从你的建议，退休，钓钓鱼，养养花。”他看着露丝，说，“你愿意给我一个机会，将失去的二十年补回来吗?”

露丝笑着，握住了他的手：“我当然愿意。”

# 一路狂奔向你

何保海最近很是心神不定，因为他爱上了一个女人。他是钻石王老五，爱上女人很正常，问题是，那个女人曾是他最好的朋友的妻子。朋友已经在几年前的车祸中去世了，但是，他与朋友的关系莫逆，交际圈几乎是共有的，他与女人都很担心，一旦结合在一起，朋友们会怎么看他们。

何保海还没想到这件事的解决办法，又接到老娘李水花从乡下老家打来的电话，说她想进城来看病。她躲躲闪闪地说要不是县里的医院治不了，也不会来麻烦他。

何保海对李水花的感情很淡薄，因为父亲去世后的第二年，她就跟别人好了。这让何保海觉得她很对不起父亲，正因为这样，五年了，他从没回过老家。这会儿听到老娘的要求，他淡淡地说："要来就来吧。"

何保海没想到，娘竟然是跟着那个男人一起来的，准确地说，是那个男人背着她来的。李水花已经瘦若枯骨，脸色苍白得像是家乡荡子里的芦苇花。那男人在何保海凌厉的目光逼视下，低下头来，声若蚊蚋地说："她……我、我是送她来的。"

这个男人叫周明，是过去的邻居。小时候何保海家里穷，常常吃了这顿愁下顿，周明经常拿些食物周济他们。那时何保海一见他就兴奋得不行，因为他一来就意味着有东西吃了。而当何保海知道周明与娘有染后，恨不得将小时吃下的东西全都吐出来，再扔到他的脸上去。

"那啥，那我就走了。"周明尴尬地转过身子，却一步一停一回头，似乎在等待何保海叫住他一般。他走了一段路，终于忍不住了，转过身子叫道："你娘身体很差，你还是早点送她到医院去吧。你如果忙，我来服侍她。"

何保海从鼻子里“哧”了一声，随后打了电话，让保姆小王过来送娘去医院，自己却开着车走了。

过了一会儿，小王打来电话报告，说已经将老人送到医院去了，医生初步检查，情况不是很好。“对了，有个老头，也不知道是谁，老是想闯到病房来看她，拦也拦不住。”何保海恨得直咬牙，说：“从今天起，你的任务就是在医院里赶那个老头。”

晚上的时候，小王打电话来求救，她说自己一整天都在病房门口守着，但人总得有个三急吧，一不留神，那老头就进去了。她连推带搡好容易将老头赶出去，过不了一会，那老头又溜进去了。她干脆将病房门锁起来，再搬张椅子坐在门口。半夜的时候，小王突然想起老人一整天没喝水了，就开门进去，一看，目瞪口呆，原来老头竟然不知道什么时候又在病房里了。门口有自己守着，他不可能进得来，只能从窗子爬进来了，但是这是四楼啊，一个六十多岁的老头是怎么爬上来的？小王没办法了，只好打电话来求救，她哭丧着脸说：“何总，我看这事还是你来处理吧，那老头逼得我实在没招了！”

“可恨的东西！”何保海恨恨地骂道，驱车去了医院。

在医院门口，何保海见到了小王。小王领着他去了病房，刚跨进门口，就看到周明在喂李水花喝粥。周明见到他，脸一下子成了酱紫色，支吾着说不出话来。何保海嘲笑说：“行啊，这么大年纪了还能爬上四楼！”周明连连挥手说：“我……我没别的意思，就是想照顾一下你娘。你不知道，她这一辈子太苦了，老了老了，生个病还没人照看。”何保海吼道：“这不用你管，你也管不着！我跟你说，再不走就别怪我不客气了！”周明却倔强地说：“换成别人我也不想管，但你娘的事，除非你打死我，要不我就得管！”

何保海气结，他当然不会真的对周明不客气，但他可以将李水花转院。随后，他叫来几个人，用两个人拦住周明，然后其余的人背着李水花就上了小车。看着在后面急得直跳脚的周明，何保海得意地笑了起来，一转头，却看到了娘紧闭的眼睛里正不停地流着眼泪。不知道为什么，何保海心里一酸，别过了脸去。

何保海要了最好的医疗服务，李水花的病很快就得到了控制，但她身体并没有好起来。

这天，何保海忙到半夜，正准备回家，突然想到有好多天没去看娘了，想想她这辈子也不容易，爹是个病秧子，做不了农活，一家人的生活都在她的肩上扛着，其中艰辛可想而知。但再怎么样，也不能爹一死，她就去跟别人好啊！一时间，娘对他的好以及娘与周明在一起时的情景在何保海的脑子里交错着，令他心乱如麻。

猛地，何保海掉转车头，往医院开去。路上，他从后视镜中看到一个狂奔的人影，看身形似乎是周明。他难道是想追着车子追到医院去？真搞笑，人能追得上车子？何保海一加油门，很快就将周明甩开了。

李水花像活死人一样躺在病床上，见到何保海来了也没什么反应。一边的小王向他介绍情况，说老人入院后一直是这样，医生说她的病症好多了，可看起来又分明比来时更严重了。何保海挥挥手让小王出去了，然后坐在病床前，半天，才干涩着声音说道："他有什么好的，值得你这样吗？"

李水花闭上了眼睛，平静地说："他是个有情有义的人，比你好。"

何保海不服气地说："我至少是你的儿子，他呢？"

"没有你，我也活了这么多年，但没有他，我早就不在了。"

李水花不屑的态度激怒了何保海，他跳了起来，吼道："不管怎么说，你毕竟是我娘，我会照看你给你养老送终的，但那个周明，你们别想再见面！"李水花猛地睁开眼睛，毫不迟疑地说："他会找到我的，一定会的。我相信他！"

这不可能，省城大大小小上百家医院，而周明只是一个举目无亲的乡下老头。退一万步来说，他就算找到这来，也不可能会见到她，因为何保海早就跟医院打了招呼。

何保海觉得很失败，因为他一直以为是娘对不起自己，但现在却又觉得是自己对不起她，否则，她不会对自己如此失望，而对周明如此信任。何保海生出了好胜之心，他决定从这以后，要好好地对她，以便让她早点忘记周明。

这以后，何保海一有空闲就会来医院。毕竟母子连心，两人的关系缓和了很多。这天，两人正在聊着家常，门突然被人推开，何保海一看来人，吃惊得眼珠都差点跳出眼眶来，竟然是周明！他像个乞丐一般，一身的衣服脏污得几乎分辨不出原来的颜色了。何保海不敢置信地失声问道："你是怎么来的？"

李水花的眼泪突然流了出来，喃喃地说："你来了，你终于来了，我知道你会找到我的！"她纵身跳下床来，当着何保海的面与周明紧紧地拥抱在了一起，仿佛天地之间，再没有任何力量能够阻止他们。

周明为了找到李水花，跟踪了何保海大半个月。他没有汽车跑得快，但他能追着汽车跑一段路，直到有分路口才停下，然后就守在那里等他的车第二次经过，这样再跑一段路……他不知道自己什么时候能找到李水花，但却知道每跑一步，就跟李水花靠近了一些。

何保海在一旁看着，眼泪突然汹涌而出。他轻轻地擦去眼泪，然后走出去，无声地关上了门。站在外面的小王问道："何总，下一步怎么做？"何保海没有理会她，而是上了车，开向一个熟悉而陌生的地方。那里，有他最心爱的人，却因为各种外力阻扰着他，令他不敢前进。但现在，两个年过半百的人为了爱情都能如此不惜一切，他还有什么顾忌呢？

# 有情法律

## 一、正面交锋

罗格的梦想是做市独立检察官，可当他从法学院毕业后，却因为自身能力问题，最后只能在法律推广部做了个普通的职员。这是个非盈利性的政府机构，主要是向市民们普及法律知识，因此，薪水也很微薄，但部门里却极少有人有抱怨，因为这里的员工大多都是像罗格这样，虽然学过法律，却又不精专，能有份工作就已经很知足了。

这天，罗格刚上班，上司怀特先生就交给他一项任务：每周一、三、五去州立监狱给即将释放的犯人们开法律讲座。罗格吃惊地问道："我没有听错吧，去监狱给犯人们讲法律?"怀特笑了笑，说："典狱长找到我时，我也有些意外。不过，他说得很有道理，那些犯人之前是因为不懂法而犯法，现在即将回到社会，必须得让他们明白，这世上不是他们想干吗就能干吗的。"罗格有些犹豫，说："怀特先生，这事能不能让别人去呢?"怀特收起笑容，冷笑着说："当然可以，不过我会给你一封解雇信的。"

无奈之下，罗格只得答应去监狱。并不是罗格对工作挑三拣四，而是他很反感罪犯，在他十二岁时，父母便因为一次口角被人杀害了。凶手被抓后，罗格以为他会被判死刑，可没想到对方的律师通过证人，证明凶手是个从小父母双亡，自卑感极强的人，而罗格的父母与他发生争执时，骂了他是"狗娘养的"，凶手一直隐压着的愤怒被激发了……

那个律师口才极好，用这个蹩脚的故事赚到了陪审团大把的眼泪，而愚蠢的检察官却毫无招架之力。最后，凶手仅仅被判监禁二十年。正是因为这个原因，罗格才会去学法律，他希望能够成为检察官，将所有罪犯绳之以法。

只可惜，因为能力有限，他的理想早早地破灭了。

星期五这天上午，罗格在监狱里见到了典狱长哈曼。一番客套后，哈曼将他带到会堂里，里面三十二个即将刑满释放的犯人已经就座了。尽管这些犯人都将在半年之内被释放，但罗格认为，一个人犯了法，并不会因为监禁几年便可以赎掉他的罪，因为他们带给受害人的很有可能是终生的阴影。他强忍着厌恶，拿起书来，敷衍般地照本宣科起来。

这样的讲座当然不会有人喜欢，很快，便有人抗议了。有个满身都是肌肉的大个子站起来，嚷道："我们需要的是讲剖析案例，而不是念书！"罗格扭头看了看坐在那边的哈曼，但哈曼并没有阻止大个子，反而用一种似笑非笑的表情回看着他。显然，哈曼也不满意他的讲座。罗格无奈，只得说："对不起，我以为需要让你们知道法律条文，然后再针对案例来分析。不过如果你们觉得这很枯燥，那么现在就进入这个环节吧。各位有什么问题便提出来吧。"

有个坐在后面的瘦子举手道："先生，现在我们冲上去揍你一顿，犯法吗?"罗格一愣，说："我想，毫无疑问是犯法了。"瘦子回道："但我们揍你的前提是因为你无聊的讲座谋杀了我们宝贵的时间。当然，这不足以让法官判我无罪，可是如果现在这么多人一起揍你呢？法官和陪审团一定会认为，哦，这小子引起这么多人的厌恶，肯定不是个好东西。当然，我们也就会因此而被判无罪。"

这是群体事件，面对类似的案子，法官确实会偏向人多的一方。罗格掏出手帕擦了擦汗，支吾地说："那么，就是无罪了。"瘦子立即抓住他话里的漏洞，说："可是，我们又分明揍了你，难道你就甘心白挨一顿?"

瘦子说完，全部犯人都轰堂大笑起来，连哈曼也忍俊不禁。罗格暗自惊心，这个瘦子对法律并不陌生，而且，口才极好，若是自己的不尽责被怀特先生知道了，那等待自己的很可能就是失业。当下，他不由得强打起精神来。

## 二、羞愧难当

当天晚上，罗格正在书房里翻书，露丝打来了电话，她说自己今晚不上班，要他陪着去逛时装街。

露丝是罗格的女朋友，在快餐店工作，罗格足足在那里吃了半年的快餐也没敢对她直言自己的爱意。等到他好不容易鼓足勇气，露丝却爱上了别人。不过，她的这段感情并没有维持多久。罗格继续吃了两个月的快餐后，这才支支吾吾地对她表白自己爱她。当时露丝惊讶得几乎晕了过去，她也曾经怀疑天天来吃快餐的罗格是爱上了自己，可是他却从来没说过，甚至对自己有意向他表达的关切也显得漠不关心，因此她才爱上了别人。没想到，他竟真的是爱自己的。后来，接触的时间久了，露丝才知道，原来罗格就是这样的性格，内向，普通，安于现状，虽然他与自己梦想中的那个积极进取的人不同，但毫无疑问，罗格的确是个好人。

罗格收到邀请后，出乎意料地有些迟疑，说："可是、可是我还有些事。"露丝不满地说："我知道你的工作根本就不必晚上加班的，你是不是厌倦我了？"罗格连忙摇头否认，说："哦，不不，不是你想的那样……好吧，我马上来接你。"他总是这样不善于表达所思所想。

罗格开车接到露丝，两人一起去时装街。可没过一会儿，露丝就发现罗格开错了方向，提醒他之后，他这才像从梦中惊醒一般。露丝有些生气了，说："如果你真不想跟我在一起，把我放在这就行了。"罗格慌忙摇头，说："我怎么会把你一个人放在这！不过，我确实有些心事……"

罗格难以启齿地把今天去监狱的事说了。"你知道，那些犯人每天都有大把的时间看书学习，对法律的了解并不亚于专业律师。"

罗格告诉露丝，那个瘦子比尔，过去是脱口秀主持人，口才非常好，也很聪明。他因偷窃珠宝入狱十三年，这十三年里，他每天都在自学法律。为了让罗格颜面扫地，比尔甚至当着典狱长的面抛出了自己出狱后的计划："我会专门盗取没有进行过鉴定的珠宝，你知道很多有钱人都喜欢收藏一些来路不明的珠宝。然后，我每偷一颗，便伪造一颗赝品存着。这样，万一哪天警察抓住了我，我便将这些赝品如数交还，并发誓自己偷的就是它们。当然，警方肯定不会相信，可因为这些珠宝都没有专业鉴定，无法证明它们本来是真货，这样，按照法律以偷盗物品的价值来定罪的条例，我将会被判罚款几十美元然后释放。"

罗格皱着眉头说："你看，他所假设的，明显是犯法的，可是我却找不到相应的法律条文来反驳他。这就是他们学法律的目的，专门寻找法律的漏洞，以法律来武装犯罪，太可怕了。”

露丝同情地说：“我能理解你当时的尴尬。”罗格摇头说：“已经不是尴尬了，而是羞愧。尽管我不是检察官，可看到神圣的法律竟被他们这样践踏，令我很羞愧。”露丝想了想，说：“面对这些博学的家伙，你得比他们更博学才行。”罗格点头说：“我确实是这么想的，你打来电话之前，我正在看书。”露丝笑了，说：“我相信你，不会让他们占上风的。”

露丝很善解人意，匆匆购好物后，便让他送自己回家了。罗格也回到家中，继续翻看起书来。

单一的法律或许有漏洞，但这么多种法律相互交叉，就会形成一个巨网，或许还会有漏洞，但肯定会小很多。天快亮时，罗格终于找到了对付瘦子比尔的办法，那就是擅闯民宅。根据州法律，入室盗窃是根据入室的次数叠加而进行量刑的，所以，瘦子比尔如果还想去盗珠宝，仅这项罪名就会让他再次入狱。

解决了这个问题，罗格感觉很有成就感。他甚至迫不及待地等着下一个讲座日了。

## 三、责任在肩

很快，下一个讲座日到了。罗格在狱警的带领下走向会堂，这时，迎面走来一个身材高大的男人，这个人目光炯炯，仿佛随时都在以一种俯视的角度看着别人。罗格感到他有点眼熟，在与他擦肩而过时，特意看了看他。正好这时，对方也侧头看了看他。猛地，罗格想起来他是谁了，就是那个编造了一个虚构的故事骗到法官和陪审团，从而让杀害自己父母的凶手逃出死刑的家伙，大律师肖恩。

罗格问道狱警：“这个家伙来干什么？”狱警耸了耸肩，说：“谁知道呢，或许是有犯人请他过来吧。我们可请不起他。”罗格脸一红，狱警无意中透露了哈曼叫他来的理由，因为他够便宜，他咳了咳，又问道：“对了，这里有没有一个叫史莱姆的犯人？”狱警点头说：“有，不过他是重刑犯，脾气也很古怪。你问他干什么？”罗格说：“没什么，随口问问而已。”但罗格的眼睛里已经充满了怒意，这个史莱姆，正是杀害他父母的凶手。

来到会堂里，罗格深呼吸了几次，定了定心神，走上讲台。他希望比尔继续抛出他那个计划，这样自己就会轻易地把它打得稀烂。可是，比尔似乎因为前一次的交锋，对他失去了兴趣，一直没有说话。讲完一章后，进入讲解案例的时间。

大个子占姆斯举手道："先生，我是因为伤害罪进来的。当时，我在酒吧喝酒时，有一帮小子喝多了想打我。结果，我把他们全揍趴下了。你瞧，多简单的事，可是法官却说我打残了三个人，判了我伤害罪。我想问的是，以后要再遇到这样的事，我是该让他们打死，还是打死他们！"罗格回道："如果遇到这样的事，你可以跟对方讲道理，还可以叫警察。"

此言一出，犯人们好像听到了世上最好笑的话，轰堂大笑。占姆斯像受到污辱一般，挥舞着拳头吼道："讲道理？找警察？这太可笑了！我受够你了，赶紧滚蛋吧！"

罗格没有滚，因为哈曼吹响了警笛。事后，虽然哈曼没有责怪罗格，不过罗格还是觉得很沮丧。在这些蛮不讲理的人面前，他几乎无计可施。

罗格来到快餐店，露丝正在忙活着，见他垂头丧气的样子，知道他又再次受挫了，趁着给他送餐时安慰道："亲爱的，这没什么，要知道那些人本来就不是正常人。"罗格摇头说："但他们很快就是了，要是我不能让他们相信法律可以约束他们，一旦回到社会，就像埋伏了三十二颗炸弹一样，随时都会爆炸的。"

那边在叫送餐了，露丝赶紧过去了。正当罗格苦想着该怎么打开局面时，突然听到露丝的尖叫声，一看，原来是两个家伙缠住了她，正在动手动脚的。罗格忙冲过去，将露丝护在身后，喝问道："请你们立刻离开这里。否则我要叫警察了！"

那两人对视一眼，什么话也没说，其中一个家伙冲着罗格就是一拳。罗格的鼻血顿时流了出来。露丝尖叫着，掏出手机要报警。那两个家伙冷笑着说："报警吧，无非是关我们两天，不过以后我们会天天来的！"露丝闻言，迟疑了。

罗格捂着鼻子，吐了一口血沫，说："好吧，虽然我不赞成暴力，不过现在我很生气了。"说着，他冲着其中一个家伙回敬了一拳，当场便将那家伙打得捂着肚子弯下了腰，另一个人见势忙向罗格打来，没想到罗格脖子一缩，在躲过这一拳的同时反手击在对方的腋下，那家伙顿时便狂叫起来。罗格的拳击技术向来很好，只不过他不喜欢暴力而已。

那两个家伙狼狈逃蹿后，罗格突然想通了该怎么回答占姆斯的问题了，这个社会，有时讲道理真的是讲不通的，警察也不是万能的。想到这，罗格感到心里沉沉的。他告诉露丝，自己以后可能会很忙了，抽不出那么多时间来陪她，但请她相信，自己会一直爱她。

露丝看到罗格的表情，心里很高兴，这才是她心目中那个勇敢、努力的人。

## 四、仇人相见

不等下一个讲座日到来，罗格去监狱找到占姆斯，告诉他，若是再遇到那种事，还是要继续揍他们，当然，手下要有分寸。他甚至提议他去学拳击，这样可以学会控制自己的力量。占姆斯犹豫地问："要是法官再次判我有罪怎么办？"罗格很有自信说："我仔细查过你的庭审记录，认为法官之所以判你有罪，第一，是律师的平庸，第二，是你在法庭上的不冷静令陪审团忽略了你该受到同情的事实。"

占姆斯恍然大悟，懊悔地说："没错，我当时在法庭上完全是怒气冲冲的，因为我不知道他们抓我来干什么。罗格先生，我要是早点遇到你就好了。"罗格脸暗自一红，这些都是他这些天努力的结果，若是以前，占姆斯就算遇到自己又能怎么样，自己的表现未必就比那个平庸的律师强。

这以后，罗格每次讲座都会做足功课。监狱是个大学堂，里面的每个犯人都有可供他学习的地方。他开始不满足于每周三天的讲座了，在跟哈曼说过之后，哈曼批准他可以随时会见任何犯人以及查阅他们的档案的。因为这个机会，罗格见到了史莱姆的资料。这是史莱姆入狱的第十四年，监狱对他的评价是：胆小，老实。十四年他从没受过任何惩罚，无论如何，都称得上是个合格的犯人，也因此，他得以在锅炉房中工作，算是比较自由的。

这让罗格很意外，因为在他心中，史莱姆就是世上一切罪恶的化身，怎么可能表现得这么好。这里面一定有问题，不是他隐藏得太深，就是监狱在撒谎。有哈曼的特许，罗格很快就在锅炉房里见到了杀害父母的仇人。

十四年不见，史莱姆已经变了很多，他的背驼了，胡子像从没修整过一般凌乱不堪，史莱姆束手束脚地坐在罗格面前，一双浑浊的眼睛恭敬地看着他。罗格能够看出来，这不是他刻意做出来的，而是很自然的流露，显然，他已经习惯了这样看着任何一个自由的人。

狱警走后，罗格凑了上去，紧紧地盯着史莱姆的眼睛。史莱姆显然不适应，他畏缩着收回目光，深深地低下了头。罗格开口问道："史莱姆，你不认识我了?"史莱姆闻言抬起头，茫然地看了看他，摇摇头。罗格冷笑着说："十四年前，你杀害了我的父母，难道你不觉得内疚吗?"

话音刚落，史莱姆猛地抬起头来，像被触及了一个噩梦一般，他浑身都在颤抖。史莱姆大口地喘息着，很快，喘息声变成了尖叫，一声一声的，他扑到墙边，用头拼命地撞着墙，血，很快就将墙染红了。就在罗格不知所措时，狱警冲了进来，一把抱住史莱姆，将他扑倒，制止了他的自残。不过，被压在地上的史莱姆仍然像野兽一般地嚎叫着。

哈曼很快就知道了这事，他问罗格，到底跟史莱姆说了什么。罗格将自己父母的事对哈曼说了。哈曼叹了叹气，告诉罗格，史莱姆刚入狱时，几乎天天都要在半夜里惊醒起来。同室的犯人投诉说他一睡着便像祷告一样，吵得没法睡着。后来监狱的牧师告诉哈曼，每次进忏悔屋，史莱姆都会说自己后悔当时的冲动。"我感觉他是真心忏悔的，因为他没必要欺骗。当然，我没权力让你原谅他。"

原谅？这不可能。罗格心说，最多，自己不再去见他。

日子一天天过去，罗格在监狱里见识到了很多教课书里永远也不可能见到的各种各样的案例，这大大丰富了他的见识。因为很多犯人都本能地拒绝与他交谈，所以，罗格自学了心理学，又因为犯人们犯的罪各不相同，所以罗格需要精通各种法律。日子久了，他的口才和业务水平突飞猛进。

两年后，在怀特先生的推荐下，罗格成为了检察官。他接手的第一件案子，便是件凶杀案，凶手残忍地杀害了自己的妻子，罗格将以一级谋杀罪对他提起起诉。对方则聘请了肖恩做他的律师。

## 五、由心而发

这天，罗格正在办公室里做起诉的准备，肖恩登门拜访来了。

面对罗格仇视的目光，肖恩笑了笑，说："首先，我需要恭喜你成为检察官。或许我们可以成为朋友。"罗格冷笑道："我的理想是将所有罪犯送到他们该去的地方，而你正好相反，我想不出来我们有可以成为朋友的地方。"肖恩则耸了耸肩，说："难道你不觉得，这正好代表了法律的两面，一面，是严厉，一面，是仁慈。"他凑上来，说："我在监狱见过你，从你的目光里，我看出了你对我隐忍了十四年的恨。你能从一个法律推广者成为检察官，非常的了不起，可是我要告诉你，你的心里充满了仇恨，这会导致你失去应有的冷静。"

罗格哼了一声，说："你不正好希望如此，然后帮那些罪犯逃脱法律的制裁？"肖恩严肃地说："你错了，我首先是个对法律怀有最崇敬的公民，然后才是名律师。我的存在，只为了维护法律的尊严与神圣。"罗格摇头说："律师应该只为那些不该受到惩罚的人服务，而不是该受到惩罚的人。"肖恩辩驳道："那么，你能告诉我，谁该受到惩罚，而谁又不该受到惩罚呢？我从法律的角度来分析，这样难道不公正吗？"

罗格听了，有所触动。肖恩继续说道："比如史莱姆，他是杀害你父母的凶手，但他同时也是一个受害者，长期在别人的歧视中生活，已经导致了心理疾病，只不过一直没有发作。而你的父母骂他'狗娘养的'，他之前所受到的委屈、压抑突然暴发了……法官没有判他死刑，并不是我在从中作祟，而是体现了法律于无情中又有情的一面。"肖恩站了起来，说："检察官先生，我不是以年长者的身份跟你说这些话，而是以一个尊重法律胜过自己生命的人跟你探讨。对了，现在这件案子，我已经找到了突破口，我希望你可以打败我，无论输赢，我都只会更加尊敬法律。"

罗格听了，肃然起敬，恭送他出门。随后，加紧时间研究起案子，只有全方位了解本案，才有可能战胜肖恩。

一个月后，杀妻案开庭审理。露丝特意请假来傍听，他们已经结婚了。不仅如此，连瘦子比尔与大个子占姆斯也来给罗格助威了。比尔已经被社区聘请为法律顾问，而占姆斯则是一家大型超市的保安。罗格看了他们一眼，随后又看向肖恩。肖恩指了指自己心脏的位置，目光坚定。他也冷静地回指心脏。

是的，无论输赢，他们都对法律无比崇敬，这是由心而发的。

# 有梦想，你就是奇迹

## 一

露茜就像一个陀螺一般，每天都在连轴转着，早上五点到十点去面包店，十一点到下午一点，去快餐店，两点到六点，去洗衣店，晚上八点到十二点，去超市。所有的这些，都为了一个目的，让自己和杰克活下去。

杰克是她的儿子，但并不是亲生的，露茜在二十二岁的时候，和一个叫汉斯的男人相爱了。汉斯之前结过婚并有一个六岁的男孩，当时露茜身边几乎所有的人都不看好他们，且不说汉斯只是一个普通工人，就说他们父子之间长期形成的那种默契也会让她难以融入这个家庭。但爱情的力量是谁也无法阻挡的，露茜最终还是与汉斯结婚了。婚后，她想尽快融入他们的生活，可是发现很难，杰克根本不接受她的示好，不仅从来没主动跟她说过一句话，就连给他买的东西也全扔了。杰克就像一只沉默的小兽一般，总是习惯了潜伏在黑暗中，在她不注意的时候就扑过来伤一下她的心。

就这样别别扭扭地过了两年，噩耗突然降临，汉斯在一次车祸中遇难了，肇事司机到现在也没抓到。天降大祸，露茜顿时陷入一片天昏地暗之中，几乎想陪着汉斯而去。甚至连安眠药也买到了，可是就在她准备吞食时，杰克突然推门进来，用一双晶亮的眼睛看着她。她猛地想到，如果自己死了？他怎么办？想到这，露茜放下了药瓶，对杰克招了招手，示意他过来。不想杰克突然冲着她大声吼道："都是你，是你害了爸爸的，我恨你！"

露茜后来想了很久才明白杰克的想法，他年纪太小了，根本想不通其中的道理，只知道自己深爱的爸爸没了，他需要找个人来恨，但肇事司机没抓到，他只能恨露茜。他以为正是露茜的到来才改变了他们的生活。

“心里有个人恨也好，不像自己，恨都不知道恨谁。”露茜心想。

杰克这一恨，就恨到了他十二岁。

露茜的朋友都劝她重新找个男人，在纽约这个大城市里，一个身无一技之长的女人要想养活自己都太难了，况且还有一个孩子。露茜最好的朋友玛丽亚更是说：“如果你不想去做皮肉生意，那么你只有一个办法，那就是找个阔佬把自己嫁了。”玛丽亚当初就像露茜一样是两手空空地来到这个城市的，可是现在，她身穿名贵皮毛，开着名车，这一切，都是因为她嫁了个阔佬，尽管玛丽亚并不爱他。

“可是，杰克怎么办?”

玛丽亚恨铁不成钢地说：“扔给慈善机构就是了，他跟你又没有血缘关系，而且还那么仇视你。你照下镜子看看，外表至少比年龄老了二十年。还有你的手指，像胡萝卜一样了。”玛丽亚拿起露茜粗糙的手指啧啧叹着，当然，她更像是在炫耀自己手指上的大钻戒。

露茜并不是没有意中人，在她上夜班的超市，几乎每天晚上都有一个叫皮特的人来看她。皮特在一家上市公司当经理，虽然不算阔佬，但经济也很宽裕。皮特一直想约露茜出去吃饭，但她总说没时间，她并不是撒谎，是真的没时间。皮特并不强求，有客人来时，他就站在一旁静静地看着她忙活，没人时就过来说说话。他令露茜那颗几乎干涸的心开始活泼起来，他们一起聊生活，聊兴趣，最后聊到了孩子。没想到皮特一谈起孩子却变了脸色，他说自己出生于一个有八个孩子的家庭中，从小便受够了孩子的啼哭和吵闹，他并不知道露茜有杰克，毫无顾忌地表达了自己对孩子的厌恶。听到这些，露茜刚刚活络的心又开始凉了下去。

杰克？幸福生活？是选择哪一个呢？露茜无法做出选择。

晚上十二点后，露茜拖着疲倦的身体回到家中。家里空荡荡的，杰克在学校里寄宿，但即使他在，家里也是很安静的。自从汉斯去世后，杰克开始有些自闭了，露茜曾想过带他去看心理医生，但昂贵的诊费却令她却步。放下手中的包，露茜疲倦地瘫在沙发上，昏昏欲睡。就在这时，突然听到门响了，睁开眼睛一看，竟是杰克从他的房间里走出来。露茜问道：“你怎么回来了？吃了没有？我给你做去。”

杰克摇了摇头，坐下来打开了电视。露茜挣扎着起身，去厨房做果酱沙拉。但她太疲倦了，站在那里竟然睡着了。不知过了多久，她猛然间醒过来，发现手中捏着一瓶番茄酱，瓶口朝下，鲜红的酱汁全都倒在了沙拉上。露茜压抑了太久的愤怒猛然间暴发了，她砸掉了瓶子，将沙拉掀翻在地，像疯子一般尖叫着，搓揉着头发，跺着脚，发泄着心中的委屈……猛地，厨房的门开了，杰克走了进来，吃惊地看着她。露茜猛地顿住了。

## 二

露茜并没向杰克解释，她深呼吸，然后淡淡地对杰克说："你先出去吧，我重做一次。"杰克出去后，她又开始重新做沙拉。端着盘子出去时，再也撑不住了，昏昏睡去。

第二天早点四点半，露茜醒来。杰克正在房间里睡得正香，露茜给他留了一张便条，并压了十元钱，让他自己买早餐吃，按时去学校。随后，她便出门去了面包店。

日子就像复印机一般，每天都重复着昨天的生活，上班下班，走马灯似的，转眼间便到了晚上。露茜来到超市，尽管眼睛里满是血丝，但却不敢露出丝毫的疲惫。经济危机时代，她不敢想象失去这份工作的后果。到了夜里十一点多时，皮特来了，他看起来是那么令人舒服，脸上带着淡淡的笑意，让几乎昏昏欲睡的露茜精神一振。皮特看着她的脸色，担心地说："你看起来精神不大好，是不是太累了？"

露茜笑了笑，说："谢谢。不过我没事。你呢，工作怎么样？"

他们像两个很久不见的朋友一样聊了起来，但事实上他们才两天没见面而已。聊了一会儿，有客人来了，皮特像往常一样，去里面逛了。露茜发现，来的客人是玛丽亚，但她身边的男人却不是她的阔佬，而是一个英俊的小伙子。玛丽亚见到露茜惊讶的表情，并不忌讳，她让那个小伙子去挑东西，然后对露茜说："亲爱的，我真为你感到悲哀，全天下的人都抛弃了你，但你还是没有抛弃那个孩子。"

露茜哑然，然后劝她不要这样堕落，万一阔佬知道了一定会生气的。玛丽亚放肆地大笑起来："天啊，难道是活在中世纪的吗？他其实早已经知道了，就像我知道他那样。但这又有什么呢。"她看了看站在那边假装选商品却一直注视着露茜的皮特，低声说道："凭我的直觉，这是个好男人，别放弃这个机会。"

玛丽亚和她的小情人手挽手地出去了，超市又安静了下来。皮特走过来，看了看时间，说："快下班了，我送你回去吧。"

这一次，露茜没有拒绝。

露茜坐在了皮特的车上，不知不觉中睡着了，等她醒来，却发现皮特将自己带到了山顶上。凉风席席，令她昏昏沉沉的头脑清醒了很多，看着目光灼热的皮特，她装作不知地问道："为什么带我来这里？"皮特指着山下。山下的夜景很美，霓虹闪烁，灯光斑斓，露茜从来不知夜景竟有这么美丽，一时间看痴了。猛地感到一股温热的湿气扑鼻而来，没有多想，露茜便与他深深地吻在了一起。

就在两人如痴如醉时，露茜的眼睛出现了幻觉，她看到杰克睁着一双无辜的眼睛正看着自己。她大叫一声，使劲地推开了皮特。皮特不明就里，诧异地问道："你怎么了？出了什么事？"

露茜喘着粗气说道："没，没事。"

皮特握住了她的手，深情地说："不，你一定有事，我能感觉到。亲爱的，告诉我，不管怎么样，我都会接受的。"

露茜定了定神，问道："那么，孩子呢？"

皮特愣了愣，问道："孩子？你是说你有孩子了？哦，天，这不可能！"他看了看露茜的肯定的目光，一时间又愣在了那里，半晌，才艰难地说道："露茜，你知道我不喜欢孩子。我……"

露茜深深地呼出一口气，打断了他的话，说："什么也别说了。送我回家吧。"

回到家后，露茜打开窗帘，看到楼下的皮特失落彷徨地站在那里，像一个迷失了方向的孩子一般。露茜捂住了嘴巴，失声痛哭起来。她知道自己与皮特算是结束了。

果然，皮特从此后就再也没来找过她了。露茜的生活回到了过去。

## 三

学校打来电话，建议露茜最好带杰克去看看心理医生。因为杰克已经越来越自闭了，他从不与同学们一起玩，也从不主动回答问题，他在学校里没有一个朋友。学校担心，他的心理不健康会影响到他以后的生活。因为学校知道露茜的情况，担心她无力支付私人心理医生的高昂诊费，便建议她带杰克去政府部门设立的义务心理诊所去，并给她提供了诊所的地址和电话。

露茜立即请了假，带着杰克去了。心理医生很尽职，详细询问了露茜的生活状况之后，又单独与杰克交谈起来。露茜在外面等了两个多小时，心理医生才走出来，一脸严肃地对她说："抱歉，夫人，我必须坦诚地对你说，杰克的病情远比你我想象的严重。"

露茜失声叫了起来，追问道："为什么？他怎么了？"

"这不仅仅只是单亲家庭引起的心理疾病。而是因为他与你毫无血缘关系，又加上父亲的去世，而且，与你又没有任何的交流而引起的。你要知道，一个孩子的成长并不仅仅只是将他喂饱了便行的，那跟低等动物有什么区别？你需要与他交流，在交流中让他感知到你对他的爱。但很抱歉，我没能找到你与他交流的证据。鉴于此，我会如实地向有关部门反应，是否考虑取消你的监护权。"

"不！"露茜高声叫道，"杰克是我的，你没有这个权力将我们拆散！"

医生很冷静地说："我不能眼睁睁地看着孩子在你的手里毁掉，这违背了我的职业原则。我有权力向政府部门反映这个情况。"

露茜冲进屋里，一把将杰克抱在怀里，吼道："不，绝不，我绝不会让他离开我的！"说着，她抱着杰克逃也似地走了。回到家中，她长松了一口气，却看到了杰克那冰冷的眼光，看着她像看着一个陌生人一般，顿时捂着脸哭了起来："杰克，你知道我为你付出了多少？我不求你的感恩回报，但至少别把我当仇人，求你了！"

可是，杰克的目光仍然是阴冷的。

露茜担心政府会将杰克从她的身边抢走，特意给杰克请了几天假，同时也给自己请了几天假，天天守在家中。然而她担心的事终于还是发生了。

这一天，几个陌生人来到她家，向她出示了身份证明以及民政局的通知，通知的大致内容是说露茜没有固定职业，无法照顾孩子，特取消她对杰克的监护权，并将杰克交由民政部门属下的孤儿院抚养。露茜紧紧地抱住杰克，尖叫道："走开，你们不要过来，我不会跟他分开的！"

但没人听她的，他们如临大敌，两人在她面前谈判，另两人从后面包抄过去，一把便将杰克抢走了。露茜发了疯似地去撕咬摔打着拦着他的两个人。但抱着孩子的那两人已经快速离开房间，跟着上了车。随后，另两人也离开了。露茜感觉自己就像被抽掉了一根主心骨，浑身瘫软地坐在了地上，无力地抽泣着。

露茜去向有关部门申诉，只是对方一调查，便再无下文。没有人能相信，一个没有固定职业的女人能照料好一个孩子，况且，这个孩子经过临床诊治，已经被确诊为患有严重的自闭症了。

杰克走后，露茜像丢了魂一般，就像当年汉斯离开了她一般，她整整在床上躺了一个星期，这才稍稍有些恢复。玛丽亚来看过她一次，得知杰克被抱走后，她欣喜地劝慰道："这是好事，你早该跟以前的日子彻底分手了，美丽的新生活在向你招手了。"玛丽亚还说要给她介绍一个阔佬，凭露茜的相貌，这并不是难事。但露茜却毫不犹豫地拒绝了，在这件事上，她无比感触到自立的重要性，如果她有一份稳定的收入，那杰克就不会离开她了。所以，她发誓，要拥有一技之长。

露茜辞掉了几份工，只保留一份收入还算可以又不至于很累的工作。剩下的时间，她去了学校。这并不容易，露茜过去连高中都没上完便退学了，现在她只能与那些比自己小很多岁的孩子们一起读书。不过，就像当初她嫁给汉斯一样，一旦她下了决心，再大的困难在她眼里也算不了什么，而事实上，读书相对于她过去的工作，其实已经轻松了很多。

## 四

一年后，露茜考上了一所大学读工商管理。在大学里，她如鱼得水，痴迷地吸取着各种知识，并积极参加学校的各种活动，所有的这一切，只有一个目的——毕业后，能找到一份好工作，然后，再向民政部门提出收养杰克。想到杰克，她的心就很痛，几年了，她一直没能见到杰克，自从那次与民政部门的人员发生冲突对抗之后，他们就怀疑她有暴力倾向，剥夺了她探望的权力，直到现在，她还不知道杰克生活在哪里。

她想，杰克一定长高了。只是不知道，他是否还自闭，是否还在恨自己。

大学毕业后，露茜凭借着自己的成绩以及多年的社会实践，如愿以偿地在一家跨国公司找到了工作。她开始申请领养杰克，然而有关部门却告诉她，杰克早在他十四岁那年便被一对来自弗吉尼亚的夫妻收养了。露茜得到了那对夫妻的地址，马不停蹄地赶去那里，但到了后才知道，这对夫妻带着杰克已经搬家了，至于搬到了哪里，谁也不知道。露茜失望之极，却并没有放弃努力，她四处刊登广告，并开设个人网页，写博文寻找着杰克。

在露茜到了公司的第三年，被提升为了经理。此时的她已经成为过去自己梦想中的金领阶级了，但杰克始终没有找到，令她很是内疚。她从没停止过寻找，在这个过程中，她渐渐地领悟到了自己过去的自私，就像那个她过去很恨、便现在却很感激的心理医生说的那般，养个孩子并不只是喂饱他而已，更重要的是与他交流。她承认自己犯了这个错，如果杰克能够回来，她愿意用所有的时间去陪他。

这段时间，露茜开始忙了起来，为配合公司行动，露茜将请世界著名的科学家莱明顿前来演讲。莱明顿是个一个传奇，他十岁时遭遇车祸，全身瘫痪，却通过自学破解了物理学数个难题，并形成莱氏理论，成为物理学新兴的研究方向。

这天，露茜来到公司，秘书告诉她，有人在她的办公室等她。露茜问是谁，但秘书却神秘一笑，让她自己去看。从秘书掩饰不住的喜悦表情上看，难道是莱明顿来了？但怎么可能，莱明顿性格孤傲，不可能会来公司的。进了办公室，里面一个英俊的小伙子听到动静，站了起来。四目相望，两人同时愣在了那里。这个小伙子很陌生，但陌生的脸上却又有似曾相识的痕迹，露茜感到自己的心剧烈地跳动起来，她试探着问道："杰克？"

小伙子走到她身边，一把将她紧紧地抱住，呜咽着道："妈妈。"

露茜几乎晕厥了过去，这是杰克吗？他怎么会变得这么健康阳光，而且，他还叫自己妈妈。露茜推开杰克，仔细地观看着杰克的脸，是他，没错。她哽咽着，又紧紧地抱住了他，说："天啊，你终于出现了，你知道我有多想你吗？"

"妈妈，我也无时无刻地不在想你。"

两人又哭又笑，进来送咖啡的秘书又轻轻地关门出去了。因为露茜的个人网页，公司里的人都知道露茜的过去，也知道杰克，每个人都在为他们的重逢而高兴。杰克告诉露茜，养父母是有钱人，对他也很好，但他从来没有忘记露茜睁着困倦的眼睛给自己做沙拉的情景。年纪大了，这才知道自己对她的恨是多么自私。他也一直在找她，只是因为露茜早已离开原住处，他怎么也找不到，后来无意中上网看到了她的个人主页，这才知道露茜也一直在寻找自己。

露茜说："杰克，我现在不用再像以前那样辛苦了，你回来好吗，我们永远不离开了。"

杰克却摇了摇头，说："谢谢你，可是你靠着自己改变了命运，而我，也需要靠自己来取得自己需要的东西。"

几天后，露茜作为公司的代表去了莱明顿下塌的宾馆，和他协商行程。都说莱明顿的脾气很大，但他对露茜却很友好，像个慈祥的长者一般尽力配合她。一直等到会客结束，露茜忍不住地问了一个私人问题："都说奇迹是世上最奇妙的事，而您，也被称之为奇迹，那么在您看来，奇迹是什么呢？"

莱明顿虽然全身不能动弹，但却像个孩子一般地调皮地眨了眨眼皮："对别人来说，我就是奇迹。而我看过你的个人网页，对我来说，你就是奇迹。"

露茜一愣，随后笑了起来。是的，有希望才有奇迹，你，我，他，都是奇迹！

# 一辈子一个承诺

## 一

钟琴大学毕业后，应聘在社区居委会工作，她身边的同事大多是些老头老太，干的也都是些鸡毛蒜皮的小事，不过，现在工作难找，钟琴尽管不喜欢这工作，也只能在这待着。

这天，钟琴正在办公室里为一对打闹的夫妻做劝解，门口来了一个七十岁左右的老头，这老头颤颤巍巍的，好似随时都会倒下去一样。钟琴以为他可能是为了养老金之类的事来的，便让他在边上先坐着。等到好容易将这对夫妻劝走了，一看，那老头已经坐在那睡着了。

钟琴叫着他："老爷子，您醒醒。"老头恍惚之中猛然醒来，却似乎还在迷糊之中，不解地看着钟琴。钟琴问道："老爷子，您来居委会有什么事吗？"老头一拍脑袋，想起自己来的目的，他掏出一份文件，说："我要离婚，麻烦你帮我开份证明。"

"啥？"钟琴以为自己听错了。老头又重复了一遍："我要离婚。"

这么大年纪离什么婚？再说了，现在离婚根本不用经过居委会开证明，直接去民政局就行了。钟琴一时间不知道说什么好了，正好这时，何阿姨回来了，她一来就说："哟，东叔，您又来了？"东叔见到她，立即把手里的文件交给她，说："小何呀，来，帮叔开个证明，盖个章。可不许再拖叔了。"何阿姨呵呵地笑了起来，说："东叔呀，我哪敢拖您呢，瞧好了，我这就开证明，盖章。"何阿姨刷刷地写好了证明：兹证明五里居委会李阿东与周静二人感情破裂，经调解无效，请民政局准其离婚。完了后，何阿姨找章，可把几个抽屉全开了，也没找着，就问钟琴："你见着章了吗？"一边说，一边冲她挤眼睛，钟琴会意过来，支吾道，“主任，那章不是坏了吗，要去重新雕刻一个。”

一听这话，何阿姨双手一摊，对东叔说：“看，这回可不是我拖你，章坏了呢。你不知道，现在这离婚的人有多少，一盖两盖的，啪，把章子盖成两半了。哈哈，得了，你下次来吧。”

东叔看起来确实有些糊涂了，虽然有些将信将疑的，却还是问道：“那啥时候能雕好？”

何阿姨摇头说：“这个呀，可说不准了，你知道，这章可是代表一个居委会的行政权力，要一级级上报，再一级级下批，估摸着，一个来月差不多。”

这时，从门口走来一个健硕的老太太，她一看到东叔，就乐了，说：“我说你咋突然不见了呢，一猜你准在这呢，可不让我猜着了。行了，回家去了，给你熬好了药了。”说着，她搀起东叔往外走，东叔挣扎着，嘟囔道：“别拉我，我会走。”可老太太劲儿挺大，他挣不开，只得乖乖地走了。老太太在门口回头对何阿姨说，“小何，又麻烦你了。”

这一出戏看得钟琴一愣一愣的，呆在那里都忘记问何阿姨了。何阿姨看出了她的困惑，呵呵一笑，说：“你刚来，还不了解，慢慢地就会明白的。”

日子一久，加上钟琴有意地去了解，果然明白了东叔和周静的故事了。

五十年前，东叔刚从部队转业回来，在一所小学当教师。那年代的百姓对当兵的是发自内心地崇拜，东叔年轻英俊，又是转业干部，多少姑娘家都在拿眼睃他，那些媒婆更是把他家门槛给踏破了。不过，东叔对那些姑娘都看不上眼，倒是对在学校做杂工的李清菏很有感觉。李清菏年轻漂亮，人也聪明，还能唱一口好听的歌。不过她出身不好，是五类分子的后代，所以，尽管有文化，却也只能做杂工。随着东叔越来越多的关注，李清菏很敏感地觉察到了他的爱，她的心里也是喜欢着帅气多才的东叔的。两颗年轻的心越走越近。终于，他们相爱了。正当他们准备结婚时，动荡开始了。

一开始，东叔和李清菏根本没有料到动乱会波及他们，突然有一天，李清菏的父母因为历史问题被关押了起来，而后，李清菏被限制了人身自由，紧跟着，有调查组开始查东叔。仿佛是一夜之间，生活全乱套了，但即使在最困难的时候，东叔也没有放弃想念李清菏。而这时，调查组查到了东叔过去当兵时，曾在部队谈过恋爱的事，于是以此作为突破口，要逼他承认自己作风有问题。

## 二

东叔承认在部队时是有个女兵喜欢自己，可是自己对她根本没有感觉。调查组根本不相信，于是准备动刑。就在这时，周静出现了。周静就是那个女兵，她动用了团长父亲的警卫员，将东叔抢到了部队里去。调查组职权再大，也不敢在部队里撒野。周静的父亲是个身经百战的老军人，对女儿这一举动也显得无可奈何。等到周静含羞带怯地将自己的心思对他说了后，老军人还挺高兴，说："好，不愧是我的女儿，敢作敢当，老子支持你！"

可是，东叔的心里只有李清菏，在部队里虽然没有人打扰他，可是只待了几天，他就想回去了，想看看心上人现在怎么样了，有没有受委屈。他不断地向周静表达自己的意愿，但周静如何敢让他出去，而且她也是有私心的，担心他出去之后，有了心上人就会忘记自己，于是一直拖延着。

谁也没想到，东叔竟然会"越狱"。某个夜里，他趁着天黑，想翻墙摸出大院。可是部队的墙哪有那么好翻的，他刚上墙，就被几个巡逻的士兵拖了下来，那年头人的精神都是紧绷着的，一看有人竟然敢偷入部队，几个兵二话不说，就痛揍了他一顿。当时他就晕了过去。

也不知过了多久，东叔醒了过来，发现自己躺在部队的医护室里，头痛欲裂，他还发现，好多事都记不起来了，但脑子里一直有个名字——李清菏，他想找到李清菏，去问个究竟。后来，李清菏出现了，告诉了他很多事。后来，他们就结婚了。

结婚的第二年，东叔有一天夜里，突然梦见了学校湖边的荷花开了，一个白衣白裙的女孩站在那边对他抿嘴笑着，说："阿东，你不记得我了吗？我是清菏呀！"东叔就突然醒了过来，记忆开始恢复。他打开电灯，愕然发现，躺在身边的女人不是梦里的清菏，而是周静。

东叔恨周静欺骗了他，每天都对她没有好眼色。但周静似乎并不在乎，她只要能跟心爱的人在一起就知足了。但她越这样，东叔就越是讨厌她，后来，他提到了离婚。周静听了，只是笑了笑，什么也没说。东叔绝望地叹了口气，跌坐了下来，他知道，这个婚是不可能离得了的，且不说周静是现役军人，就是她同意离，也根本没地方去办手续。外面的世界，各种职能部门已经彻底失去了作用。

钟琴听到这里，诧异地说："周静为什么要这么做？这种没有爱情的婚姻会幸福吗？"

何阿姨笑了笑，说："你知道吗，东叔在受伤昏迷期间，一直在叫着李清荷的名字。周静实在看不下去了，于是又求到父亲，以部队的名义将李清荷接来看他。李清荷见到东叔时心情非常激动，可是，当她知道东叔的脑伤可能导致终生失忆时，她犹豫了。半天后，她一声不吭地走了，从此再也没回来。周静假冒李清荷之名跟他结婚，站在她的角度上看，这又有什么错呢？至于什么是幸福，那个时代的婚姻，大多都没有这个概念。"

"那后来呢？"钟琴又问道。

何阿姨拍了拍她的脑袋，说："过几天要给孩子打预防针了，你去把告示贴出来吧。"

钟琴拿着一大沓告示，走街串巷，看到告示栏就贴一张。忽然，她眼前一亮，看到前面一栋平房前，东叔和周静都在那。东叔坐在一张小板凳上，脖子上围着围裙，正低着脑袋。而周静则戴着老花镜，拿着一把推剪，正给他剃头呢。冬日的阳光下，旁边的热水散着袅袅的热气，将钟琴的视线都模糊了。这时，东叔嘟囔了一句，周静则一拍他脑袋，哈哈说："这老头，越老这头发倒越硬了。"东叔回了一句："是这剪子不快。"周静说："行行，是我不好，别动……"

如果不是亲自看到了东叔要离婚，钟琴怎么也想不到，这么般配而又祥和的老夫妻竟然会感情不合。他们后来发生了些什么事？钟琴简直有些迫不及待地想要知道了。当天夜里，钟琴到了何阿姨家里。不巧的是，何阿姨出门了，她的妈妈让钟琴等一下，一会就会回来的。何阿姨的妈妈跟何阿姨是两种人，何阿姨见到电线杆都能对上两句话，但她妈妈话很少，钟琴跟她说话，总是有一句没一句的。好像不久，何阿姨回来了。

## 三

时间一晃就是二十年过去了，这时候东叔跟周静的一对儿女已经长大成人，而周静也早已经退伍，东叔已经是学校的副校长了。这些年东叔过得并不愉快，尽管儿女听话，周静也一直是逆来顺受的，但东叔脑子里始终有另一个女人的影子。这些年来他也曾暗中打听过李清菏的下落，可惜只是听说了她当年受迫害后，便举家迁往老家。至于她的老家在哪里，却是谁也不知道。

自幼便熟读古典诗词歌赋的东叔其实早已将李清菏当成了避世的一个符号，只是他自己并不知道而已。每一想到李清菏，东叔便觉得自己生活在一个无法忍受的世界里，他将自己当成一个想追寻自由与爱情的斗士，而周静与儿女是拖着自己脚步的累赘。终于，他提出了离婚。

不出所料，周静绝对不同意。像上次一样，尽管她的父亲早已经转业，但她还有秘密武器，那就是一对儿女。东叔在夫妻感情上可以毅然决然，但面对儿女的质问却无力抵抗。尽管在他心里，儿女是拖着自己脚步的累赘，但他们，却曾是自己活下去的理由。毫无悬念的，因为儿女的反对，东叔又一次没有离成婚。

钟琴听到这里，不由问道："那个时代的爱情难道只是一个责任吗？我实在无法想象，没有感情却仍然在一起生活二十年的日子。"

何阿姨笑了，说："谁说他们没有感情，周静不是深爱着东叔吗？"

"但东叔并不爱她。东叔实在是很辛苦。"

"你们年轻人，只看事情的表面。换个角度看，周静岂不是更加辛苦，东叔不爱她，她却二十年如一日地爱着东叔，并为他生下了一对儿女。"

钟琴不服地说："她可以不选择这条路的。"

何阿姨微微一笑，说："如果她不选择这条路，那东叔岂不更辛苦。且不说动乱年代他是否还能生存下去，你不知道那时候作风问题是多大一个罪名。就说如果他真的找到李清菏，当他知道自己一直以为的女神在他受伤的时候抛弃了他，他还有没有勇气活下去呢？这世上的人，只知道追寻梦想，却不知道梦想有时候其实更加伤人。"

这件事因为周静的沉默，外人谁也不知道，也就在这年，东叔被组织上考察，得出了他工作勤恳，生活简单，作风正派的结论，被提为了校长。如果当时他离了婚，按那时候的惯例，是绝对不可能升迁的。

转眼又过了二十年，这时候东叔已经退休，儿女也都成家了，各自都不错，儿子做了生意，腰缠巨万，女儿嫁给了一个副市长，成了官太太。按理说，东叔该安度晚年了，可是或许是当年脑子受伤的后遗症，有时特别地执拗。他对四十年来始终伺候着他的周静视若无睹，却对镜花水月般的李清荷有着一种近乎病态的思念。他不仅在自己的诗里这样写道：望水一支荷，遥顾生爱慕。还把自己画的各种荷花挂满了家里。

很多人都在为周静抱不平，她四十年来的付出竟不如一个只跟东叔相恋半年的女人，但周静从来没有抱怨过，她是个生性乐观的女人，也幸亏是乐观，才能跟东叔生活这么多年。这个女人只抱有一个念头，东叔的人是跟她在一起的生活的，至于他脑子里在想什么，就让他想吧。然而，就这一年，东叔又提出了离婚。

这一次，早已经为母亲报不平的儿女们终于找到了一个暴发自己不满的机会，他们相约一起回到家中，对父亲的无理进行了批判，他们说："爸，你好好想想，要不是妈，你有今天吗？过去我们小，不懂事，对你冷淡妈不了解，当时我们就只是奇怪，为什么别人的爸妈都互相有说有笑的，我们的爸妈却是像陌生人一样。后来我们知道了你原来心中还有一个人。我们不知道那是个什么女人，但我们敢说，谁也比不上我妈对你好。"

东叔也生气了，说："你们知道什么，我从来没爱过你妈，没有爱情却在一起生活了四十年，你们知道那是什么滋味吗？我的事用不着你们管！"

儿子说："你现在都六十多岁了，为什么不能安生地跟妈在一起度过晚年呢？再说，你就算找着了那个女人，她现在是什么样的情况你知道吗？你以为人家能等你一辈子？你以为人家像你一样，放着自己的家不要却去想另一个人？你醒醒吧，爸！"

"放屁！"东叔大怒，"还轮不着你们来教训我！我前半辈子都是为你们而活，后半辈子该为自己活了！"

女儿也大怒，说："有我在，你这个婚，绝对离不了！"

在争执的过程中，周静始终没有生气，她像个局外人一般，坐在沙发上，冷静地看着这一切。谁也不知道她在想什么，但可以肯定，她不想离婚。

东叔打定了主意要离婚，可是他忘记了女儿的身份，在女儿回去后，就已经通知了居委会以及法院，她是副市长的妻子，再加上居委会也在深深地同情着周静，东叔无数次去打离婚报告，都被以各种理由劝了回来。

钟琴听到这里，忍不住地说："我不赞成这样，不能因为同情而忽略事实，他们根本没有感情，为什么不让他们分开呢？”

何阿姨没有说话，一直在边上低头打毛衣的何奶奶说话了：“你还小，只想到了感情，没想到生活。”

钟琴一愣，何阿姨笑道：“我妈说得对，如果真让他们离了，以东叔那经常犯糊涂的脑子怎么生活？靠儿女吗？不可能，儿女很恨他，靠居委会？我们不可能时时跟着他。不让他们离婚，实际上是为了他能继续活着。”

## 四

日子别别扭扭地又过了十年，这十年里东叔基本上是在自己家与居委会之间过去的。他不知道，现在离婚已经不需要经过居委会了，仍然是一次次地上门，又一次次地被劝回来。十年里，东叔已经渐渐老迈，神智不清，生活对他来说，唯一的目的似乎只是离婚。他甚至不记得自己为什么要离婚了。

周静已经习惯他的举动，夫妻生活，说到底，久了，就是一种对彼此的责任。她像局外人一样，乐呵呵地伺候东叔吃饱喝足了，叮嘱他路上小心，让他去找居委会跟自己离婚，然后又乐呵呵地去找他回来。就像捉迷藏一样，一个拼命躲，一个拼命追，这竟然也成了她生活的一种乐趣。

听到这里，钟琴暗自感叹，她不知道是该同情东叔还是同情周静，或者两人都该同情。这种事在她看来，是天方夜谈，五十年时间，丈夫要天天面对不爱的妻子，而妻子要天天面对时时想离婚的丈夫，换成现在的人，只怕五年也过不下去。东叔想离婚没有错，可是，周静想留住婚姻难道有错吗？既然两个人都没错，那到底是谁错了？

没等钟琴想明白，这天，周静突然来到居委会，要他们开个离婚证明。何阿姨很是诧异，问道：“周姨，出了什么事？”周静的眼睛红了，说：“他快不行了。”何阿姨一愣，想了想，说：“别急，我想想办法。”随后，何阿姨翻箱倒柜，最终在仓库的一个角落里翻到了一些过去没有销毁的离婚证，然后签上东叔和周静的名字，最后再盖上居委会的章，跟周静一起去了。钟琴因为好奇，也跟了过去。

在医院里，东叔已经是深度昏迷状态了，只是，他的嘴巴仍然在不停地蠕动着，看口形，是“离婚”两个字。周静拿着假离婚证，在他的耳朵边叫道："你听得到吗？我们离婚了，你睁开眼睛看看，离婚证。"

这句话像强心剂一般，东叔的眼皮动了动，跟着，睁开了，他浑浊的眼睛茫然了很久，这才聚焦到周静手里的离婚证上，看着看着，两行老泪无声地滑落下来，眼睛也似乎有了些光彩，他的喉头蠕动着，突然说了一句："静，我对不起你。"周静脆弱的一面似乎被这句话勾起了，她一愣，突然大哭起来："这句话，你说得太晚了呀！"

东叔在半夜里安静地去了。周静却没有了眼泪，她对赶来的儿女们说："你们只知道我软弱受他欺负，哪里知道，五十年前，你们的外公，因为手下的兵将他打伤了，要我立下誓言终身照顾他。等我百年之后，见到我的父亲，我会告诉他，我信守了一辈子的承诺……"

钟琴恍然大悟，都说相濡以沫的是爱情，但爱情的本质是什么呢？是一起生活，所以，尽管周静对东叔的爱情起于一个承诺，却比一般的爱情更刻骨。

在追悼会上，钟琴看到了何阿姨的妈妈，她像平常一样，平静的脸上看不出她在想什么。她站在一个角落里，看着东叔的遗相发呆。有人在照相，闪光灯过后，钟琴发现，她在流泪。这个时候，钟琴的心里突然一动，何奶奶的年纪与东叔相仿，而且，何阿姨所说的故事里，有很多事是除了当事人谁也不知道的，何阿姨显然是听了一个熟悉东叔历史的人说的，那个人是否是何奶奶，而何奶奶，是否就是李清菏？但这可能吗，东叔寻找了一辈子的人竟然就跟他住在同一个小区里？周静知不知道？东叔又知不知道？何阿姨呢？

钟琴想得头痛，但她决定，不去想了，这些问题已经不重要了，最重要的是，她在这件事里理解了爱情的本质。

# 让时间静止于此

## 一、孤僻老头

修顿大街后面的巷子里有家钟表修理店，老板罗杰恩是个脾气古怪的老头，他不仅从来不跟街坊邻居们打交道，就连顾客上门，也不会多说一个字。

这天早上，罗杰恩正在店里修表，这是一只瑞士的百达翡丽，一八八五出品的。罗杰恩在得到它时就已经破损不堪了，镜面碎裂，机芯小零件大多不翼而飞，就像当年被人狠狠地踩了一脚一样。罗杰恩并没把握能修好这块古董表。一个多世纪前，手表机芯等零配件完全采用手工制作，现在的手工工艺虽然没有消失，但钢材的成分却与当时不同，罗杰恩有把握将缺失的零件打制出来，却不能保证新制的零件能与原有的零件完美咬合。

正在这时，罗杰恩感觉有人进来了，但他并没有抬头招呼。等了片刻，却不见有人问话，不由得抬起头来，竟没看到有人。不过，连钟表细微的差错都能听出来的罗杰恩又分明听到了店里确实有人，他好奇地放下手中的活，往前走了几步。

一个衣衫褴褛、十七、八岁的男孩蹲在那里，将自己的脸贴在了老式木柜台的玻璃上，他闭着眼睛，嘴唇微微地翘着，似乎听到了什么美妙的音乐一般。罗杰恩敲了敲柜台，声音将那男孩惊醒了，他摸索着站了起来，怯怯地问道："你是这里的老板吗？"

罗杰恩看着男孩那双灰白的眼珠，心里明白，这是个盲人。不过，他并没有表示什么，只简单地"嗯"了一声。男孩继续说道："能让我再听听吗？这声音真好听。"

罗杰恩没有回答，回到了工作台前，过了一会儿，他忍不住地抬头看了看男孩。此时男孩的脸贴在一个挂钟上，那是罗杰恩刚修好的，指针跳动有力，就像人的脉搏一样。罗杰恩不由得想起了自己年轻时，每当听着钟表的“嘀嗒”声，脸上就会露出像这个盲孩子一般陶醉的表情，只有天生喜欢钟表的人才会有这样的表情。“嗨，你不是这个区的吧？我从来没见过你。”

“我叫莱佛，是的，我只是路过，听到自鸣钟的声音才进来的。”

罗杰恩又问道：“你喜欢钟表？”莱佛点了点头，只是脸上却露出失意的表情：“可惜我看不见，要不我也想当像你这样的钟表修理师。”罗杰恩很是意外，他从来没听过有年轻人想当钟表修理师的，不由得问道：“为什么想当修理师呢？”莱佛羞涩地笑了笑，说：“每个人都有理想，你说是吧？”

在与莱佛的聊天中，罗杰恩了解到，原来他并不是天生的失明，而是在他七岁那年突然得了一场病，病好后就什么也看不见了。为此，他的父母也抛弃了他。不过，上帝在夺走了莱佛的眼睛之后，也给了他特别灵敏的听觉。

罗杰恩看着营养不良的莱佛，思忖片刻后，说：“莱佛，欢迎你经常来坐坐。嗯，我是说，如果你愿意，我或许可以教你一些修钟表的本事。”

“真的吗？我没听错吧？”莱佛兴奋起来，苍白的脸上顿时有了红润，但很快，他的神情又黯然了，“可是，从来没听说过有瞎子钟表修理师呢。”

罗杰恩满不在乎地挥了挥手，说：“听着，孩子，只要你愿意，就没什么事能难得住你。”

## 二、守候一生

这以后，莱佛果然经常到店里来，他摸索着那些钟表零件，像是摸着一件件珍爱的宝贝一般。罗杰恩观察了他好几天，更加确定他是个可造之材。于是，罗杰恩拿了一堆钟表零件，让他摸着，感觉形状的差异，然后告诉他，这种零件叫什么，有什么用。

三个月后的一天，罗杰恩将一只装有各种零件的箱子倒在桌上，然后对莱佛说：“听着，用最快的时间找出振荡器来。”莱佛双手在一堆零件中飞快地摸索着，然后捏着一个零件举起来。罗杰恩继续说道：“圆周铣齿。”莱佛又是一阵摸索，等他摸到了，罗杰恩又说：“擒纵轮铆……”

莱佛很顺利地通过了罗杰恩的测试，他的脸上忍不住地露出兴奋的表情，可是罗杰恩却冷冰冰地说：“这不算什么，正常人甚至只需要看一眼就认出来了。再者，认识零件也只是一个基础，千万别以为修理钟表就是换零件。”

“是的，我知道。”莱佛继续摸索着那些零件，每摸出一个，他就轻轻地说出它的名称。这时，墙上的挂钟响了，“铛铛”地敲了十一下，莱佛闻声停住了摸索，静静地地听着。果然，他听到罗杰恩又像往常一样，从工作台上起身，然后传来录相带入仓时的“卡”一声轻响，跟着音箱里传来一个声音——美丽的佛罗里达海滩有着得天独厚的海滩旅游资源，以其众多无以伦比的银色沙滩而闻名……这只是一部介绍风光的广告片，可是每天早上十一点，不管罗杰恩在做什么，他都会放下手中的工作准时观看它。

半个多小时后，录相放完了，罗杰恩长吁一口气，转过头来，看到一脸困惑的莱佛，冷冷地说道：“为什么你不去摸你的零件呢？”莱佛好奇地问道：“能告诉我这是为什么吗？”罗杰恩冷哼道：“这不关你的事，好了，我该干活了。”莱佛却很执著地追问道：“你在想一个人吗？”

“你少管闲事，听到了没？”罗杰恩暴躁地吼道。他坐在工作台前，却半天也进入不了状态，于是长叹一声，说：“好吧，我承认，我是在想一个人。”

“她一定是个美丽的女人。”

“是的。五十多年前，我在这个城市里认识了一个美丽的女孩，我们非常相爱，可是她的父母看不上我这穷小子，后来她举家搬走了。临别之前，我告诉她，我一定会开个全州最大的钟表店再来娶她。”罗杰恩雷转头看了看自己破旧而凌乱的店，有些难为情地说，“可是你看，五十多年过去了，我只开了这个小店。”

莱佛平静的脸上露出惊诧的表情：“五十多年了，你一直没忘记她吗？”

“忘记一个人是很难的。”罗杰恩像那些青涩的少年一样，露出一丝腼腆的微笑。

“那你并不知道她是否还活着吧？”

“不，她还活着，就在这里。”罗杰恩指了指风光片上的佛罗里达，“她男人已经死了。我们有彼此的电话，每半年就会打一次，她曾约我见面，可是我不敢，因为我没实现自己的承诺。我们通电话时，其实也没说什么，就是聊点家常、天气和身体什么的……”

“我知道了，或许你们分手时是在上午十一点吧，所以每天早上的十一点你都会准时看佛罗里达的风光片，想象着心爱的女人在阳光海滩之中的景色。”莱佛无法理解地说，“可是你们都是单身，而且，她也约你去见面，你为什么还要固守着那个约定呢？我相信她是个善良的人，才不会在乎你是贫穷还是富裕呢。”

“我当然也很想去，可是……一个男人需要信守自己的诺言……嗯，不过你说得也有道理，或许，要等到它修好，我才有一件能拿得出手的礼物。”罗杰恩转过头去，望着工作台上那只已经只离破碎的百达翡利……

莱佛知道罗杰恩口中的“它”是什么，他摸过那块百达翡利，已经破损得超乎他的想象了。他从来不知道这世上还有这样的爱情，一生守候，只为那段美好的回忆。这一刻，莱佛下了决心，无论有多困难，他都要将这块表修好，让好心的罗杰恩去见他的初恋情人。

## 三、初试受挫

莱佛渐渐地了解了罗杰恩的进货渠道，他背着罗杰恩买了一些上世纪初的钢材，然后请人加工，将钢材切成一个个的小片，接着利用这几个月来自己对于零件的了解，用刻刀在钢片上划下齿轮的线条，做着打制零件的先期工作。

这天，在罗杰恩去房间里休息的时候，莱佛摸到工作台边，坐下，他用手摸索着那些小钢片，还有脚动砂轮。随后，他轻轻一踩，砂轮发出“吱吱”的快速转动声，这种小砂轮很薄，转动起来就像一把锋利无比的电锯一般。莱佛试探着用钳子夹住小钢片往砂轮凑去，却发生了偏差，指背直接触到了砂轮，痛得他大叫一声。

罗杰恩闻声而出，吃惊地说：“哦，天啊，你干了什么，出了这么多血？”

“没、没什么。我只是想试试自己亲手打制零件。”莱佛并不是成心撒谎，他只想给罗杰恩一个惊喜。

“不错，你很有上进心。”罗杰恩帮他包好伤口，说，“这是个精细活，正好可以锻炼你的手感。”说着，他告诉莱佛工具的位置，再告诉他打制齿轮的方法以及各种要领。一开始莱佛只是在静止的砂轮机前摸着手感，过了会儿，好像有点感觉了，这才开动砂轮机。小小的钢片贴在砂轮上，发出一阵“嚓嚓”的声响。很快，莱佛收回手，摸了摸滚烫的钢片，长叹一声，毁了。

罗杰恩拍了拍他的肩膀，安慰道：“没关系，你要学的东西还多着呢，慢慢来吧。”

莱佛一边学着技术，一边背地里打制着百达翡利的零件。修钟表是件非常枯燥的活儿，如果不是一心想要学好技术将百达翡利修好，莱佛不知道自己还能不能坚持下去。

转眼间，莱佛已经到钟表店学了三年。这三年里，他得到了罗杰恩的倾力相传，已经可以轻易地修理任何一只钟表了。这时，罗杰恩已经更加的老了，他每走几步，都会发出很大的喘气声来。莱佛觉得自己的时间已经不多了，他必须趁着罗杰恩还能走动的时候将百达翡利修好。事实上他一直在默默地进行着，期间辛苦可想而知，不过眼看着缺失的零件渐渐补齐，心中又有无比的成就感。

经过最后一次的修整打磨，所有的零件都已经打造完毕。这天晚上，莱佛将罗杰恩扶过来在边上坐好，说：“我有预感，这只表会在在半个小时内重焕青春。为我祝福吧，也为了你的初恋情人。”罗杰恩看着工作台上那堆百达翡利的零件，诧异不已地说：“天，难道你一直在修理它？而且要完工了？这太让我意外了!”

“这是为了给你个惊喜。”莱佛脸上挂着微笑，他信心十足地一手拿机芯，一手摸索着零件，他的手像会跳舞一般，很快就将各个齿轮组装好，绞上发条，然后放到耳边听了听，似乎不大满意，又将齿轮调整了一下，再听，脸上露出了微笑。跟着，他飞快地将镜面以及后盖压上，转动发条，这只沉睡了一个多世纪的古董表终于发出一阵“嘀嗒嘀嗒”的清脆响声。莱佛兴奋得满脸通红，他挥舞着双手，大叫道：“罗杰恩，我们成功了。告诉我，你准备什么时候去佛罗里达，我马上去订机票!”

罗杰恩激动得手都哆嗦了，他将表拿过来，贴在耳朵上听了听，脸上的喜悦之色却渐渐黯淡下来，跟着，他将表重新放到莱佛的手上，叹了叹气：“我敢保证，不超过五个小时，它就会停下来。”

莱佛脸上的兴奋表情猛然间凝固了……

## 四、人如钟表

事实证明，罗杰恩说的是对的。莱佛一脸懊恼，他不知道是哪出了问题。罗杰恩安慰道："别泄气，至少你已经让它动起来了。至于为什么会这样，相信还是齿轮之间的咬合没有到位。不过不管怎么样，我都要感谢你。至于这块表，已经没有修理的价值了。"

莱佛黯然神伤，为了这块表，他已经花了三年时间，难道这三年就白费了吗？"不，绝不！"他暗自咬了咬牙，绝对不能半途而废。他要用最快的时间重新打造零件，这一回，绝不能让罗杰恩再失望了。

时间过得很快，转眼又是半年多过去了，罗杰恩已经无法来店里了，自从三个月前他因为感冒住进医院后，就一直没能出来了。医生说他的身体就像一个已经锈蚀的钟表，每个零件都有问题。罗杰恩没有任何亲人，莱佛就请了人来照料他，而自己则日夜加班修理百达翡利，他发誓一定要在罗杰恩去世之前将表修好。

又过了一个月，莱佛终于把表修好了，他兴冲冲地来到医院，将表交给罗杰恩，说："你准备一下，无论如何我也要送你去佛罗里达。"罗杰恩接过表，放在耳边听了听，笑了笑，口中说道："不，不用了，七个月前，她已经去世了。"

"什么？"莱佛吃了一惊，七个月前，罗杰恩的身体状况还没这么糟，就算平时不敢去面对初恋情人，至少也可以去参加她的葬礼啊！他无法理解地问道，"可是，你为了她守候了一生，为什么不去看她最后一眼？为什么你非要信守一个愚蠢的约定呢？"

"是她的孩子打电话来给我的，她的孩子们一直知道我们的关系。我听到她去世的消息后，心如刀割，当时就想去参加她的葬礼。可是她的孩子又告诉我，他们很孝顺，一直陪着她走完了最后一段路，她走得很从容，毫无遗憾，甚至脸上还挂着一丝微笑。我想，如果我去了，说不定会令她走得不安，而且，我和她的感情是精神上的依托，见不见面，真的没什么。"罗杰恩顿了顿，微微一笑，"她是幸福的，可我也是很幸福的，你就像我的儿子一样，陪我走完了最后一段路。"

莱佛流下了眼泪，他又何尝不是把罗杰恩当成了父亲。他跪倒在地，将额头抵在罗杰恩的枯瘦的手上，轻轻地叫着："父亲……"罗杰恩的手冰冷，他的生命就像水分一样在渐渐地蒸发消失。莱佛忍不住地痛哭起来。

罗杰恩喘着气，努力伸出手来，拨动了一下百达翡利的转扭，然后塞到莱佛的手中，说，"孩子，别伤心，生命就像钟表一样，到了该终止时就得终止了。"

罗杰恩死得很安详，就像睡着了一样。医生走过来，告诉莱佛，表上的时间已经被罗杰恩拨乱了，莱佛不知道罗杰恩这是什么用意。到了晚上，莱佛将表拿出来，拆开镜面，一摸，它竟又停了，指针指的正好是罗杰恩的死亡时间。莱佛突然想到了罗杰恩去世前说的那些话，是的，他就像一块表一样，一辈子都规规矩矩地围绕着机芯生活，只不过谁也不知道，提供给他动力的机芯却是一段精神上的爱恋。莱佛默默地流下了眼泪，随后，他小心翼翼地将这块古董表放入一个精美的盒子中，盖上。

就让时间静止在此时吧，他想。